U0596194

启真馆 出品

清读全唐诗

张清 著

ZHEJIANG UNIVERSITY PRESS
浙江大学出版社

/ 自 序 /

　　这本书是形式上接近旧体例的一部诗话，内容为阅读《全唐诗》所做的笔记。

　　2013年9月初，我开始读《全唐诗》，到2018年4月初读完，前后共花了四年零七个月的时间。唐诗是中国诗歌的高峰，通读一遍《全唐诗》，领略一遍这座高峰上上下下的风光，是我很早就有的冲动和一个梦想。《全唐诗》皇皇九百卷，收录近五万首诗，一首一首读过，并非易事。起初两年，我有工作，只能业余时间读，进度比较慢。2015年7月我离职，有闲了，阅读速度大大提高。读的过程中，我做了许多笔记，有点评，有漫话，有读后感，有考究，有戏笔，芝麻西瓜，纷然杂陈。这本书即是这些笔记的整理与汇编。

　　把笔记整理出来后，我感觉它很有些像中国传统的旧诗话，就想到照旧诗话的样子出一个集子。

　　这个集子不是为写而写的，是读有所感、有所得而记之，点点滴滴，散散漫漫。因不刻意，所以相当随意。可以这么说吧，它带有闲人读闲书和闲人闲笔的特点，一言以蔽之，它就是一本闲书。

对这本书略作几点说明，如下：

一、《清读全唐诗》一书所根据的《全唐诗》，是中华书局根据扬州诗局刻本点校，在1960年重印的版本。未收入这个版本的唐诗和诗人，《清读全唐诗》亦均未涉及。

二、《清读全唐诗》目录以诗人为条目编排，排列次序依照《全唐诗》的排序，未作更改。索引中诗人姓名后所标注的阿拉伯数字不是页码，是条目序号。

三、唐诗中有很多名篇，如张若虚的《春江花月夜》、李白的《蜀道难》、杜甫的"三吏""三别"、白居易的《琵琶行》《长恨歌》、李商隐的《锦瑟》等等，流传甚广，评介极多。大家不光熟悉这些诗本身，也大都熟知相关的评论和典故，所以，本书对这些篇目谨于置喙，而偏向于注意那些较陌生的篇章。书中也谈到了不少名篇，那是真有话想说时才说的。

四、取名《清读全唐诗》，一个重要原因是《全唐诗》基本上没有注释，我读的时候，全部是单纯、直接地读原文，常借助的工具是汉典网。

由于"清读"的阅读方式，加上鄙人才疏学浅，又不求甚解，书中难免有谬误。鄙人深怀惶恐，望读者朋友纠察，不吝指教。

2018年6月

/ 编校说明 /

　　本次编校所依据的《全唐诗》是中华书局1999年出版的简体横排增订本，如傅璇琮序中所言，该书吸收了20世纪90年代的唐诗研究成果。后出转精，故更能取信于人。引诗原则上均从1999年增订本正文，不录注中小字。如作者有特别强调要用别一字来解释某诗，可参照"今日把似（一作示）君，谁为（一作有）不平事"，将注列入括号中，与原来的正文并存。

／ 1 ／

《全唐诗》以太宗皇帝李世民开卷，领一代风骚，从诗坛讲，是把当时比他更早成名、更有影响的人压倒了，如虞世南、褚亮、王绩等；从道统上讲，是把高祖李渊抹掉了，李渊是大唐开国皇帝，也写过诗。对此，编者解释说："断自太宗始，且一代文章之盛，有所自开"（《全唐诗凡例》），又说："有唐三百年风雅之盛，帝（指太宗——笔者注）实有以启之焉"（《全唐诗卷一·太宗皇帝》），似加回护。其实，大家都懂得，中国文化讲政治，以君为大。李世民是君，且开贞观之治，对国运、文运影响巨大，千古难得；又好诗，诗比高祖写得漂亮，也多，当然就尊他为开山第一了。

／ 2 ／

《全唐诗》首篇是李世民《帝京篇十首并序》。他在序中反思秦皇汉武，云："征税殚于宇宙，辙迹遍于天下；九州无以称其求，江海不能赡其欲，覆亡颠沛，不亦宜乎？"诗中有云："人道恶高危，虚心戒盈荡。奉天竭诚敬，临民思惠养。纳善察忠谏，明科慎刑赏。"在在彰显明君的品德。

《帝京篇》组诗是李世民做皇帝后写的，不是他第一部作品，他较早的诗作也有多篇，为何这组诗排到了首位？当然，是为了政治正确，也似为他开卷再作回护。

/ 3 /

李世民作诗受南朝以降宫体诗影响甚深，喜用华丽辞藻，风尚绮靡。说到绮靡，"绮"正是他最喜用字之一。他用"绮"作形容词，形容各种美物，如"绮峰""绮阁""绮筵""绮席""绮树""绮岭""绮殿""绮疏"云云，自然，他也用"罗绮""丽如绮"等语。他明显喜用的字还有"翠""红""素""丽""霞"等。这种嗜好使得诗风浮艳在所难免，也稍嫌女性化。

但他是马上得天下的一代豪杰，英雄本色时而会脱颖而出，冲破他惯守的诗学藩篱，发为壮声。《饮马长城窟行》《经破薛举战地》《还陕述怀》《入潼关》《冬狩》俱壮气激扬。

他露出英雄本色又要文饰自美时，写的诗很有趣，这些篇章不完美，不是好诗，却最能反映李世民性格与其诗学的矛盾，极可玩。如《临洛水》云："春搜驰骏骨，总辔俯长河。霞处流萦锦，风前漾卷罗。水花翻照树，堤兰倒插波。岂必汾阴曲，秋云发棹歌。"首两句英姿勃勃，三、四句忽粉墨登场，五、六句继以忸怩作态，结尾二句又复壮歌。再如《咏风》篇云："萧条起关塞，摇飏下蓬瀛。拂林花乱彩，响谷鸟分声。披云罗影散，泛水织文生。劳歌大风曲，威加四海清。"首二句大气象；三、四句拂林、响谷继之，却到花彩、鸟声变小了；五、六句只管雕饰，以轻罗比飘云，以丝织比水纹，不顾大风里云水是何模样了；末联又突然回到大风，大发雄威。这些诗就像长着男儿头脚，腰身却是女儿家，雌雄同体，看上去很奇怪。

雌雄同体，不错，太宗李世民的诗就是雌雄同体。

/ 4 /

读《望送魏徵葬》一首，感觉太宗帝是真悲恸。只是结尾"无复昔时人，芳春共谁遣"这句，有失英主襟抱。

/ 5 /

李隆基《行次成皋途经先圣擒建德之所缅思功业感而赋诗》一首，追思先辈英武创业之功，有不甘落后意。精诚自励之怀，磊落可见。诗云："有隋政昏虐，群雄已交争。先圣按剑起，叱咤风云生。饮马河洛竭，作气嵩华惊。克敌睿图就，擒俘帝道亨。顾惭嗣宝历，恭承天下平。幸过翦鲸地，感慕神且英。"

/ 6 /

《赐诸州刺史以题座右》是明皇送给各州新刺史的一首诗。

开元十六年（公元728年），明皇亲自择用一批刺史，共十一人，于洛水岸盛宴为他们饯行。席间，他把这首诗赐予各位，并命他们奉作座右铭。诗中是对这批新官员的期许和对他们各方面工作的要求，可谓谆谆告诫，耳提面命。这是证明开元时期李隆基精于勤政的直接文献。诗云："眷言思共理，鉴梦想维良。猗欤此推择，声绩著周行。贤能既俟进，黎献实伫康。视人当如子，爱人亦如伤。讲学试诵论，阡陌劝耕桑。虚誉不可饰，清知不可忘。求名迹易见，安贞德自彰。讼狱必以情，教民贵有常。恤惸且存老，抚弱复绥强。勉哉各祗命，知予眷万方。"

/ 7 /

李隆基有多首送道士诗，《王屋山送道士司马承祯还天台》和《送胡真师还西山》两首较好。《送胡真师还西山》绝句云："仙客厌人间，孤云比性闲。话离情未已，烟水万重山。"末句境界遥渺，流露无限深情。

/ 8 /

"刻木牵丝作老翁，鸡皮鹤发与真同。须臾弄罢寂无事，还似人生一梦中。"这首李隆基名下七绝《傀儡吟》，一作梁锽《咏木老人》，未知究系何人作。诗的内容让人容易想到玄宗晚年。在命运的手中，人无非玩偶，纵然帝王、英雄，也不例外。

唐宣宗李忱七律《百丈山》颔联："日月每从肩上过，山河长在掌中看。"从两个不同的视点写高，上句是仰视，由下边朝上看；下句是俯瞰，从山上往下看。

李忱《吊白居易》认证了白居易生前已有的巨大影响，他的诗在当时不止国内妇孺能背诵，亦流传到外国。难怪这位皇帝也要为他的死悲怆赋诗了。诗云："缀玉联珠六十年，谁教冥路作诗仙。浮云不系名居易，造化无为字乐天。童子解吟长恨曲，胡儿能唱琵琶篇。文章已满行人耳，一度思卿一怆然。"李忱也是个爱诗、会写诗的皇帝，可惜诗作只存下六首。

武则天《如意娘》是武皇帝的女儿情，曰："看朱成碧思纷纷，憔悴支离为忆君。不信比来长下泪，开箱验取石榴裙。"她写的是暗泣，背着人抹了无数泪。泪洒在裙子上，怕人见到，把泪裙都藏进衣箱里。人物隐忍、果决，叫读者生奇。她为何哭？为思君。她为何要偷偷哭，不教人发觉呢？这就由你去想了。

/ 12 /

徐贤妃《秋风函谷应诏》是奉太宗诏所制，气壮意沉，又飘着一股仙气，笔力甚是不凡。据说太宗写的《入潼关》是其对应作品，两两相比，贤妃自胜一筹。诗云："秋风起函谷，劲气动河山。偃松千岭上，杂雨二陵间。低云愁广隰，落日惨重关。此时飘紫气，应验真人还。"

/ 13 /

《全唐诗》收录杨贵妃杨玉环诗一首，七绝，题《赠张云容舞》，云："罗袖动香香不已，红蕖袅袅秋烟里。轻云岭上乍摇风，嫩柳池边初拂水。"可谓香艳婀娜。首句写香，次句写艳，三、四句写婀娜。香随舞袖浮动，艳若初秋红莲，婀娜则像轻风吹拂的岭上白云和池边春柳，惟妙惟肖。

/ 14 /

无名氏《郊庙歌辞·梁太庙乐舞辞·登歌》："於赫我皇，建中立极。动以武功，静以文德。昭事上帝，欢心万国。大报严禋，四海述职。"这是当时人作的帝国之歌，好威武，好厉害！可惜这只是一场蚂蚁缘槐式的吹嘘。产生此歌辞的梁代（史称"后梁"），是朱温篡唐建立的政权，它不仅在唐以后的五代中国土最小，且充满了血腥的杀戮，混乱，短命，只苟存了十六年。

杨师道《初宵看婚》："洛城花烛动，戚里画新蛾。隐扇羞应惯，含情愁已多。轻啼湿红粉，微睇转横波。更笑巫山曲，空传暮雨过。"像电视现场直播，特写镜头把新婚夜新娘羞怯、有些忧虑慌张又有所期待的情态，刻画得清晰逼真。

许敬宗人品差，诗格低，留下几十首诗，多应制滥竽之作，无一可观。世谓文品即人品，这是一例。

王绩《赠学仙者》云："谁知彭泽意，更觅步兵那。春酿煎松叶，秋杯浸菊花。相逢宁可醉，定不学丹砂。"唐代盛行修仙，不信仙的人少。像王绩这样对学仙者讲话的人，实在少之又少。

"刘生气不平，抱剑欲专征。报恩为豪侠，死难在横行。翠羽装刀鞘，黄金饰马铃。但令一顾重，不吝百身轻。"卢照邻这首五言《刘生》，虽装饰了一截"土豪金"，但意气纵横，十分豪迈。

卢照邻五言《关山月》中有云："塞垣通碣石，虏障抵祁连。相思在万里，明月正孤悬。"一墙绵亘，东通渤海碣石，西抵祁连雪山，写的不就是万里长城嘛。可以证明，我们今天看到的这种规模的长城，在初唐中国北方，已经东西贯通了。

"我家有庭树，秋叶正离离。上舞双栖鸟，中秀合欢枝。劳思复劳望，相见不相知。何当共攀折，歌笑此堂垂。"卢照邻《望宅中树有所思》是写暗恋，用比兴手法，像乐府民歌，与《诗经》之"风"，是一脉相承。

狄仁杰《奉和圣制夏日游石淙山》："飞泉洒液恒疑雨，密树含凉镇似秋。老臣预陪悬圃宴，馀年方共赤松游。"与圣上唱和，无骄态无媚态，也丝毫不显得意，借机说自己亦怀逍遥之志，希望余年能像赤松子那样寄迹云山，让人见得他身为一代名臣的操守和智慧。

读韦承庆《凌朝浮江旅思》前半章——"天晴上初日，春水送孤舟。山远疑无树，潮平似不流"，眼前颇感悠远疏阔。

眼中能看见的是远山，故只看到山的轮廓，看不到山上树木。因为视野宽远，所以，目力所及是江潮平静，好像不流动了。

/ 23 /

张九龄《感遇》："我有异乡忆，宛在云溶溶。凭此目不觊，要之心所钟。但欲附高鸟，安敢攀飞龙。至精无感遇，悲悚填心胸。归来扣寂寞，人愿天岂从。"这首诗表面是抒发对遥远故乡的思念，实则何尝不是诉说精神上的孤苦？失去家园的心灵无处寄托，苍天无情，全不顾念人的意愿。可怜的人只能在失落和寂寞中独自彷徨。

/ 24 /

"万丈洪泉落，迢迢半紫氛。奔飞流杂树，洒落出重云。日照虹蜺似，天清风雨闻。灵山多秀色，空水共氤氲。"读张九龄《湖口望庐山瀑布泉》，想到李白那首七绝《望庐山瀑布》。张诗在前，万丈、日照、紫氛、飞流、重云等，李白用笔处，他都先写到了，却大逊后者，几不为人知。何故？盖笔触太散，缺少一个生动夺目的中心意象也。

/ 25 /

杨炯《战城南》有句云："塞北途辽远，城南战苦辛。幡旗如鸟翼，甲胄似鱼鳞。"以群鸟扑翼状战旗飞动，以鱼群翻

9

鳞状战士铠甲闪光，给人纷乱激烈之感。

/ 26 /

杨炯《途中》云："悠悠辞鼎邑，去去指金墉。途路盈千里，山川亘百重。风行常有地，云出本多峰。郁郁园中柳，亭亭山上松。客心殊不乐，乡泪独无从。"第五至第八句都是废话，却也折射出漫长旅途中郁闷无聊的心情。

/ 27 /

改宋之问《浣纱篇赠陆上人》如下："越女颜如花，越王闻浣纱。艳色夺人目，欸唶亦相夸。国微不自宠，献作吴宫娃。一行霸句践，再笑倾夫差。鸟惊入松网，鱼畏沉荷花。始觉冶容妄，方悟群心邪。"前边铺陈的西施故事尽人皆知，就是为了最后两句。这两句突然翻盘，说以前我也以为是女色祸国，现在才明白，祸国的不是女色，而是众人的奸邪之心。这样出人意料，有警醒之效。

/ 28 /

崔湜《赠苏少府赴任江南余时还京》是送别诗，写他和友人一个向东、一个往西的离别，但没有一点送别诗常见的离愁别绪，而是显出一身大丈夫气，很豪迈，可比王勃《送杜少府之任蜀州》。诗云："丈夫不叹别，达士自安卑。揽泣固无趣，衔杯空尔为。流云春窈窕，去水暮逶迤。行舟忽东泛，归骑亦西驰。秦地多芳草，江潭有桂枝。谁言阻遐阔，所贵在相知。"

/ 29 /

刘宪《折杨柳》："沙塞三河道，金闺二月春。碧烟杨柳色，红粉绮罗人。露叶怜啼脸，风花思舞巾。攀持君不见，为听曲中新。"由沾露的叶子想到美女泣啼的脸，由风中摇动的花朵想到美女的舞巾，既写出对人的思念，也写出春花春叶的娇媚。

/ 30 /

"鱼贯梁缘马，猿奔树息人。"苏颋《晓发兴州入陈平路》句。大意是说骑马过桥，惊散桥下水中的鱼群；行人到树下歇脚，吓跑了树上的猴子。古汉语精简，但简成这样的句子，还是费了力的。

/ 31 /

苏颋五绝《汾上惊秋》是名篇，简单悲凉，曰："北风吹白云，万里渡河汾。心绪逢摇落，秋声不可闻。"其《山驿闲卧即事》婉约有宋词情态，曰："息燕归檐静，飞花落院闲。不愁愁自著，谁道忆乡关。"《咏死兔》则幽默得令人喷饭，曰:"兔子死兰弹,持来挂竹竿。试将明镜照,何异月中看。"呵呵!

徐晶《蔡起居山亭》云:"文史归休日,栖闲卧草亭。蔷薇一架紫,石竹数重青。垂露和仙药,烧香诵道经。莫将山水弄,持与世人听。"这么美的山水吟诵,为何不要拿给世人听呢?世人耳俗,不足与道。

徐彦伯《胡无人行》:"十月繁霜下,征人远凿空。云摇锦车节,海照角端弓。暗碛埋沙树,冲飙卷塞蓬。方随膜拜入,歌舞玉门中。"第二句是用典,语出《汉书》卷六十一《张骞传》:"于是西北国始通于汉矣。然骞凿空,诸后使往者皆称博望侯。""凿空"一词指在大荒中远行、开路,极形象。

骆宾王《咏怀古意上裴侍郎》有句云:"出笼穷短翮,委辙涸枯鳞。"是进退失据。

读骆宾王,颇感繁缛堆砌,但这首《浮槎》以比喻手法写大材不遇，折节沉沦，铺陈得当，很好。云："昔负千寻质，高临九仞峰。真心凌晚桂，劲节掩寒松。忽值风飙折，坐为波浪冲。摧残空有恨，拥肿遂无庸。渤海三千里，泥沙几万重。似舟飘不定，如梗泛何从。仙客终难托，良工岂易逢。徒怀万乘器，谁为一先容。"

/ 36 /

刘希夷《故园置酒》："酒熟人须饮，春还鬓已秋。愿逢千日醉，得缓百年忧。旧里多青草，新知尽白头。风前灯易灭，川上月难留。卒卒周姬旦，栖栖鲁孔丘。平生能几日，不及且遨游。"人命无常，如风中之烛，有酒就痛饮吧。

/ 37 /

刘希夷《嵩岳闻笙》句："月出嵩山东，月明山益空。山人爱清景，散发卧秋风。""空"字好，山壑清虚旷朗，正是明月下才见的景致。

/ 38 /

"怀古江山在，惟新历数迁。空馀今夜月，长似旧时悬。"刘希夷《谒汉世祖庙》句。江山虽在，物非人非，除天上的月亮还似旧时，一切都变了。

陈子昂《彩树歌》写的彩树真像圣诞树，会否有人据此认为圣诞树亦源自中国呢？且看《彩树歌》："嘉锦筵之珍树兮，错众彩之氛氲。状瑶台之微月，点巫山之朝云。青春兮不可逢，况蕙色之增芬。结芳意而谁赏，怨绝世之无闻。红荣碧艳坐看歇，素华流年不待君。故吾思昆仑之琪树，厌桃李之缤纷。"

陈子昂《春台引》："感阳春兮生碧草之油油。怀宇宙以伤远，登高台而写忧。迟美人兮不见，恐青岁之遂遒。"读之想到《登幽州台歌》，两诗情思相近，诗体相近，只一长一短。大概作于同一时期，或许写的还是同一台。待考。

"同居洛阳陌，经日懒相求。及尔江湖去，言别怅悠悠。楚云眇羁翼，海月倦行舟。爱而不可见，徒嗟芳岁流。"张说这首五言《送王光庭》，写出人性幽微复杂之一面：做邻居时，都懒得互相理睬；要告别走人了，却怅然了。此亦人情之常。

张说《寄姚司马》以平常语道平常事、平常心，情真意厚。诗曰："共君春种瓜，本期清夏暑。瓜成人已去，失望将谁语。裛露摘香园，感味怀心许。偶逢西风便，因之寄鄂渚。"

张说《巡边在河北作》："抚剑空馀勇，弯弧遂无力。老去事如何，据鞍长叹息。故交索将尽，后进稀相识。独怜半死心，尚有寒松直。"英雄老了，英雄的心仍旧。诗写出了诗人不会被时间打败的坚贞的性格。

在中国古诗中，涉及海的诗以观海、望海和想象书写居多，像张说《入海》篇，直接写亲身漂海经历的，比较少见。这首诗应是他贬谪钦州时所作，云："乘桴入南海，海旷不可临。茫茫失方面，混混如凝阴。云山相出没，天地互浮沉。万里无涯际，云何测广深。潮波自盈缩，安得会虚心。"

张说《醉中作》云："醉后乐无极，弥胜未醉时。动容皆是舞，出语总成诗。"呵呵，读此诗乃知做诗人如做名士，亦须猛饮酒也！

张说之子张均也是诗手，留下来的作品不多，但品质不错。且看《岳阳晚景》："晚景寒鸦集，秋风旅雁归。水光浮日出，霞彩映江飞。洲白芦花吐，园红柿叶稀。长沙卑湿地，九月未成衣。"可谓光影交错，色彩缤纷。

韦嗣立《上巳日被禊渭滨应制》："乘春被禊逐风光，扈跸陪銮渭渚傍。还笑当时水滨老，衰年八十待文王。"应制诗因是奉君命而作，要给君王看，故多阿谀。韦氏寿终六十五，此诗后两句当然非自喻，而是拍马屁，意思是：今逢圣代，野无遗贤，没有人像当年姜子牙那样要等到八十岁才碰到明君了。只是他阿谀得有技巧，不容易一眼看出来。

奉和应制，多阿谀奉迎以承欢，多堆砌文辞以搪塞，多袭用滥调以敷衍。李乂《奉和晦日幸昆明池应制》则力图洁身自好，写景怀古都很淡定，云："玉辂寻春赏，金堤重晦游。川通黑水浸，地派紫泉流。晃朗扶桑出，绵联杞树周。乌疑填海处，人似隔河秋。劫尽灰犹识，年移石故留。汀洲归棹晚，箫鼓杂汾讴。"也说了好话，但矜持有度，不落俗流。

/ 49 /

齐澣《长门怨》（一作刘皂诗）："宫殿沉沉月欲分，昭阳
更漏不堪闻。珊瑚枕上千行泪，不是思君是恨君。"末句说
得直接痛快。

/ 50 /

卢僎《途中口号》（一作郭向诗）："抱玉三朝楚，怀书十
上秦。年年洛阳陌，花鸟弄归人。"这是考试落第回家的路
上作的。时值春天，鸟语花香，但因为满怀惭愧，所以作者觉
得道旁的花朵、树上的鸟儿都在嘲弄他。

/ 51 /

王绍宗《三妇艳》："大妇能调瑟，中妇咏新诗。小妇独
无事，花庭曳履綦。上客且安坐，春日正迟迟。"诗写家中
有三个老婆，大老婆艺术，二姨太文学，三姨太好玩，一家子
其乐融融。夫子颇自得，忍不住要向客人炫耀。古人有三房四
妾不稀罕，但这诗也可能只是写梦想，因为《三妇艳》是乐府
古题，很多诗人都写过。

/ 52 /

李澄之《秋庭夜月有怀》："游客三江外，单栖百虑违。
山川忆处近，形影梦中归。夜月明虚帐，秋风入捣衣。从来

不惯别，况属雁南飞。"心灵超越时空，纵使身在天涯，记忆中故国山川也如在眼前，梦中亦可万里归来。超越性予人以慰藉，也常带来忧思。

武平一《妾薄命》前四句，清美自然，有《诗经》风味，云："有女妖且丽，裴回湘水湄。水湄兰杜芳，采之将寄谁。"其余二十句大事铺张，繁复如汉赋，如"尝矜绝代色，复恃倾城姿。子夫前入侍，飞燕复当时。正悦掌中舞，宁哀团扇诗。洛川昔云遇，高唐今尚违。幽阁禽雀噪，闲阶草露滋"云云。此所谓狗尾续貂，且狗尾大而不掉。

韦安石《侍宴旋师喜捷应制》一首，写得有气概，有气象，虽歌颂帝德，而无媚态，是应制之上品。诗云："蜂蚁屯夷落，熊罴逐汉飞。忘躯百战后，屈指一年归。厚眷纡天藻，深慈解御衣。兴酣歌舞出，朝野叹光辉。"

郑愔《咏黄莺儿》："欲转声犹涩，将飞羽未调。高风不借便，何处得迁乔。"此诗表面咏物，实则可能以事干谒。

/ 56 /

"百舌鸣高树，弄音无常则。借问声何烦，末俗不尚默。"郑愔《百舌》，刺世之作。以聒噪博注意力，以显摆抢眼球，固非今日才有。"末俗"指低下的世俗。诗人借鸟的聒噪讽时。会叫的鸟儿有食吃，会哭的孩子有奶吃，说话声大就有理，世俗尚喧不尚默。

/ 57 /

韦述《晚渡伊水》，全体清新自然，前四句尤为一尘不染，极美，云："悠悠涉伊水，伊水清见石。是时春向深，两岸草如积。""草如积"三个字，状春深河岸斜坡上茂密的草势，很有质感。

/ 58 /

韦述《广陵送别宋员外佐越郑舍人还京》（一作张谓诗）颈联"树入江云尽，城衔海月遥"，幽远清旷不胜收。全诗曰："朱绂临秦望，皇华赴洛桥。文章南渡越，书奏北归朝。树入江云尽，城衔海月遥。秋风将客思，川上晚萧萧。"

/ 59 /

"天覆吾，地载吾，天地生吾有意无。不然绝粒升天衢，不然鸣珂游帝都。焉能不贵复不去，空作昂藏一丈夫。一丈夫兮一丈夫，千生气志是良图。请君看取百年事，业就扁舟泛五湖。"生为一丈夫，要么高蹈求仙，要么博取功名富贵，要么是像范蠡那样建立功名，又飘然隐迹。李泌《长歌行》心仪的是功成身退的范蠡，此亦李白之屡称。自古男儿有几个不为政治抱负所累？

/ 60 /

张谔《三日岐王宅》写王妃生得千金日，府里人给女婴洗浴，准备华贵的衣帽等，一片忙碌欢腾气氛，衬托出王家小公主之娇贵荣宠。云："玉女贵妃生，婴姃始发声。金盆浴未了，绷子绣初成。翡翠雕芳褥，真珠帖小缨。何时学健步，斗取落花轻。"

/ 61 /

"旧闻百子汉家池，汉家渌水今逶迤。宫女厌镜笑窥池，身前影后不相见，无数容华空自知。"张谔《百子池》由池子想到镜子，由镜子想到宫娥，由宫娥想到华年与寂寞，再想到灰飞烟灭和空虚，触景生情，无限哀伤。

/ 62 /

张谔从岐王游甚密，犯忌，终以此获罪。其诗多散佚，存世仅十二篇，其中四篇是陪在岐王身边时写的。

/ 63 /

刘庭琦《咏木槿树题武进文明府厅》，读来像是诅咒，云："物情良可见，人事不胜悲。莫恃朝荣好，君看暮落时。"把这诅咒似的诗题写在人家厅堂里，很是乖张。

/ 64 /

刘庭琦《从军》："朔风吹寒塞，胡沙千万里。阵云出岱山，孤月生海水。决胜方求敌，衔恩本轻死。萧萧牧马鸣，中夜拔剑起。"唐人边塞诗多有义气纵横、慷慨壮烈之作，可惜众口一词，腔调雷同。盖边塞诗为调式所限，凡手跳不出来之故也。

/ 65 /

王丘《咏史》是以谢安为例，写名士风度，主张躲避功名，和光同尘，寄情山水声色，混迹于世。云："高洁非养正，盛名亦险艰。伟哉谢安石，携妓入东山。云岩响金奏，空水滟朱颜。兰露滋香泽，松风鸣珮环。歌声入空尽，舞影到池闲。杳眇同天上，繁华非代间。卷舒混名迹，纵诞无忧患。何必苏门子，冥然闭清关。"甚爱"舞影到池闲"一句。

/ 66 /

唐有刘禹锡，还有一个崔禹锡。崔禹锡，崔融之子，开元中为中书舍人，卒赠定州刺史。《全唐诗》仅录其诗一首——五言排律《奉和圣制送张说巡边》，其中两联值得记取，一曰"练兵宜雨洗，卧鼓候风凉"，二曰"旌摇天月迥，骑入塞云长"。

/ 67 /

"槐路清梅暑，蘅皋起麦凉。"卢从愿《奉和圣制送张说巡边》句。炎夏中目遇这两句诗，顿觉眼前一片荫凉，清风吹面。

/ 68 /

袁晖《长门怨》："早知君爱歇，本自无萦妒。谁使恩情深，今来反相误。愁眠罗帐晓，泣坐金闺暮。独有梦中魂，犹言意如故。"宫怨诗在唐诗中也是一个热门题材，流行曲式，作者、作品众多。多咏失宠后的相思，被弃后的怨望，亦常常借写宫人寄托《离骚》式的悲情。其异口同声之况类乎边塞诗，也难免口水化，人云亦云。

/ 69 /

丁仙芝《和荐福寺英公新构禅堂》："上人久弃世，中道自忘筌。寂照出群有，了心清众缘。所以于此地，筑馆开青莲。果药罗砌下，烟虹垂户前。咒中洒甘露，指处流香泉。禅远目无事，体清宵不眠。枳闻庐山法，松入汉阳禅。一枕西山外，虚舟常浩然。"遗世独立，逍遥自在，清静自持，夫复何求！

/ 70 /

丁仙芝《馀杭醉歌赠吴山人》言语颠倒，叙事凌乱，东一榔头，西一棒槌，颇呈酩酊之状，然意气淋漓，也可读。诗云："晓幕红襟燕，春城白项乌。只来梁上语，不向府中趋。城头坎坎鼓声曙，满庭新种樱桃树。桃花昨夜撩乱开，当轩发色映楼台。十千兑得馀杭酒，二月春城长命杯。酒后留君待明月，还将明月送君回。"

/ 71 /

蔡希寂《同家兄题渭南王公别业》前四句："好闲知在家，退迹何必深。不出人境外，萧条江海心。"意同陶潜"结庐在人境，而无车马喧。问君何能尔？心远地自偏"，或出自陶诗也未可知。皆是以精神上的自我远放，谋陆沉于朝市也。

/ 72 /

张潮仅存诗五首，四篇歌行，一篇词，题曰《江风行》《襄阳行》《江南行》《长干行》《采莲词》。篇篇姿态摇曳，儿女情长，堪称情歌辣手。《采莲词》曰："朝出沙头日正红，晚来云起半江中。赖逢邻女曾相识，并著莲舟不畏风。"

捣衣声每闻于秋月下人烟繁盛处，或城中，或里巷，诗人以之写节候之变，寄怀人之思。如谢朓句"秋夜促织鸣，南邻捣衣急"，李白句"长安一片月，万户捣衣声"。读张晕《绝句》，竟闻捣衣于阴沉黄昏，茫茫烟水上，令人颇觉气氛灵异，悚若遇鬼。诗云："茫茫烟水上，日暮阴云飞。孤坐正愁绪，湖南谁捣衣。"

谈戡《清溪馆作》："指途清溪里，左右唯深林。云蔽望乡处，雨愁为客心。遇人多物役，听鸟时幽音。何必沧浪水，庶兹浣尘襟。"作者途中因雨宿于一旅馆，此地林丛深茂，鸟声悠扬，一片僻静，可来到这里的客人都很忙，都为耽搁行程发愁，谁也没心思欣赏一下。作者看到此情有感而发，写下这首诗。作者也是行客，也有自己的事，但他与别人不同，他能暂时放下，借机洗一洗"尘襟"（世俗的怀抱）。这是他活得不庸俗、还像个人的地方。想到"人为财死，鸟为食亡"的谚语。若人尽为物质所役使，没有精神的超越，就连鸟都不如了。

殷遥《送友人下第归省》（一作刘得仁诗）是送考试落第

的朋友回乡，以父母在家中等儿归来相安慰，劝朋友不要为此次失败而悲伤，要回家好好生活，做一个孝子。此诗饱含深厚的友情，温暖体贴，十分感人。诗云："君此卜行日，高堂应梦归。莫将和氏泪，滴着老莱衣。岳雨连河细，田禽出麦飞。到家调膳后，吟好送斜晖。"

/ 76 /

王湾《晚春诣苏州敬赠武员外》全诗三十句，大致平平，但中有两句灿若珠玉："烟和疏树满，雨续小溪长。"平日稀疏的树林因雾气弥漫变丰满了，降雨给小溪增添了水量，使它看上去比往常长了许多。这两句真让人爱不能释。

/ 77 /

唐诗亦有审丑之作。如王泠然五律《古木卧平沙》，可比罗丹之欧米哀尔。罗丹的雕塑哀美丽生命之衰，泠然的诗悲大材之朽，都是"丑得如此精美"。诗曰："古木卧平沙，摧残岁月赊。有根横水石，无叶拂烟霞。春至苔为叶，冬来雪作花。不逢星汉使，谁辨是灵槎。"

/ 78 /

"杜门不欲出，久与世情疏。以此为长策，劝君归旧庐。醉歌田舍酒，笑读古人书。好是一生事，无劳献子虚。"张子容《送孟八浩然归襄阳二首》之二（一作王维诗）。一般写诗送名落孙山的人，要么惋惜几句，要么鼓励再接再厉，这首诗却是劝人远离京城回家，且劝人一辈子也不要再来，说避居田园、饮酒读书才是人一生好事，很率性，很特别。

/ 79 /

张旭嗜于酒、狂于书，亦贪玩山水。其存诗寥寥，大半是游山赏水之作。《清溪泛舟》："旅人倚征棹，薄暮起劳歌。笑揽清溪月，清辉不厌多。"《山行留客》："山光物态弄春晖，莫为轻阴便拟归。纵使晴明无雨色，入云深处亦沾衣。"前者夜里泛溪揽月，后者阴天放胆上山，其痴狂之状毕现矣。

/ 80 /

贺朝《宿香山阁》（一作贾彦璋诗）有句云："朱网防栖鸽，纱灯护夕虫。"山阁檐头装红色网帘以防野鸽栖集，灯盏围上纱罩以阻飞虫扑火，这两个细节描写里人工巧夺天工，又很有诗意。

/ 81 /

"愿骑单马仗天威，授取长绳缚虏归。仗剑遥叱路傍子，匈奴头血溅君衣。"万齐融《仗剑行》这几句诗，写得威猛豪壮，气焰万丈，夸张得很。那么厉害，说到头是个"愿"字。

呵呵，须知英雄本色也常在于吹牛。

／ 82 ／

"生灭纷无象，窥临已得鱼。尝闻宝刀赠，今日奉琼琚。"孙逖《和崔司马登称心山寺》诗末四句。人生是一次窥渊而渔的机会，得鱼忘筌，捉到真相，遗落形骸，脱略生灭烦恼，才是人生妙用。

／ 83 ／

不觉一年又到立秋日，且简编崔国辅《石头滩作》，借以赋怀："怅矣秋风时，余临石头濑。羽山数点青，海岸杂光碎。寻远迹已穷，遗荣事多昧。一身犹未理，安得济时代。且泛朝夕潮，荷衣蕙为带。"

／ 84 ／

崔国辅《漂母岸》："泗水入淮处，南边古岸存。秦时有漂母，于此饭王孙。王孙初未遇，寄食何足论。后为楚王来，黄金答母恩。事迹遗在此，空伤千载魂。茫茫水中渚，上有一孤墩。遥望不可到，苍苍烟树昏。几年崩冢色，每日落潮痕。古地多埋圮，时哉不敢言。向夕泪沾裳，遂宿芦洲村。"以前八句概述历史故事，简而备。即景书怀部分，写了十二句，低回反复，足见感慨甚深。

"种棘遮藤芜，畏人来采杀。比至狂夫还，看看几花发。"崔国辅《古意二首》之二，全然民歌腔调。小花扮野以图自保，奈何狂夫不惧棘手，手段毒辣。

崔国辅《怨词二首》首篇曰："妾有罗衣裳，秦王在时作。为舞春风多，秋来不堪著。"极含蓄。句极短，意极长，语极浅，情极深。

刘晏《咏王大娘戴竿》："楼前百戏竞争新，唯有长竿妙入神。谁谓绮罗翻有力，犹自嫌轻更著人。"戴竿也称载竿，现在称顶竿，是一项杂技，内容是以身顶竿、竿上攀人，表现力量和技巧。这首诗描写了盛唐一场精彩的顶竿表演，更可奇的，顶竿人是一个"女汉子"！我们在当今的杂技表演里似乎已看不到女顶竿人了。

关于"女汉子"王大娘，《全唐诗话续编·玄宗》记："明皇御勤政楼，大张音乐。教坊王大娘善戴竿，于百尺上为木山，状瀛洲、方丈，命小儿持绛节出入其间，舞亦不辍。"据此看，当时的顶竿技艺水平极高，可以在竿上结构亭台楼阁，参加表演的儿童还要在上边的楼台间穿梭。这在现代的顶竿表演里看不到了。

袁瑝《鸿门行》尾四句："宝剑中夜抚，悲歌聊自舞。此曲不可终，曲终泪如雨。"英雄志不能伸，委屈苟活，悲绝。

卢象《八月十五日象自江东止田园移庄庆会未几归汶上小弟幼妹尤嗟其别兼赋是诗三首》其一："谢病始告归，依然入桑梓。家人皆伫立，相候衡门里。畴类皆长年，成人旧童子。上堂家庆毕，愿与亲姻迩。论旧或馀悲，思存且相喜。田园转芜没，但有寒泉水。"此乃诗中璞玉哉！言辞平淡朴实，却寄托着宝贵的人伦情感，和对人世流变的深切感怀。

"花迎喜气皆知笑，鸟识欢心亦解歌。"王维《既蒙宥罪旋复拜官伏感圣恩窃书鄙意兼奉简新除使君等诸公》句，与杜甫"感时花溅泪，恨别鸟惊心"对照，花鸟无别，却是悲喜两重天。身外万物，实系乎一心。

"艳色天下重，西施宁久微。朝仍越溪女，暮作吴宫妃。

贱日岂殊众，贵来方悟稀。邀人傅香粉，不自著罗衣。君宠益娇态，君怜无是非。当时浣纱伴，莫得同车归。持谢邻家子，效颦安可希。"王维《西施咏》故意忽略吴越斗争的背景，跳出历史窠臼，刻画了一个不同的西施。她出身微贱，因色得贵，得志后忘记根本，变得薄情寡义、骄横难养。诗末两句语含讽谏。右丞写这首诗是要还西施本来面目吗？大概不是。应该是他有感于时事借题发挥。果真如此，那个让他生出感触的时事是什么？叫人首先想到杨玉环。

╱ 92 ╱

王维《偶然作六首》之二后八句云："五帝与三王，古来称天子。干戈将揖让，毕竟何者是。得意苟为乐，野田安足鄙。且当放怀去，行行没馀齿。"这首诗全篇借写衡门栖迟之田家翁赋怀，质疑三皇五帝这些自古备受推崇的圣哲，透露出诗人对理想政治的失望与不屑。

╱ 93 ╱

将王维《哭殷遥》诗脱略纪实，简编为八句，写死亡阴影下世界之黯淡，曰："人生能几何，毕竟归无形。念君等为死，万事伤人情。浮云为苍茫，飞鸟不能鸣。行人何寂寞，白日自凄清。"

"今人昨人多自私，我心不说君应知。济人然后拂衣去，肯作徒尔一男儿。"读王摩诘《不遇咏》可知：一、他对人性有深入的认识；二、他有经世济时的雄心；三、他向往功成身退，不愿做俗人。此诗表现出积极心态，应是他早年所作。

王维《黄雀痴》："黄雀痴，黄雀痴，谓言青鷇是我儿。一一口衔食，养得成毛衣。到大啁啾解游飏，各自东西南北飞。薄暮空巢上，羁雌独自归。凤凰九雏亦如此，慎莫愁思憔悴损容辉。"读此诗想到现在"空巢老人"这个词。人与禽，性相近，习亦未远。

王维《辋川闲居赠裴秀才迪》："寒山转苍翠，秋水日潺湲。倚杖柴门外，临风听暮蝉。渡头馀落日，墟里上孤烟。复值接舆醉，狂歌五柳前。"诗中有两个人物：一个是拄着拐杖看风景的人，一个是出现在风景里的狂歌醉客；一个静，一个动；一个闲，一个闹。但为何诗给人的只是那个闲人的闲适感呢？因为闹的人是出现在闲人的风景里，他只是闲人风景的一部分。

王维《酬张少府》："晚年惟好静，万事不关心。自顾无长策，空知返旧林。松风吹解带，山月照弹琴。君问穷通理，渔歌入浦深。"这篇要与其前作《不遇咏》对照来读，就能认识王维多一点。

虽入深秋，时仍炎酷，苦南海尽荼毒，患天下无乐土，乃夜读王维以自解。《夏日过青龙寺谒操禅师（与裴迪同作）》云："龙钟一老翁，徐步谒禅宫。欲问义心义，遥知空病空。山河天眼里，世界法身中。莫怪销炎热，能生大地风。"不懂些佛理，是读不懂这首诗的。后人誉右丞为诗佛，谅非妄称。

"野老才三户，边村少四邻。婆娑依里社，箫鼓赛田神。洒酒浇刍狗，焚香拜木人。女巫纷屡舞，罗袜自生尘。"王维《凉州郊外游望（时为节度判官，在凉州作）》，描写唐代西北农村举行社祭的场面，关注细节，绘声绘色，纷纷扬扬，一片人间烟火，像是一篇来自现场的电视新闻报道。

"吾弟东山时，心尚一何远。日高犹自卧，钟动始能饭。

领上发未梳，床头书不卷。清川兴悠悠，空林对偃蹇。"这八句出自王摩诘《戏赠张五弟𬤊三首》首章，用笔松快，语调诙谐。借东坡"诗中有画"论之，则此诗历然是一幅漫画。

╱ 101 ╱

王维《自大散以往深林密竹磴道盘曲四五十里至黄牛岭见黄花川》有句云："青皋丽已净，绿树郁如浮。"若你曾于大河边或湖池之畔张望过林丛翁郁的彼岸，便知句中"浮"字用得精妙。

╱ 102 ╱

王维《渡河到清河作》："泛舟大河里，积水穷天涯。天波忽开拆，郡邑千万家。行复见城市，宛然有桑麻。回瞻旧乡国，淼漫连云霞。"写汪洋水势，境界阔大。可知唐代黄河流经河北清河一带，彼地曾为泽国，经济兴旺，市邑繁盛。

╱ 103 ╱

"御柳疏秋景，城鸦拂曙烟。"王维《奉和圣制重阳节宰臣及群官上寿应制》这句，状长安晚秋晓色，颇得风致。读之想到今北京紫禁城御沟及北海岸边景象，两处帝都秋景实相仿佛。

/ 104 /

王维《青龙寺昙璧上人兄院集（并序，与王昌龄、裴迪、弟缙同作）》，居高望远，俯瞰人间，寥廓通透，如开法眼。诗曰："高处敞招提，虚空讵有倪。坐看南陌骑，下听秦城鸡。眇眇孤烟起，芊芊远树齐。青山万井外，落日五陵西。眼界今无染，心空安可迷。"

/ 105 /

"一身能擘两雕弧，虏骑千重只似无。偏坐金鞍调白羽，纷纷射杀五单于。"王维这首《少年行》写虽千万人吾往矣之勇，尽显英雄本色。少年偏身调羽，左右开弓，纵马敌阵，射杀强虏，一场激战竟成了他的独舞，轻松如入无人之境。此少年就是《水浒传》中天罡星一般人物。

"五单于"是用《汉书》典实。西汉后期，匈奴内乱，分裂成五部，出现五个单于，分别是呼韩邪、屠耆、呼揭、车犁、乌藉（《汉书》卷九十四下《匈奴传下》）。后来"五单于"用以泛指匈奴各部首领。王右丞这句诗等于说，这个左右开弓的英勇少年一战下来，把匈奴各个部族都扫平了。

/ 106 /

王维《与卢员外象过崔处士兴宗林亭》："绿树重阴盖四邻，青苔日厚自无尘。科头箕踞长松下，白眼看他世上

34

人。"绿树重阴，幽处也。青苔日厚，客稀，少交往也。科头箕踞，萧散自适也。白眼看世，愤俗也。这个人物，是王维眼中的崔兴宗，极高冷。

崔处士真是这样子吗？关于这次会晤，崔处士有自己的记录，《酬王维卢象见过林亭》云："穷巷空林常闭关，悠然独卧对前山。今朝忽枉嵇生驾，倒屣开门遥解颜。"他说一听到右丞一行驾到，他都没来得及穿好鞋，就笑着远远跑过去开门迎接。

如此热情好客，被王维描写成那副德行，是哪里得罪右丞了？不是。唐人崇尚魏晋风度，王维将崔处士比魏晋名士，其实是大大地表扬他。

/ 107 /

"莫惊宠辱空忧喜，莫计恩雠浪苦辛。黄帝孔丘何处问，安知不是梦中身。"王摩诘称"诗佛"，这首《疑梦》苦口婆心，正是一偈。

/ 108 /

"下阶欲离别，相对映兰丛。含辞未及吐，泪落兰丛中。高堂静秋日，罗衣飘暮风。谁能待明月，回首见床空。"王缙《古离别》。缙是王维之弟，存诗寥寥。《全唐诗》收八首，这首写离别最好，有低回不尽之意。

裴迪《崔九欲往南山马上口号与别》曰："归山深浅去，须尽丘壑美。莫学武陵人，暂游桃源里。"当时，有两个崔九。一个是崔涤，是中书令崔湜弟，玄宗时曾任殿中监，很受宠。另一个是崔兴宗，就是被王维写得高冷的那位，其实他是王维的内弟、小舅子。丘壑幽美，避世者居之，玩世者游之。裴迪送别的这个崔九是有避世倾向的崔兴宗。

"草堂荒产蛤，茶井冷生鱼。"裴迪《西塔寺陆羽茶泉》句，写茶泉之地幽僻荒凉，人迹罕至，取象十分怪异，令人怵目。全诗云："竟陵西塔寺，踪迹尚空虚。不独支公住，曾经陆羽居。草堂荒产蛤，茶井冷生鱼。一汲清泠水，高风味有馀。"

崔颢壮句，雄风烈烈。如《古游侠呈军中诸将》："少年负胆气，好勇复知机。仗剑出门去，孤城逢合围。杀人辽水上，走马渔阳归。"又如《赠王威古》："三十羽林将，出身常事边。春风吹浅草，猎骑何翩翩。插羽两相顾，鸣弓新上弦。射麋入深谷，饮马投荒泉。马上共倾酒，野中聊割鲜。"马上倾酒，野中割鲜（割生肉吃），行为如同游牧胡儿。

有评家说崔颢"一窥塞垣，状极戎旅，奇造往往并驱江、鲍"（《唐才子传》卷一），就是因为他有这些诗。

／ 112 ／

"绿窗明月在，青史古人空。"看崔颢《题沈隐侯八咏楼》此句，眼前空旷虚寂，凄清无尽。此等吊古感怀，既抒人去楼空之思，又包含对永恒之美的感叹，韵味悠长。全诗曰："梁日东阳守，为楼望越中。绿窗明月在，青史古人空。江静闻山狖，川长数塞鸿。登临白云晚，流恨此遗风。"

／ 113 ／

崔颢《晚入汴水》："昨晚南行楚，今朝北溯河。客愁能几日，乡路渐无多。晴景摇津树，春风起棹歌。长淮亦已尽，宁复畏潮波。"写出日夜行舟渐近乡关后的欣慰心情。漫长的归途快要走完了，客愁缓解，心情总算放松下来。意思表达得很细致，很含蓄。

／ 114 ／

"细烟生水上，圆月在舟中。岸势迷行客，秋声乱草虫。"祖咏《过郑曲》颔颈两联，写月圆夜舟行见闻。前联一条烟水，一个月亮，简静淡远；后联却有骚动感，乱人耳目，但很美，很有气氛。

115

李颀《赠张旭》云："张公性嗜酒，豁达无所营。皓首穷草隶，时称太湖精。露顶据胡床，长叫三五声。兴来洒素壁，挥笔如流星……左手持蟹螯，右手执丹经。瞪目视霄汉，不知醉与醒。"这些诗句像一连串动漫片镜头，勾画出一个活脱脱全然魏晋风度的人物。

116

李颀有两首写长寿仙人的诗，一是《赠苏明府》，云"苏君年几许，状貌如玉童""子孙皆老死，相识悲转蓬"；二是《谒张果先生》，写"自说轩辕师，于今几千岁"之吹牛大王张果老。两诗有两组意思相同的句子，一曰"泛然无所系，心与孤云同"，一曰"应物云无心，逢时舟不系"。这两组诗句透露了作者对长寿奥秘的理解。

117

"野云万里无城郭，雨雪纷纷连大漠。胡雁哀鸣夜夜飞，胡儿眼泪双双落。"李颀《古从军行》句，写塞外胡地秋暮景况。到过大漠，才能知云天万里、雨雪纷飞是何等苍茫，人是何其卑微。冬季将至，大雁南飞，漠地粗豪胡儿都忍不住落泪，冬日该是何等严酷。

李颀《缓歌行》乃夫子自道，当作于科举及第后。"文昌宫中赐锦衣，长安陌上退朝归。五陵宾从莫敢视，三省官僚揖者稀。早知今日读书是，悔作从前任侠非。"觉今是而昨非，意甚踌躇，殊不知又是高兴得太早了。

"清冷池水灌园蔬，万物沧江心澹如。妻子欢同五株柳，云山老对一床书。"李颀《答高三十五留别便呈于十一》句。想一想他灌园的模样，都羡煞老夫。

"莫言贫贱长可欺，覆篑成山当有时。莫言富贵长可托，木槿朝看暮还落。不见古时塞上翁，倚伏由来任天作。去去沧波勿复陈，五湖三江愁杀人。"读李颀《别梁锽》末八句，不甚解。既悟得贵贱福祸皆倚伏无常，一副看透了的样子，又为何犯愁？或可解"勿复陈"者，是说"愁杀人"一句，意即既然到了沧波之上，就不要再说江湖风波让人愁了吧。如此，庶几可通。

"脱略势利犹埃尘，啸傲时人而已矣。"李颀《送刘四赴夏县》句。果能如此，便是个牛人。

/ 122 /

李颀歌行体诗喜转韵，常一首歌行十八或二十句，转四五韵，甚至七八韵，如山涧溪水随势曲折，摇曳生姿。此不拘不泥之流转，赋予诗歌自由、洒脱的格调。如《听安万善吹觱篥歌》，十八句七次转韵。歌曰："南山截竹为觱篥，此乐本自龟兹出。流传汉地曲转奇，凉州胡人为我吹。傍邻闻者多叹息，远客思乡皆泪垂。世人解听不解赏，长飙风中自来往。枯桑老柏寒飕飗，九雏鸣凤乱啾啾。龙吟虎啸一时发，万籁百泉相与秋。忽然更作渔阳掺，黄云萧条白日暗。变调如闻杨柳春，上林繁花照眼新。岁夜高堂列明烛，美酒一杯声一曲。"可谓备极韵致。固然，转韵是歌行体诗的特点。

/ 123 /

读李颀，越读越喜欢，越钦佩。颀为诗，每意绪纵横，才气勃发，若嫖姚将军乘风驰马，有不可一世之概。他生在盛唐，鹰扬鹤立，自标一格，是诗坛超伦拔群的人物，然而，被时代及后世都低估了，竟至其生卒年月亦不记。

随手摘李颀几段五言诗句，亦供窥豹："四邻见疏木，万井度寒砧。"（《宴陈十六楼》）"旧国指飞鸟，沧波愁旅人。"（《送顾朝阳还吴》）"暄鸟迎风啭，春衣度雨寒。"（《送窦参

军》）"倚杖寒山暮，鸣梭秋叶时。"（《晚归东园》）"一身轻
寸禄，万物任虚舟。"（《赠别张兵曹》）

/ 124 /

呵呵，李颀《野老曝背》乡土气足，也俗得可爱！曰："百
岁老翁不种田，惟知曝背乐残年。有时扪虱独搔首，目送归
鸿篱下眠。"

/ 125 /

李颀有两处诗句，一云"忆君泪落东流水，岁岁花开知
为谁"（《题卢五旧居》），一云"别离岁岁如流水，谁辨他乡
与故乡"（《失题》），都教人想到曹雪芹《红楼梦》里的诗。

/ 126 /

"不言牧田远，不道牧陂深。所念牛驯扰，不乱牧童心。
圆笠覆我首，长蓑披我襟。方将忧暑雨，亦以惧寒阴。大牛
隐层坂，小牛穿近林。同类相鼓舞，触物成讴吟。取乐须臾
间，宁问声与音。"储光羲《牧童词》前十句写牧童，后四句
写自己，实则整首都借牧童以自况，亦今所谓"代入"也。

/ 127 /

储光羲多有诗句似渊明者，如"高天风雨散，清气在园

林。况我夜初静，当轩鸣绿琴。云开北堂月，庭满南山阴。不见长裾者，空歌游子吟"（《霁后贻马十二巽》），又如"清晨登仙峰，峰远行未极。江海霁初景，草木含新色。而我任天和，此时聊动息。望乡白云里，发棹清溪侧。松柏生深山，无心自贞直"（《泛茅山东溪》），优游散淡，语似，情似。

/ 128 /

储光羲《效古二首》记，天宝年间河北大旱，官府仍横征徭役，致使民不聊生。诗中景象悲惨，语调紧张，让我们千年后还能切身感受安史之乱前夕的气氛。其一云："晨登凉风台，暮走邯郸道。曜灵何赫烈，四野无青草。大军北集燕，天子西居镐。妇人役州县，丁男事征讨。老幼相别离，哭泣无昏早。稼穑既殄绝，川泽复枯槁。旷哉远此忧，冥冥商山皓。"

/ 129 /

落叶秋夕，月照西林，霜天清幽，雁行南飞，松径引步，钓矶住舟，然而，良辰美景无非寂寞，思友故也。储光羲《山居贻裴十二迪》诚怀人之佳作，云："落叶满山砌，苍烟埋竹扉。远怀青冥士，书剑常相依。霜卧眇兹地，琴言纷已违。衡阳今万里，南雁将何归。出径惜松引，入舟怜钓矶。西林有明月，夜久空微微。"

"中岁尚微道，始知将谷神。抗策还南山，水木自相亲。深林开一道，青嶂成四邻。平明去采薇，日入行刈薪。云归万壑暗，雪罢千崖春。始看玄鸟来，已见瑶华新。寄言搴芳者，无乃后时人。"储光羲这首《终南幽居献苏侍郎三首时拜太祝未上》其二，有渊明先生风味。

"竹林既深远，松宇复清虚。迹迥事多逸，心安趣有馀。"储光羲《贻阎处士防卜居终南》句。绝世之境固有逸致，心安之时自多生趣。

储光羲五言诗多古意，五七杂言歌行则清浅婉约，有晚代宋词风味。如《蔷薇》："袅袅长数寻，青青不作林。一茎独秀当庭心，数枝分作满庭阴。春日迟迟欲将半，庭影离离正堪玩……葡萄架上朝光满，杨柳园中暝鸟飞。连袂踏歌从此去，风吹香气逐人归。"

储光羲《蓝上茅茨期王维补阙》，写山居中等候王维来访。口头说老来疏于交往，乐天随性，而诗中所写日已夕，酒已熟，溪头清寂，仍不见来客，透露一腔急热之情。诗曰："山中人不见，云去夕阳过。浅濑寒鱼少，丛兰秋蝶多。老年疏世事，幽性乐天和。酒熟思才子，溪头望玉珂。"

/ 134 /

萧索冬日，读储光羲《同武平一员外游湖五首时武贬金坛令》，眼前绿荫婆娑，迎面风和气润，备感夏日之盛。其四曰："朦胧竹影蔽岩扉，淡荡荷风飘舞衣。舟寻绿水宵将半，月隐青林人未归。"

/ 135 /

缩写王昌龄《从军行二首》其一："向夕临大荒，朔风轸归虑。平沙万里馀，飞鸟宿何处。边声摇白草，海气生黄雾。早知行路难，悔不理章句。"

/ 136 /

"勿听白头吟，人间易忧怨。若非沧浪子，安得从所愿。北上太行山，临风阅吹万。长云数千里，倏忽还肤寸。观其微灭时，精意莫能论。百年不容息，是处生意蔓。始悟海上人，辞君永飞遁。"王昌龄《悲哉行》，古意苍苍，风流上迫魏晋。

王昌龄听《风入松》古琴曲所感，如露之清，如雪之洁，凛冽空寂，遗世脱俗，一派尘外境界，岂人间哉！《听弹风入松阕赠杨补阙》云："商风入我弦，夜竹深有露。弦悲与林寂，清景不可度。寥落幽居心，飔飔青松树。松风吹草白，溪水寒日暮。声意去复还，九变待一顾。空山多雨雪，独立君始悟。"

"吾谋适可用，天道岂辽廓。不然买山田，一身与耕凿。"王昌龄《淇上酬薛据兼寄郭微》（一作高适诗）末四句，这番进退姿态是有唐一代才子志士之同调，是那个时代的"普适价值"。

王昌龄《咏史》有句云："荷畚至洛阳，杖策游北门。天下尽兵甲，豺狼满中原。"疑非咏史，而是写安禄山之乱。

疾患中读王昌龄《素上人影塔》，曰："物化同枯木，希夷明月珠。本来生灭尽，何者是虚无。一坐看如故，千龄独向隅。至人非别有，方外不应殊。"诵之再三，无生、物化并不能使痛感稍解。痛感给人强烈的存在感，可谓我痛故我在也！

／ 141 ／

王昌龄七绝有："骝马新跨白玉鞍，战罢沙场月色寒。城头铁鼓声犹振，匣里金刀血未干。"(《出塞二首》其二)亦有："荷叶罗裙一色裁，芙蓉向脸两边开。乱入池中看不见，闻歌始觉有人来。"(《采莲曲二首》其二)英雄美人，兼而得之。

／ 142 ／

常建《古兴》为实录，写渔翁之死。翁死江边，无人收尸，浮在泥水里，任恶禽啄食。这种惨状一反中国文学中常见的渔父形象，对文人的隐逸想象构成辛辣讽刺。诗曰："汉上逢老翁，江口为僵尸。白发沾黄泥，遗骸集乌鸱。机巧自此忘，精魄今何之。风吹钓竿折，鱼跃安能施。白水明汀洲，菰蒲冒深陂。唯留扁舟影，系在长江湄。"

／ 143 ／

常建《客有自燕而归哀其老而赠之》有句云："碣石海北门，徐寇惟朝鲜。"因全诗用平声韵，此处"朝鲜"之鲜字，读平声，读上声则不合。诗另有"离离一寒骑，袅袅驰白天"句，以"袅袅"状一骑远驰而渐行渐远貌，巧妙、稀奇。

∕ 144 ∕

常建和张果老是同乡，皆河北邢州（今邢台市）人，曾访张果老道场，作《张天师草堂》一首。依诗看，张仙人居狭窄山涧中，幽深阴凉，隐蔽之至，日照大不足。诗云："灵溪宴清宇，傍倚枯松根。花药绕方丈，瀑泉飞至门。四气闭炎热，两崖改明昏。夜深月暂皎，亭午朝始暾。信是天人居，幽幽寂无喧。"

∕ 145 ∕

"井底玉冰洞地明，琥珀辘轳青丝索。仙人骑凤披彩霞，挽上银瓶照天阁。黄金作身双飞龙，口衔明月喷芙蓉。一时渡海望不见，晓上青楼十二重。"常建这首《古意》是游仙诗，奇幻诡异，不食人间烟火，教人想到后来的李贺。

∕ 146 ∕

常建《题破山寺后禅院》是唐诗名篇，曰："清晨入古寺，初日照高林。竹径通幽处，禅房花木深。山光悦鸟性，潭影空人心。万籁此都寂，但馀钟磬音。"若吹毛求疵，则第六句"空人心"涉嫌犯三平脚，第七句"万籁此都寂"犯孤平。是以知好诗贵言志、贵趣味、贵天真，不贵格律，求疵之论不足论。

╱ 147 ╱

"西施谩道浣春纱,碧玉今时斗丽华。眉黛夺将萱草色,红裙妒杀石榴花。新歌一曲令人艳,醉舞双眸敛鬓斜。谁道五丝能续命,却令今日死君家。"读万楚这首《五日观妓》,见他瞪大双眼,迷死了那群绿眉红裙、柔歌曼舞的妖姬。

╱ 148 ╱

王谌《后庭怨》写孤独中的煎熬。"独立每看斜日尽,孤眠直至残灯死。"这两句锥心刻骨。

╱ 149 ╱

改陶翰《送朱大出关》如下:"丈夫多别离,各有四方事。平生相知者,晚节心各异。拔剑因高歌,萧萧北风至。努力强加餐,当年莫相弃。"

╱ 150 ╱

陶翰《出萧关怀古》哀边塞自古战事不息,气甚悲壮。末八句如同那片沉沉大漠自己在黄昏下独白,曰:"大漠横万里,萧条绝人烟。孤城当瀚海,落日照祁连。怆矣苦寒奏,怀哉式微篇。更悲秦楼月,夜夜出胡天。"

岁除疾未除，年新忧患深。值此际，借刘长卿《正朝览镜作》，聊写苦煎，云："憔悴逢新岁，茅扉见旧春。朝来明镜里，不忍白头人。"通常说新岁新春，这首诗却说新岁"见旧春"，很别致。"见旧春"即见春归。春天去了又回，回来又去，当然是旧相识。但说"旧春"不说新春，表现出倦于岁月之感，使整首诗的情绪达到协调。

刘长卿《杂咏八首上礼部李侍郎·疲马》，是借老马写英雄暮年悲惨境遇与不死之心。季节有轮回，冬去春又来，但骏马壮年和人的青春却是一去不复返了。诗云："玄黄一疲马，筋力尽胡尘。骧首北风夕，徘徊鸣向人。谁怜弃置久，却与驽骀亲。犹恋长城外，青青寒草春。"

古人多舟行。水岸挥别，目送远帆，人去江空，往往见之。刘长卿诗，有"对酒心不乐，见君动行舟。回看暮帆隐，独向空江愁"（《送贾侍御克复后入京》），亦有"望君舟已远，落日潮未退。目送沧海帆，人行白云外"（《严子濑东送马处直归苏》），皆状"孤帆远影碧空尽"情景。

改编刘长卿《早春赠别赵居士还江左时长卿下第归嵩阳旧居》，云："见君风尘里，意出风尘外。自有沧洲期，含情十馀载。一身今已适，万物知何爱。悟法电已空，看心水无碍。逢时虽贵达，守道甘易退。且将穷妙理，兼欲寻胜概。一片孤客帆，飘然向青霭。沧波极天末，万里明如带。"

刘长卿《寻张逸人山居》："危石才通鸟道，空山更有人家。桃源定在深处，涧水浮来落花。"六言佳品不多，此诗亦然，前两句中"才"字、"更"字都嫌多余。

刘文房《送李穆归淮南》云："扬州春草新年绿，未去先愁去不归。淮水问君来早晚，老人偏畏过芳菲。"此送别诗，亦言及离愁，却轻松佻达，不同凡响，有幽默之趣。

刘文房《戏题赠二小男》，盖作于避安史之乱居江南时，写老来得子心情，悲欣交集。一悲流寓他乡，喜连生二男；二悲年衰发白，喜子嗣承传。喜忧言之不尽。诗曰："异乡流落频生子，几许悲欢并在身。欲并老容羞白发，每看儿戏忆青春。未知门户谁堪主，且免琴书别与人。何幸暮年方有后，举家相对却沾巾。"颔联极好。

158

刘长卿《题灵祐和尚故居》是一篇悼亡佳作。只是灵祐乃空门中人，不异色空，不住有无，有道是"莫向空门悲物理"，文房先生竟哭之如此。诗云："叹逝翻悲有此身，禅房寂寞见流尘。多时行径空秋草，几日浮生哭故人。风竹自吟遥入磬，雨花随泪共沾巾。残经窗下依然在，忆得山中问许询。"

159

刘长卿诗集句："愁中卜命看周易，梦里招魂读楚词。(《感怀》)秋草独寻人去后，寒林空见日斜时。(《长沙过贾谊宅》)"

160

"山鹧鸪，长在此山吟古木。嘲哳相呼响空谷，哀鸣万变如成曲。山鹧鸪，一生不及双黄鹄。朝去秋田啄残粟，暮入寒林啸群族。鸣相逐，啄残粟，食不足。青云杳杳无力飞，白露苍苍抱枝宿。不知何事守空山，万壑千峰自愁独。"简编刘长卿《山鹧鸪歌》(一作韦应物诗)如上。全诗叶入声韵，句句气促声咽。

《全唐诗》收颜真卿诗共十首，少而无甚奇观。《咏陶渊明》亦平平，惟诗中义气凛然，见颜鲁公格调，诗云："张良思报韩，龚胜耻事新。狙击不肯就，舍生悲缙绅。呜呼陶渊明，奕叶为晋臣。自以公相后，每怀宗国屯。题诗庚子岁，自谓羲皇人。手持山海经，头戴漉酒巾。兴逐孤云外，心随还鸟泯。"

颜真卿留下来的完诗较少，但他参加文友间游戏所作的联句诗却有二十一首之多，由此可想他个人的诗作数量应是可观的，大约多数都散佚了。他的联句诗里《五言玩初月重游联句》一首为最好，云：

"春溪与岸平，初月出黯明。（张荐）

"璧彩寒仍洁，金波夜转清。（李崿）

"孤光远近满，练色往来轻。（颜真卿）

"望望随兰棹，依依出柳城。（皎然）"

萧颖士《菊荣一篇五章》之五："岁方晏矣，霜露残促。谁其荣斯，有英者菊。岂微春华，懿此贞色。人之侮我，混于薪棘。诗人有言，好是正直。"萧氏尚古，以为文章自魏晋以下俱不足观。其四言之拟，雅多古意，在盛唐近体诗勃兴之际，颇呈松菊逆袭之姿。

"彼游惟帆，匪风不扬。有彬伊父，匪学不彰。予其怀而，勉尔无忘。"萧颖士《江有归舟三章》之三，勉学也，盖意同不学诗无以言、不学礼无以立。

萧颖士《过河滨和文学张志尹》古意萧萧，如出汉人笔下，云："隆古日以远，举世丧其淳。慷慨怀黄虞，化理何由臻。步出城西门，裴回见河滨。当其侧陋时，河水清且潾。沧桑一以变，莽然翳荆榛。至化无苦窳，宇宙将陶甄。太息感悲泉，人往迹未湮。瑟瑟寒原暮，冷风吹衣巾。顾我谬劣质，希圣杳无因。且尽登临意，斗酒欢相亲。"

崔曙，开元二十六年（公元738年）状元及第，不幸一年而卒。人称其诗多"清意悲凉"，《古意》一首却十分俏皮。诗云："绿笋总成竹，红花亦成子。能当此时好，独自幽闺里。夜夜苦更长，愁来不如死。"

/ 167 /

王翰写过《凉州词》："蒲萄美酒夜光杯，欲饮琵琶马上催。醉卧沙场君莫笑，古来征战几人回。"也有一首《观蛮童为伎之作》："长裙锦带还留客，广额青娥亦效颦。共惜不成金谷妓，虚令看杀玉车人。"赞叹粗豪壮士者，也垂涎玉色娇儿。

/ 168 /

"吾观天地图，世界亦可小。落落大海中，飘浮数洲岛。贤愚与蚁虱，一种同草草。地脉日夜流，天衣有时扫。东山谒居士，了我生死道。目见难噬脐，心通可亲脑。轩皇竟磨灭，周孔亦衰老。永谢当时人，吾将宝非宝。"孟云卿《放歌行》诗中画面，如从太空俯瞰。唐代还没有近代意义上的世界地图，更没有谷歌地图，作者看到的"天地图"和我们现在的世界地图如此相像，它从哪里来？仅仅靠登山的视觉经验和想象吗？这是个令人一再好奇的问题。阅历宇宙无限放大，地球和地球上的生物（包括人类）无限缩小的过程，带来如诗的末句所言的达观，用现代汉语说，即价值观变了。

/ 169 /

抗击安禄山暴乱的名将张巡，存诗二首，《闻笛》和《守睢阳作》，皆纪战事。《守睢阳作》应是绝笔，写守战艰危，表坚贞之志，忠烈感千古。曰："接战春来苦，孤城日渐危。合围倖月晕，分守若鱼丽。屡厌黄尘起，时将白羽挥。裹疮犹出阵，饮血更登陴。忠信应难敌，坚贞谅不移。无人报天子，心计欲何施。"诗作来自守城战斗的前线，场面气氛惊心动魄。

╱ 170 ╱

张抃是张巡裨将，与张巡同殉睢阳。《全唐诗》录其诗一首，即《题衡阳泗州寺》，曰："一水悠悠百粤通，片帆无奈信秋风。几层峡浪寒春月，尽日江天雨打篷。漂泊渐摇青草外，乡关谁念雪园东。未知今夜依何处，一点渔灯出苇丛。"写江上风雨漂泊行旅，满怀孤凄，情境浑然天成。惜颔联"春"字斧凿痕重，略失洽。

╱ 171 ╱

世传贺兰进明嫉张巡声威，置睢阳求救于不顾，致巡等败死。贺兰因此饱受诟耻。《唐才子传》虽记其帅师无功，却颇许其才学："肃宗时（贺兰）出为河南节度使。时禄山群党未平，尝帅师屯临淮备贼，竟亦无功。进明好古博雅，经籍满腹，其所著述一百余篇，颇究天人之际。"

《全唐诗》收贺兰《古意二首》《行路难五首》，七章俱佳。《古意》之一批评朝廷昏聩，之二咏英华冷落，怀才不遇；《行

55

路难》则频频叹息人之宿命与际遇。

《古意》之一曰："秦庭初指鹿，群盗满山东。忤意皆诛死，所言谁肯忠。武关犹未启，兵入望夷宫。为祟非泾水，人君道自穷。"可谓讽刺辛辣。

《行路难五首》之一曰："君不见岩下井，百尺不及泉。君不见山上苗，数寸凌云烟。人生赋命亦如此，何苦太息自忧煎。但愿亲友长含笑，相逢不乏杖头钱。寒夜邀欢须秉烛，岂得常思花柳年。"嘲讽的是不公平的门阀制度和社会阶层固化。

/ 172 /

杀王昌龄的闾丘晓，有一首五律见收于《全唐诗》，题《夜渡江》，沾沾然露衣锦还乡之色，云："舟人自相报，落日下芳潭。夜火连淮市，春风满客帆。水穷沧海畔，路尽小山南。且喜乡园近，言荣意未甘。"

/ 173 /

杨志坚《送妻》写老婆嫌他老大无成，要求离婚，他无奈从之。其情有不舍，终决绝。这首诗让我们看到，唐代婚姻中女性也有选择权。诗曰："平生志业在琴诗，头上如今有二丝。渔父尚知溪谷暗，山妻不信出身迟。荆钗任意撩新鬓，明镜从他别画眉。今日便同行路客，相逢即是下山时。"

/ 174 /

孟浩然《初春汉中漾舟》："羊公岘山下，神女汉皋曲。雪罢冰复开，春潭千丈绿。轻舟恣来往，探玩无厌足。波影摇妓钗，沙光逐人目。倾杯鱼鸟醉，联句莺花续。良会难再逢，日入须秉烛。"这首诗颇逞欢娱。载妓泛舟，饮酒赋诗，沉湎于良辰美色，让孟夫子一时忘了四处求官不遂的怨望。

/ 175 /

"粤余任推迁，三十犹未遇。书剑时将晚，丘园日已暮。晨兴自多怀，昼坐常寡语。冲天羡鸿鹄，争食羞鸡鹜。望断金马门，劳歌采樵路。乡曲无知己，朝端乏亲故。谁能为扬雄，一荐甘泉赋。"孟夫子《田园作》以好文辞写求官无门之焦虑，写得诚实。只是似青青竹筐装了污粪，外观素美，内含浊臭。

/ 176 /

孟浩然有《示孟郊》云："蔓草蔽极野，兰芝结孤根。众音何其繁，伯牙独不喧。当时高深意，举世无能分。钟期一见知，山水千秋闻。尔其保静节，薄俗徒云云。"此诗诚勿被众声喧哗迷惑，要守株保真，以待知音，俨然长者口气。初以为此孟是诗囚孟郊，考之才知另有其人。诗囚孟郊，公元751年生，时孟浩然已故十年。

177

孟浩然《涧南即事贻皎上人》："弊庐在郭外，素产惟田园。左右林野旷，不闻朝市喧。钓竿垂北涧，樵唱入南轩。书取幽栖事，将寻静者论。"此诗写田园悠闲之趣，一以矜夸，一以招邀，实则是一张含蓄的请帖。

178

"剪花惊岁早，看柳讶春迟。"孟浩然《人日登南阳驿门亭子怀汉川诸友》诗句。惊新岁早到，是伤时光易逝；怪春日迟迟，是厌寒冻未开。快也不是，慢也不是，正是一种真实的纠结心绪。

179

孟浩然游山水诗，往往寄托求仕苦衷。如《游江西留别富阳裴刘二少府》："西上游江西，临流恨解携。千山叠成嶂，万水泻为溪。石浅流难溯，藤长险易跻。谁怜问津者，岁晏此中迷。"说水浅难以行舟，藤长方易攀缘，是希望获得援引。失意的心情溢于言表。

180

"人事有代谢，往来成古今。江山留胜迹，我辈复登临。水落鱼梁浅，天寒梦泽深。羊公碑字在，读罢泪沾襟。"孟浩然《与诸子登岘山》首句破格，亦未妨成为名篇。诗写纷纭人事都在时间中闪过，只留下些遗迹，语似淡定，实则感慨良深。却顾今日大肆拆迁，胜迹凋零，谬种遍地，我辈登临，如之奈何？

/ 181 /

孟浩然《武陵泛舟》颈联："水回青嶂合，云度绿溪阴。"好清幽。

/ 182 /

孟浩然《与颜钱塘登障楼望潮作》末联云："惊涛来似雪，一坐凛生寒。"写潮水卷来时众观者皆不寒而栗情状，有气势，有气氛。东坡《念奴娇·赤壁怀古》"惊涛拍岸，卷起千堆雪"句，其来有自也。

/ 183 /

"与君园庐并，微尚颇亦同。耕钓方自逸，壶觞趣不空。门无俗士驾，人有上皇风。何处先贤传，惟称庞德公。"（《题张野人园庐》）张先生种田钓鱼为业，喜饮酒聊天，不与俗人交，纯朴如古人。孟夫子有这样一位好邻居，真是幸运。

孟襄阳《自洛之越》篇，一吐求仕不果之郁愤，表示对帝京和权要不满，云："皇皇三十载，书剑两无成。山水寻吴越，风尘厌洛京。扁舟泛湖海，长揖谢公卿。且乐杯中物，谁论世上名。"志既不遂，自放山水，纵酒啸傲去也。腹中几多牢骚！

孟浩然终不枉是诗坛妙手，述怀诗写得好，羁旅诗写得好，田园山水诗写得好，酬答诗写得好，闺怨诗也写得千回百转，楚楚可怜。

《赋得盈盈楼上女》云："夫婿久离别，青楼空望归。妆成卷帘坐，愁思懒缝衣。燕子家家入，杨花处处飞。空床难独守，谁为报金徽。"《春意》(一题作《春怨》)云："佳人能画眉，妆罢出帘帷。照水空自爱，折花将遗谁。春情多艳逸，春意倍相思。愁心极杨柳，一种乱如丝。"皆教人咏之再三，不甘释手。

孟浩然七绝《初秋》，清纯顺畅，读来朗朗上口似儿歌，是古诗启蒙课本佳选。曰："不觉初秋夜渐长，清风习习重凄凉。炎炎暑退茅斋静，阶下丛莎有露光。"

187

"功成身不退，自古多愆尤。黄犬空叹息，绿珠成衅仇。何如鸱夷子，散发棹扁舟。"句见李白《古风》其十八。为说一个人生选择，四句诗接连用李斯、石崇、范蠡三个典故，是所谓铺陈。

188

"人生鸟过目，胡乃自结束。景公一何愚，牛山泪相续。物苦不知足，得陇又望蜀。人心若波澜，世路有屈曲。三万六千日，夜夜当秉烛。"太白《古风》其二十三，充满人生苦短的烦恼。他想潇洒解脱这烦恼，却走向自相矛盾。人生苦痛来自不知足，而意欲三万六千日，夜夜秉烛游，又是何等贪恋！

189

尧禅帝位于舜，舜禅于禹，有关此说，自古别有传闻，即舜囚尧，禹放舜，舜与禹都是颠覆者。李白显然知道这另一个传闻，似乎也相信了。其《远别离》诗中云："君失臣兮龙为鱼，权归臣兮鼠变虎。或言尧幽囚，舜野死，九疑联绵皆相似，重瞳孤坟竟何是。帝子泣兮绿云间，随风波兮去无还。"

190

"草不谢荣于春风，木不怨落于秋天。谁挥鞭策驱四运，万物兴歇皆自然。羲和羲和，汝奚汨没于荒淫之波。鲁阳何德，驻景挥戈。逆道违天，矫诬实多。吾将囊括大块，浩然与溟涬同科。"李白《日出行》，其意是顺自然，委运任化，大概同于陶潜"纵浪大化中，不喜亦不惧。应尽便须尽，无复独多虑"。不过，李白言辞夸张，不如老陶自然。

/ 191 /

"云龙风虎尽交回，太白入月敌可摧。敌可摧，旄头灭，履胡之肠涉胡血。悬胡青天上，埋胡紫塞傍。胡无人，汉道昌。"李白《胡无人》诗句。白或生于胡地，甚或有胡人血统，其屠胡之心如此。以今人视之，这是种族灭绝，野蛮得狠，古人却以为是英雄壮举。

/ 192 /

欲知古侠士风姿，可读李白《侠客行》。李白一生敬侠，此诗是他心中侠士之写照。然而，"三杯吐然诺，五岳倒为轻。眼花耳热后，意气素霓生"这四句过于漫画化。是因李白本人嗜酒，才将侠士说得颇类酒鬼，还是侠客多为高阳酒徒呢？

/ 193 /

读李白《于阗采花》，直要喷饭。前六句写昭君和汉家美女，拿外国娇娃做铺垫，硬要把人家踩死，实在胡诌到令人发噱！诗云："于阗采花人，自言花相似。明妃一朝西入胡，胡中美女多羞死。乃知汉地多名姝，胡中无花可方比。"

／ 194 ／

"汉帝宠阿娇，贮之黄金屋。咳唾落九天，随风生珠玉。"句见李白《妾薄命》。"咳唾"两句奇。阿娇咳嗽一声，唾沫星儿从楼上掉下来，都随风飘扬成晶莹的玉珠。这该是何等尤物！李白用活了庄子里的典故。

／ 195 ／

"秦地罗敷女，采桑绿水边。素手青条上，红妆白日鲜。"句见李白《子夜吴歌·春歌》。写美女，未言面目，只阳光下绿水、青条、素手、红妆几抹色彩，已明艳夺人。

／ 196 ／

"美人在时花满堂，美人去后空馀床。床中绣被卷不寝，至今三载犹闻香。"（李白《长相思》之二）李白这几句是以味道写美人之美。美人去后，留在绣被上的香气三年犹在，这等美人真美成妖精了。

／ 197 ／

李白《鸣皋歌送岑征君（时梁园三尺雪，在清泠池作）》

有云："魂独处此幽默兮，愀空山而愁人。"《楚辞·九章·怀沙》有云："眴兮杳杳，孔静幽默。"两千多年前就有"幽默"一词了，义指静寂幽暗，但这个本义被后人忘却了。

/ 198 /

苏轼疑李白集中《笑歌行》《悲歌行》两首是伪作，不知有何证据。

/ 199 /

读《江夏行》"忆昔娇小姿"一首，深感豪气奔放若李白，竟也擅长作邻家小妇人语，哭哭啼啼，哀哀怨怨，絮絮叨叨。絮叨间情意深长，令人怜惜。

/ 200 /

中国古代文人雅赏苔藓，多入诗。如李白"谢公行处苍苔没"（《庐山谣寄卢侍御虚舟》），"题诗留万古，绿字锦苔生"（《秋浦歌十七首》其九）；王维"复照青苔上"（《辋川集·鹿柴》）；杜甫"随意坐莓苔"（《陪郑广文游何将军山林十首》其五）；钱起"水碧沙明两岸苔"（《归雁》）；白居易"绿芜墙绕青苔院"（《新乐府·陵园妾　怜幽闭也》）；杜牧"青苔满阶砌"（《题扬州禅智寺》）；冯延巳"绿树青苔半夕阳"（《采桑子》其十三）；晏殊"雨后青苔满院"（《清平乐》

其二）；欧阳修"落花愁点青苔"（《清平乐》）云云。苔藓一般都生在阴暗潮湿的地方，中国诗人为何对它情有独钟？因为在中国文学中，荒寂、凄清也是美的，苔藓的世界人迹罕至，远离尘嚣，可以象征高洁。

/ 201 /

"少年上人号怀素，草书天下称独步。墨池飞出北溟鱼，笔锋杀尽中山兔。"（《草书歌行》）这是李白写观怀素草书的诗句，赞其笔势一飞冲天、凌厉迅猛。这样奇幻又快意的句子，道出怀素草书所具有的超强审美杀伤力。

/ 202 /

"我有结绿珍，久藏浊水泥。时人弃此物，乃与燕珉齐。撝拭欲赠之，申眉路无梯。辽东惭白豕，楚客羞山鸡。徒有献芹心，终流泣玉啼。只应自索漠，留舌示山妻。"摘自李白《赠范金卿二首》之一，这是感叹不遇之作，其中有自负，有自怜，有自悲，有自嘲，五味杂陈。

/ 203 /

李白这首《赠韦侍御黄裳二首》之一是励志诗，给人打气，也自我安抚。诗云："太华生长松，亭亭凌霜雪。天与百尺高，岂为微飙折。桃李卖阳艳，路人行且迷。春光扫地尽，碧叶成黄泥。愿君学长松，慎勿作桃李。受屈不改心，然后知君子。"

"有时忽惆怅，匡坐至夜分。平明空啸咤，思欲解世纷。心随长风去，吹散万里云。羞作济南生，九十诵古文。不然拂剑起，沙漠收奇勋。老死阡陌间，何因扬清芬。"句见李白《赠何七判官昌浩》。日夜思功名，坐卧不安，辗转反侧，忧心如焚，正所谓君子疾没世而名不称焉。

"平明拂剑朝天去，薄暮垂鞭醉酒归。"李白《赠郭将军》这两句实在好，像两帧漫画，对照生动，可以作李白一生的写照。这也是古今心高命薄的不甘之人每日面对的现实人生。

捧人就要有垫脚石，就要踩别人。这种顽劣，李白也难免。他写《述德兼陈情上哥舒大夫》，捧哥舒翰，硬把汉朝卫青、秦国白起踩一脚，骂一回，很失厚道。云："天为国家孕英才，森森矛戟拥灵台。浩荡深谋喷江海，纵横逸气走风雷。丈夫立身有如此，一呼三军皆披靡。卫青谩作大将军，白起真成一竖子。"诗写得比较滥。或是残诗，抑或是一首未完成作品。

/ 207 /

"大鹏一日同风起，扶摇直上九万里。假令风歇时下来，犹能簸却沧溟水。世人见我恒殊调，闻余大言皆冷笑。宣父犹能畏后生，丈夫未可轻年少。"这首《上李邕》从体制到意象，从用词到语气，都具明显的李白性格，不知萧士赟何以断为伪作。或职诗题之故也，以李白布衣之身，上书李邕，固不宜直呼其名。

/ 208 /

"闲时田亩中，搔背牧鸡鹅。"李白《书情题蔡舍人雄》，只这句好。

/ 209 /

李白《赠武十七谔》有"马如一匹练，明日过吴门"句。"一匹练"固状马之光洁，也是形容马奔跑之迅疾。妙！

/ 210 /

《流夜郎赠辛判官》一诗，大半章都是李白对当年长安生活的回忆。他此时身为楚囚，如此自炫自夸，有套近乎和博取同情的用意。诗云："昔在长安醉花柳，五侯七贵同杯酒。

气岸遥凌豪士前，风流肯落他人后。夫子红颜我少年，章台走马著金鞭。文章献纳麒麟殿，歌舞淹留玳瑁筵。"

李白《江上赠窦长史》云："闻道青云贵公子，锦帆游戏西江水。人疑天上坐楼船，水净霞明两重绮。""人疑"两句写船行江上，天空彩霞若绮，水映霞天又成一重绮，绚丽奇幻之极，似非人间景色。

李白《赠闾丘处士》："贤人有素业，乃在沙塘陂。竹影扫秋月，荷衣落古池。闲读山海经，散帙卧遥帷。且耽田家乐，遂旷林中期。野酌劝芳酒，园蔬烹露葵。如能树桃李，为我结茅茨。"曰读《山海经》，曰酌酒，曰园蔬，曰田家乐，在在是陶潜《读山海经》笔意。

李白《赠黄山胡公求白鹇》前四句云："请以双白璧，买君双白鹇。白鹇白如锦，白雪耻容颜。"四句用五个"白"字，重复又重复，肆意肆笔。青莲居士如此爱白鹇，不吝以双璧求购，又反复以"白"字造句，或是由于他将白鹇联系到自己了，因为他名"白"，字"太白"。知乎哉，知乎哉？

李白《寄王屋山人孟大融》云："我昔东海上，劳山餐紫霞。亲见安期公，食枣大如瓜。"安期公即安期生，秦汉之际人，传说始皇帝东巡，二人曾会晤，交谈三天三夜。李白当然知其人，而曰"亲见"，言之凿凿，当然是吹牛。

李白《宿白鹭洲寄杨江宁》虽为五古，亦近五律。其中"波光摇海月，星影入城楼"两句，描写宿洲渚上所见江上夜景，极有光影感，对偶甚工，堪当五律佳联。出入古体与格律之间，自由挥洒，不黏不滞，是太白先生独家风味。

《寄东鲁二稚子》诉说对儿女和家的思念，显示李白为人父之凡人温情面目，十分难得。且看他这番言语："此树我所种，别来向三年。桃今与楼齐，我行尚未旋。娇女字平阳，折花倚桃边。折花不见我，泪下如流泉。小儿名伯禽，与姊亦齐肩。双行桃树下，抚背复谁怜。念此失次第，肝肠日忧煎。"

李白《窜夜郎于乌江留别宗十六璟》，是流放途中为告别送行的妻子和妻弟写的。诗中述说宗氏家世，几用一半篇幅，虽寄兴衰之叹，亦甚为夸耀，如"君家全盛日，台鼎何陆离。斩鳌翼娲皇，炼石补天维。一回日月顾，三入凤凰池"云云。王琦评曰："若深叙情亲，少序家世，更为得体矣。"切中要害。

╱ 218 ╱

《别韦少府》云："西出苍龙门，南登白鹿原。欲寻商山皓，犹恋汉皇恩。""欲寻""犹恋"二句是大实话，道出李白纠结的心事。他向往岩居林隐的隐士生活，又毕生放不下对政治荣耀的倾慕，造次于是，颠沛于是，终于在捕风捉影中凋零于是。

╱ 219 ╱

"龙虎谢鞭策，鹓鸾不司晨。君看海上鹤，何似笼中鹑。"李白《对雪奉饯任城六父秩满归京》句。对于有些人来讲，自由的性格是与生俱来的，从未曾，也永不会被驯服。

╱ 220 ╱

李白五言绝句《送侄良携二妓赴会稽戏有此赠》云："携妓东山去，春光半道催。遥看若桃李，双入镜中开。"这四句，句句双关。"东山"指会稽，也用谢安蓄妓的典故；"春光"指春色，也暗示男女情；"桃李"指春花，亦喻二妓美色；"镜"

指镜子，也指镜湖。全诗语带调笑，也不掩艳羡，颇显叔侄关系亲昵不拘，亦见唐代人伦之一斑。

《同王昌龄送族弟襄归桂阳二首》之一云："秦地见碧草，楚谣对清樽。把酒尔何思，鹧鸪啼南园。余欲罗浮隐，犹怀明主恩。踌躇紫宫恋，孤负沧洲言。"表现出李白既想归山又眷念恩荣、不忍离去的内心矛盾。

李白《送蔡山人》云："我本不弃世，世人自弃我。"犹言我不负天下人，是天下人负我。弃世之语，不过是反话正说而已。

《江上送女道士褚三清游南岳》是太白轻薄为文又一例。自诗中观之，褚三清乃一貌美女道，李白以巫山云雨、洛神凌波比之，嬉皮笑脸，极挑逗之能事。他不惮于袒露登徒子面目，倒也率性。诗云："吴江女道士，头戴莲花巾。霓衣不湿雨，特异阳台云。足下远游履，凌波生素尘。寻仙向南岳，应见魏夫人。"

深疑《答湖州迦叶司马问白是何人》非出李白，而是他人所作，盖坊间流传，编者失察，误收入太白诗集。疑点一，白在长安已名声大震，何来"藏名"；疑点二，白笃迷仙道，此处却以佛家比，不洽；疑点三，格调低，似出自民间。待考。诗云："青莲居士谪仙人，酒肆藏名三十春。湖州司马何须问？金粟如来是后身。"

《宴陶家亭子》五律颔联："池开照胆镜，林吐破颜花。"太白先生故弄惊人语。

李白《陪族叔刑部侍郎晔及中书贾舍人至游洞庭五首》，皆为近体七绝，然前三首步趋格律，后两首则异变。第四首第一、第二句云："洞庭湖西秋月辉，潇湘江北早鸿飞。""庭"字失对。第三句也失粘。第五首第三句再失粘。这种随性而为，不肯死守法度处，是李太白性情。

李白作《望庐山瀑布水》五古、七绝各一首。两篇笔意雷同，而七绝独擅。其五古在先，描写生动，亦很精彩，如："西登香炉峰，南见瀑布水。挂流三百丈，喷壑数十里。欻如飞电来，隐若白虹起。初惊河汉落，半洒云天里。"可惜这首五古后面自我表白过多。疑其七绝篇是在精炼这首五古基础上另作。

／ 228 ／

《九日登巴陵置酒望洞庭水军（时贼逼华容县）》诗中云："白羽落酒樽，洞庭罗三军。黄花不掇手，战鼓遥相闻。剑舞转颓阳，当时日停曛。酣歌激壮士，可以摧妖氛。龌龊东篱下，渊明不足群。"这首是李白晚年作。其仰慕周瑜、诸葛亮之流，鄙夷东篱。见其青云之志老而犹壮，终生不甘匍匐于蓬蒿间。

／ 229 ／

李白《王右军》曰："右军本清真，潇洒出风尘。山阴过羽客，爱此好鹅宾。扫素写道经，笔精妙入神。书罢笼鹅去，何曾别主人。"叙王羲之写经换鹅故事。末两句说他写完经笼鹅而去，一声道别都没有，显出不一样的风景，好。

／ 230 ／

李白《春日独酌二首》之一中间四句云："孤云还空山，众鸟各已归。彼物皆有托，吾生独无依。"借用陶潜《读山海经》中"众鸟欣有托，吾亦爱吾庐"诗句。经过改造，反转其意，以云鸟皆有所寄，反衬自己孤独无依、连鸟都不如的落拓境遇。

／ 231 ／

"两人对酌山花开，一杯一杯复一杯。我醉欲眠卿且去，明朝有意抱琴来。"陶潜不写七言诗，若写，盖此种风调。李白这首七绝《山中与幽人对酌》，用陶潜事、陶潜语，口气、性情、举止，尽似陶潜。

／ 232 ／

李白《嘲王历阳不肯饮酒》，全借陶潜典故说事，泼皮无赖，令人发噱。呵呵，此等手段，恰是一干贪杯之徒酒桌上嘲弄怯酒者所惯施。诗云："地白风色寒，雪花大如手。笑杀陶渊明，不饮杯中酒。浪抚一张琴，虚栽五株柳。空负头上巾，吾于尔何有。"

／ 233 ／

太白《拟古》之九云："生者为过客，死者为归人。天地一逆旅，同悲万古尘。"既等生死，又何必悲？

/ 234 /

李白《寓言三首》之三云："长安春色归，先入青门道。绿杨不自持，从风欲倾倒。""绿杨"二句妙。

/ 235 /

"凉风度秋海，吹我乡思飞。连山去无际，流水何时归。目极浮云色，心断明月晖。芳草歇柔艳，白露催寒衣。梦长银汉落，觉罢天星稀。含悲想旧国，泣下谁能挥。"李白《秋夕旅怀》，貌似好诗，实则未必。须知秋夜思乡，望眼欲穿，应是难眠，他却倒头睡到河汉落、晓星稀，于情理不合。

/ 236 /

"妾在春陵东，君居汉江岛。一日望花光，往来成白道。一为云雨别，此地生秋草。秋草秋蛾飞，相思愁落晖。何由一相见，灭烛解罗衣。"呵呵，谪仙人这首《寄远》情诗，大似民歌俚曲，直率热辣。

/ 237 /

李白《越女词五首（越中书所见也）》，以一、三两章为佳。其一明艳性感，曰："长干吴儿女，眉目艳新月。屐上足如霜，不著鸦头袜。"其三风骚好玩，曰："耶溪采莲女，见客棹歌回。笑入荷花去，佯羞不出来。"

/ 238 /

李白《初月》颔联："云畔风生爪，沙头水浸眉。"想象瑰丽。"爪""眉"皆喻新月。月在云旁，风吹云动，由此想到月是风伸出来勾云的爪子。月映在沙滩边的水中，又像镜中美人弯弯的细眉。

/ 239 /

李白《自广平乘醉走马六十里至邯郸登城楼览古书怀》曰："醉骑白花马，西走邯郸城。扬鞭动柳色，写鞚春风生。"此"广平"应是今之河北永年县广府镇，所谓"广平古城"者，而不是现在的广平县。广府镇古为广平府治所，后为永年县治所。1958年永年县府迁至京广铁路线旁临洺关，县城易地。

/ 240 /

韦应物《杂体五首》之一云："沉沉匣中镜，为此尘垢蚀。辉光何所如，月在云中黑。南金既雕错，鞶带共辉饰。空存鉴物名，坐使妍蚩惑。"宝镜垢积，乌黑一团，虽错金玉，不能映照。喻高贵者为污垢遮蔽，不能辨美丑。

/ 241 /

"春罗双鸳鸯，出自寒夜女。心精烟雾色，指历千万绪。长安贵豪家，妖艳不可数。裁此百日功，唯将一朝舞。舞罢

76

复裁新，岂思劳者苦。"韦应物《杂体五首》之三。此诗所吟
罗衣无乃今之所谓演出服乎？呵呵，以演出服视之，古今京华
倡优别无二致。

／ 242 ／

"与君十五侍皇闱，晓拂炉烟上赤墀。花开汉苑经过处，
雪下骊山沐浴时。近臣零落今犹在，仙驾飘飖不可期。此日
相逢思旧日，一杯成喜亦成悲。"韦应物这首《燕李录事》是
七言律否？颔联与首联失粘，颈联与颔联又失粘。以是知他作
律诗有时不拘于律。情之所至，何必唯唯。

／ 243 ／

"寒树依微远天外，夕阳明灭乱流中。"韦应物《自巩洛
舟行入黄河即事寄府县僚友》句。夕阳何以明灭不定？以舟行
河流中不停颠簸起伏故也。

／ 244 ／

韦应物《登楼寄王卿》："踏阁攀林恨不同，楚云沧海思
无穷。数家砧杵秋山下，一郡荆榛寒雨中。"后两句凄迷如画。

／ 245 ／

"去年花里逢君别，今日花开已一年。世事茫茫难自料，

春愁黯黯独成眠。身多疾病思田里，邑有流亡愧俸钱。闻道欲来相问讯，西楼望月几回圆。"韦应物《寄李儋元锡》十分平常，但因"邑有流亡"一句得以传诵。此句道出一个官员的良心，故范仲淹归仁，朱子称贤，备受后来士大夫称许。

/ 246 /

韦应物《寄全椒山中道士》曰："今朝郡斋冷，忽念山中客。涧底束荆薪，归来煮白石。欲持一瓢酒，远慰风雨夕。落叶满空山，何处寻行迹。"下半章绝矣。施补华《岘佣说诗》云："《寄全椒山中道士》一作，东坡刻意学之，而终不似。盖东坡用力，韦公不用力；东坡尚意，韦公不尚意。微妙之诣也。"妙手偶得之作，诚不可力求。

评者谓韦应物诗有陶渊明风。这首诗最堪证明。这首诗使人想起刺史王宏给陶渊明送酒的故实。那也是在深秋。不过，拿那个故实比，韦应物像王宏，而不是陶渊明。

/ 247 /

"旧国应无业，他乡到是归。"韦应物《送元仓曹归广陵》句。旧国虽在，物业易主，家无可归，那就漂泊四海，随遇而安吧。失乡之痛，无奈之情，回荡在浅白的文句之中。

/ 248 /

韦应物《送孙徵赴云中》中有四句："寒风动地气苍芒，横吹先悲出塞长。敲石军中传夜火，斧冰河畔汲朝浆。"写想象中的塞上军旅生活。入夜敲石取火，晨兴凿冰汲饮，艰苦卓绝。

/ 249 /

韦苏州《期卢嵩枉书称日暮无马不赴以诗答》，好玩。二人有约临近，卢生送信说天晚了，没马骑，不来了。苏州得信以诗作答，送去劝行。信使往还费时何多，真是有这工夫早见面了！可发一噱。诗云："佳期不可失，终愿枉衡门。南陌人犹度，西林日未昏。庭前空倚杖，花里独留樽。莫道无来驾，知君有短辕。"

/ 250 /

"微官何事劳趋走，服药闲眠养不才。花里棋盘憎鸟污，枕边书卷讶风开。故人问讯缘同病，芳月相思阻一杯。应笑王戎成俗物，遥持麈尾独徘徊。"韦应物《假中枉卢二十二书亦称卧疾兼讶李二久不访问以诗答书因亦戏李二》，叙朋友间互致寒暄小事，诙谐又风雅。三、四句好。"花里棋盘憎鸟污"是以棋盘久不用，被鸟粪弄脏，寓意主人病了，又无友到访。"枕边书卷讶风开"言风吹开枕边卷，而不是人打开了书，指主人睡了，也示意寂寞和卧病。

"出身忝时士，于世本无机。爱以林壑趣，遂成顽钝姿。临流意已凄，采菊露未稀。举头见秋山，万事都若遗。"读韦应物《答长安丞裴说》，眼前闪现陶潜诗句，如"少无适俗韵，性本爱丘山""采菊东篱下，悠然见南山"云云。

/ 252 /

韦应物《逢杨开府》自述早年受玄宗恩，横行闾里，追逐声色犬马，的的一长安恶少。如此坦白不讳，亦难矣。诗云："少事武皇帝，无赖恃恩私。身作里中横，家藏亡命儿。朝持樗蒲局，暮窃东邻姬。司隶不敢捕，立在白玉墀。骊山风雪夜，长杨羽猎时。一字都不识，饮酒肆顽痴。"

/ 253 /

韦应物《感镜》诗："铸镜广陵市，菱花匣中发。凤昔尝许人，镜成人已没。如冰结圆器，类璧无丝发。形影终不临，清光殊不歇。一感平生言，松枝树秋月。"次句"发"繁体字为"發"，第六句"发"繁体字为"髮"，今用简体字，俱为"发"，便十分难看。

/ 254 /

韦应物不独有"邑有流亡愧俸钱"句，其《观田家》述农家劳作之苦、徭役之忧，再兴禄食之叹，为田园诗之仁篇。云："微雨众卉新，一雷惊蛰始。田家几日闲，耕种从此起。丁壮俱在野，场圃亦就理。归来景常晏，饮犊西涧水。饥劬不自苦，膏泽且为喜。仓廪无宿储，徭役犹未已。方惭不耕者，禄食出闾里。"

/ 255 /

"绿阴生昼静，孤花表春馀。"韦应物《游开元精舍》句，绿阴浓了，花少了，正是眼前立夏光景。

/ 256 /

"履机乘变安可当，置之死地翻取强。"韦应物《弹棋歌》这句写高手善于搏杀，能绝处翻身，反败为强。读之颇感心头紧张。

/ 257 /

"南园春色正相宜，大妇同行少妇随。竹里登楼人不见，花间觅路鸟先知。樱桃解结垂檐子，杨柳能低入户枝。山简醉来歌一曲，参差笑杀郢中儿。"张谓《春园家宴》。作者何其得意，带领大小老婆游春，前呼后拥，到处禽鸟花木都来恭维逢迎！

258

"世人结交须黄金，黄金不多交不深。纵令然诺暂相许，终是悠悠行路心。"张谓《题长安壁主人》。自古人类贪财轻义。成语"一诺千金"，说壮士的一个承诺多么重要，但再重要的承诺总还是要用钱来计算。

259

张谓《过从弟制疑官舍竹斋》："羡尔方为吏，衡门独晏如。野猿偷纸笔，山鸟污图书。竹里藏公事，花间隐使车。不妨垂钓坐，时脍小江鱼。"好一个闲官。

260

岑参《西蜀旅舍春叹寄朝中故人呈狄评事》云："四海犹未安，一身无所适。自从兵戈动，遂觉天地窄。"教人想到后人说的"以华北之大，竟放不下一张安静的书桌"那句话。二者意思接近。兵荒马乱中无处逃身，便觉时空逼仄。

261

"五马当路嘶，按节投蜀都。千崖信萦折，一径何盘纡。层冰滑征轮，密竹碍隼旟。深林迷昏旦，栈道凌空虚。飞雪缩马毛，烈风擘我肤。峰攒望天小，亭午见日初。夜宿月近人，朝行云满车。"岑参《酬成少尹骆谷行见呈》亦状蜀道难，比之李白诗，可谓十分写实。这是一个现实派与一个浪漫派的区别吧。

／ 262 ／

甚喜岑参《林卧》"远峰带雨色，落日摇川光"二句。亦雨亦晴，欲暮还明，山川悠旷，光影交叠，景象变化不定。

／ 263 ／

岑参《万里桥》云："成都与维扬，相去万里地。沧江东流疾，帆去如鸟翅。楚客过此桥，东看尽垂泪。"成都城中原有万里桥，常泊东吴来船。自古吴蜀靠长江通航，登斯桥而思东还为一旧习。

／ 264 ／

"曾随上将过祁连，离家十年恒在边。剑锋可惜虚用尽，马蹄无事今已穿。"岑参《送费子归武昌》句，咏叹纵有雄心壮行，终归蹉跎。不遇之伤，人其奈何。

／ 265 ／

"昨日一花开，今日一花开。今日花正好，昨日花已老。

始知人老不如花，可惜落花君莫扫。"岑参《蜀葵花歌》借花喻人，大意与其《韦员外家花树歌》一首同。两诗都用了"始知""可惜"二句，盖此二句颇得岑翁意。

/ 266 /

"梁园日暮乱飞鸦，极目萧条三两家。庭树不知人死尽，春来还发旧时花。"岑参《山房春事二首》之二，叫人想起"墓木已拱"的故实。这种由树木与人生对比引起的感叹，是人类一种普遍的情感。适读葡萄牙作家萨拉马戈书，萨氏回忆他的祖父说："他在生命最后的几个小时里，和他亲手栽种的几株树道别，拥抱它们，并且流下眼泪。因为祖父知道，经此一别，人树再无相见之时了。"再回头读岑参诗，感触更深。

/ 267 /

"枕上片时春梦中，行尽江南数千里。"岑参《春梦》句。时间能超越空间，速度能超越时间，能够超越空间、时间和速度的，是人类自由的心灵。

/ 268 /

岑参《草堂村寻罗生不遇》是雪后访人，云"柳色依依"，又云"门前雪满"，看似矛盾，实则是春季偶然会有的现象，毋庸置疑。诗曰："数株溪柳色依依，深巷斜阳暮鸟飞。门前雪满无人迹，应是先生出未归。"

╱ 269 ╱

"沙上见日出，沙上见日没。悔向万里来，功名是何物。"岑参《日没贺延碛作》。每天只是看日头从沙碛上升起，又在沙碛上落下，写出荒漠的枯淡寂寥。

╱ 270 ╱

李清《咏石季伦》云："金谷繁华石季伦，只能谋富不谋身。当时纵与绿珠去，犹有无穷歌舞人。"这是怨石崇只会赚钱不懂谋身，叫他交出绿珠保命。呵呵，这个李清是理不清！

╱ 271 ╱

多见唐人题写《怀素上人草书歌》。王颙有"寒猿饮水撼枯藤"，窦冀有"狂风入林花乱起""塞草遥飞大漠霜"，鲁收有"狂来纸尽势不尽"，朱逵有"长松老死倚云壁，慓浪相翻惊海鸿"，皆妙赞怀素书法。观感纷纭，苍劲、俊美、萧散、清奇、险变，不可胜收。

╱ 272 ╱

"玉树歌终王气收，雁行高送石城秋。江山不管兴亡事，一任斜阳伴客愁。"包佶绝句《再过金陵》，吊古也。朝代更替，人事兴亡，于天地自然何有哉？是吾辈多情，非天地无情。

/ 273 /

读李嘉祐诗，多感平庸。至《送王牧往吉州谒王使君叔》一首，忽如遇春暖花开。诗云："细草绿汀洲，王孙耐薄游。年华初冠带，文体旧弓裘。野渡花争发，春塘水乱流。使君怜小阮，应念倚门愁。""野渡花争发，春塘水乱流"两句绝佳，写出一派清新活泼的春天景象。

/ 274 /

李嘉祐《春日淇上作》是一幅公子小姐游春图，色彩明丽。"桑叶小""杏花稀"两句十分纤巧。全诗云："淇上春风涨，鸳鸯逐浪飞。清明桑叶小，度雨杏花稀。卫女红妆薄，王孙白马肥。相将踏青去，不解惜罗衣。"

/ 275 /

"自觉劳乡梦，无人见客心。空馀庭草色，日日伴愁襟。"李嘉祐绝句《春日忆家》。故乡之思，无日无之；遑遑客心，无处归之；扰扰世界，其谁主之；忽忽人生，其奈何之！

/ 276 /

李嘉祐七言绝句胜七律。绝句不必非要写对偶句，因此不用为对仗而堆砌词语，就精爽许多。如《夜宴南陵留别》："雪满前庭月色闲，主人留客未能还。预愁明日相思处，匹马千山与万山。"

/ 277 /

"细雨未成霖，垂帘但觉阴。唯看上砌湿，不遣入檐深。度隙沾霜筒，因风润绮琴。须移户外屦，檐溜夜相侵。"包何《裴端公使院赋得隔帘见春雨》，把细雨写得好细，不见雨线，不见雨滴，但见台阶湿，但觉吹风润，缥缥缈缈，迷蒙如烟。

/ 278 /

《全唐诗》卷二〇九录十人十作，十作均题为《送萧颖士赴东府》。此可谓萧夫子殊荣也。萧夫子博学好古，恃才傲物，多迕权贵，独于推举后进不吝心力。天宝间，众门人同送萧颖士赴河南参军任。据刘太真诗序记载，当时自相里造、贾邕以下共十二门人都赋诗相送。《全唐诗》收十首，所欠二首盖散佚云。

/ 279 /

皇甫曾五绝《路中口号》云："还乡不见家，年老眼多泪。

车马上河桥，城中好天气。"诗句似脱口而出，短而浅白，却藏着难以言说的悲哀。其中有对时间流逝的哀伤，有对人世变换的无奈，白云苍狗，感慨深永。让人想到后来辛弃疾的词句："欲说还休，欲说还休，却道天凉好个秋。"

/ 280 /

皇甫曾存诗不多，《全唐诗》录四十八首，多五言。七律仅五首，常在颈联出好句。如《秋夕寄怀契上人》"窗临绝涧闻流水，客至孤峰扫白云"；《张芬见访郊居作》"愁心自惜江蓠晚，世事方看木槿荣"；《奉寄中书王舍人》"风传刻漏星河曙，月上梧桐雨露清"。

/ 281 /

"倚剑欲谁语，关河空郁纡。"高适《塞上》句。写英雄落寞，以辽阔关河作衬托，感觉像一个失位的统帅孤独站在不属于他的疆场上。

/ 282 /

缩写高适《送萧十八与房侍御回还》："常苦古人远，今见斯人古。澹泊遗声华，周旋必邹鲁。匹马鸣朔风，一身济河浒。明发不在兹，青天眇难睹。"

"君不见富家翁，旧时贫贱谁比数。一朝金多结豪贵，万事胜人健如虎。子孙成行满眼前，妻能管弦妾能舞。自矜一身忽如此，却笑傍人独愁苦。东邻少年安所如，席门穷巷出无车。有才不肯学干谒，何用年年空读书。"高适《行路难》之二。暴发户古今不殊：结交权贵，骄横，多妻妾，嘲笑读书人。读书人古今也同命运：不求官，便受穷。

高适的诗，尚质直，异常调，多古意，少陈言，在《全唐诗》中堪称上品。可惜自古至今都低估他了。吴师道《吴礼部诗话》引时天彝论曰："高适才高，颇有雄气。其诗不习而能，虽乏小巧，终是大才。"斯近的评。

"昨夜离心正郁陶，三更白露西风高。萤飞木落何淅沥，此时梦见西归客。曙钟寥亮三四声，东邻嘶马使人惊。揽衣出户一相送，唯见归云纵复横。"唐送别诗极多，亦多雷同。高适这首《送别》记叙一个常人都有的经历：离别前夕辗转难眠，次晨醒来，发现别人已悄然离去。把送者的愁怀、别人的情谊都写出来了，别致动人。

高适《赋得还山吟送沈四山人》有句云："眠时忆问醒时事"。人常于醒后追忆梦中事，此子于睡中忆问醒时事。

读高适诗，至《别王八》篇，哑然失笑。料中唐以前"王八"尚非骂人语，若是，必讳。以是知"王八"作为詈词，应出现于中唐以后。或果真始于"贼王八"前蜀高祖王建也。史记王建少无赖，以屠牛、盗驴、贩私盐为能，因排行八，被呼作"贼王八"。然而，未知龟鳖何以称"王八"，又自何时始。龟鳖称"王八"，或与其身上纹路及其肢爪形状有关。

高适五绝简劲、放达，亦可读。《送兵到蓟北》："积雪与天迥，屯军连塞愁。谁知此行迈，不为觅封侯。"《逢谢偃》："红颜怆为别，白发始相逢。唯馀昔时泪，无复旧时容。"《闲居》："柳色惊心事，春风厌索居。方知一杯酒，犹胜百家书。"

高适《初至封丘作》末句戛然而止，读来如首句，似任意为之。云："可怜薄暮宦游子，独卧虚斋思无已。去家百里不得归，到官数日秋风起。"反排如是："到官数日秋风起，去家百里不得归。可怜薄暮宦游子，独卧虚斋思无已。"亦无不可。

杜甫《望岳》"岱宗夫如何"入选诸多唐诗选本，其实诗中写景算不上好。至于"造化钟神秀"句，更是落入俗套。此诗只好在"会当凌绝顶，一览众山小"两句，少年凌云之志，跃跃如也。这两句又是从"登泰山而小天下"借来。

"人生不相见，动如参与商。今夕复何夕，共此灯烛光。少壮能几时，鬓发各已苍。访旧半为鬼，惊呼热中肠。焉知二十载，重上君子堂。昔别君未婚，儿女忽成行……"杜甫《赠卫八处士》，写的是至为平常的人生阅历，却强烈表现出人世的不确定性和梦幻感，亦喜亦忧，将信将疑，又惊又悲，五味杂陈。其中隐含着一种形而上的沉痛。

杜甫《悲陈陶》记安史之乱中官军陈陶之败，深含悲愤。第五、六句写胡兵骄狂，令人侧目。全诗云："孟冬十郡良家子，血作陈陶泽中水。野旷天清无战声，四万义军同日死。

群胡归来血洗箭，仍唱胡歌饮都市。都人回面向北啼，日夜更望官军至。"

/ 293 /

杜甫《雨过苏端》有联云："红稠屋角花，碧委墙隅草。"这两句"稠""委"二字见炼字之功。取出诗外看，不过平平，诗中遇之，则粲然夺目，十分明媚。

/ 294 /

杜甫《遣兴五首》"猛虎凭其威"章，讽劝恶人弃恶。言虎固凶猛，然以凶猛而每遭缉拿，被缚、被屠、被扒皮。这是老杜极恫吓之能。今虎几近绝灭，而恶人未见少，是以知恶人猛于虎。诗云："猛虎凭其威，往往遭急缚。雷吼徒咆哮，枝撑已在脚。忽看皮寝处，无复睛闪烁。人有甚于斯，足以劝元恶。"

/ 295 /

颇爱老杜《别赞上人》这几句，云："杨枝晨在手，豆子雨已熟。是身如浮云，安可限南北。"散淡。

/ 296 /

"熊罴哮我东，虎豹号我西。我后鬼长啸，我前狖又啼。"杜甫《石龛》起首四句，状险恶凶厉之境，前后左右，鬼兽环伺，如坠地狱中。斯为魔幻手段表现精神之恐怖，固非写实。

/ 297 /

山外有山，不能独尊，从"会当凌绝顶，一览众山小"（《望岳》），到"远岫争辅佐，千岩自崩奔。始知五岳外，别有他山尊"（《木皮岭》），杜甫经历了多少，眼界又开阔了多少！

/ 298 /

或云唐时进贡长安的荔枝非出自岭南，而是产于四川。杜甫《病橘》诗云："忆昔南海使，奔腾献荔支。百马死山谷，到今耆旧悲。"此诗作于寄寓成都之时，又言及耆旧尚在，可证当年贡品荔枝确是来自岭表。

/ 299 /

老杜《观打鱼歌》云："鲂鱼肥美知第一，既饱欢娱亦萧瑟。君不见朝来割素鬐，咫尺波涛永相失。"《又观打鱼》云："吾徒胡为纵此乐，暴殄天物圣所哀。"睹斯语也，见诗人博爱襟怀，见诗圣广大恻隐心。

《茅屋为秋风所破歌》传诵甚广，以至于人皆以老杜寄迹蜀中时老衰穷愁。其实，彼时他同地方官贵交往甚密，时常赴宴饮酒，携妓游乐，只是这一面生活为人忽略。呵呵，圣人亦人耳。不妨一读《陪王侍御同登东山最高顶宴姚通泉晚携酒泛江》《春日戏题恼郝使君兄》诸诗。

《陪王侍御同登东山最高顶宴姚通泉晚携酒泛江》有云："邑中上客有柱史，多暇日陪骢马游。东山高顶罗珍羞，下顾城郭销我忧。清江白日落欲尽，复携美人登彩舟。笛声愤怨哀中流，妙舞逶迤夜未休。"《春日戏题恼郝使君兄》有云："使君意气凌青霄，忆昨欢娱常见招。细马时鸣金騕褭，佳人屡出董娇娆。东流江水西飞燕，可惜春光不相见。愿携王赵两红颜，再骋肌肤如素练。"

《严氏溪放歌行》是杜甫访严氏溪所作，诗题下注云"溪在阆州东百馀里"，诗题与注并看如山水诗。全篇十六句，仅"秋宿霜溪素月高"一句写景，其他都是写乱世忧患及个人的际遇与希冀，颇不着意于山水。料此篇当是老杜以悲悯加匠心别裁而出，独标一格。

宝应元年（公元762年）夏，成都发生叛乱，杜甫携家避走梓州，两年后返回。《草堂》诗叙重归草堂一段，倾城欢动，官员老百姓都来迎迓，喜气洋洋，场面热烈。云："入门四松在，步屧万竹疏。旧犬喜我归，低徊入衣裾。邻舍喜我归，酤酒携胡芦。大官喜我来，遣骑问所须。城郭喜我来，宾客隘村墟。"由此亦可想老杜居成都时未必孤苦。

"西川有杜鹃，东川无杜鹃。涪万无杜鹃，云安有杜鹃。"杜甫《杜鹃》起首四句，像拉家常一样唠叨，见得他晚年为诗随心所欲，颇为恣意。

"崔嵬晨云白，朝旭射芳甸。雨槛卧花丛，风床展书卷。钩帘宿鹭起，丸药流莺啭。呼婢取酒壶，续儿诵文选。"《水阁朝霁奉简严云安》这些诗句明丽婉约，珠圆玉润，仿佛出自一位优雅贵妇，读来不似老杜语，令人惊艳。

"文章一小技，于道未为尊。"（《贻华阳柳少府》）老杜既持此见，又何必执着于"语不惊人死不休"？想来是濩落无所用，聊以寄情耳。

/ 306 /

杜甫《写怀二首》之一云："劳生共乾坤，何处异风俗。冉冉自趋竞，行行见羁束。无贵贱不悲，无富贫亦足。万古一骸骨，邻家递歌哭。"世有趋竞，故有人贱，有人贵，有人贫，有人富。然而，无论贵贱富贫，人终为一骸骨而已。

/ 307 /

《壮游》云："往昔十四五，出游翰墨场。斯文崔魏徒，以我似班扬。七龄思即壮，开口咏凤皇。九龄书大字，有作成一囊。性豪业嗜酒，嫉恶怀刚肠。脱略小时辈，结交皆老苍。饮酣视八极，俗物都茫茫。"少年杜甫英气勃发，疾恶如仇，恃才纵酒，傲视世间俗物，何其豪迈。

/ 308 /

"自古圣贤多薄命，奸雄恶少皆封侯。"《锦树行》句，老杜晚年作。只要还在丛林法则支配下，人类社会的这种现象就再也正常不过了。

/ 309 /

杜子美《次晚洲》有句云："参错云石稠，坡陀风涛壮。"

此处"稠"字又见老杜炼字本色。

杜甫《风雨看舟前落花戏为新句》作于湖湘，起句"江上人家桃树枝，春寒细雨出疏篱"，甚美，饶富苏杭早春气韵。桃枝出篱，亦使人想到宋人名句"一枝红杏出墙来"。

／ 311 ／

"久客多枉友朋书，素书一月凡一束。虚名但蒙寒温问，泛爱不救沟壑辱。齿落未是无心人，舌存耻作穷途哭。"《暮秋枉裴道州手札率尔遣兴寄近呈苏涣侍御》选段，可知老杜暮年颇负名望，虽穷困潦倒，所到处多承书信问候。他也恃名倚老，对那些勤于寒暄却吝于救助的人，不忌惮发牢骚表示不满。

／ 312 ／

"适越空颠踬，游梁竟惨凄。谬知终画虎，微分是醯鸡。萍泛无休日，桃阴想旧蹊。吹嘘人所羡，腾跃事仍暌。碧海真难涉，青云不可梯。顾深惭锻炼，才小辱提携。"杜甫《奉赠太常张卿二十韵》，事干谒也，作于天宝十三年（公元754年）。其后所作《自京赴奉先县咏怀五百字》，言"独耻事干谒"，不实。盖事干求而心耻之，非不事干求。

老杜《赠韦左丞丈》《投赠哥舒开府二十韵》《敬赠郑谏议十韵》《奉赠鲜于京兆二十韵》《赠特进汝阳王二十韵》等，皆干谒之作，或意在干谒。后来，他有诗自责，云："终愧巢与由，未能易其节。"（《自京赴奉先县咏怀五百字》）

╱ 313 ╱

杜甫《送蔡希曾都尉还陇右因寄高三十五书记》曰："蔡子勇成癖，弯弓西射胡。健儿宁斗死，壮士耻为儒。官是先锋得，材缘挑战须。身轻一鸟过，枪急万人呼……"读之感觉诗句甚快，欻欻如打马驰过，两耳啸风。

╱ 314 ╱

"花妥莺捎蝶，溪喧獭趁鱼。"杜甫《重过何氏五首》其一句。两句十字，三处使力，分别在"妥""捎""趁"三字上，可就此一窥何谓"语不惊人死不休"。

╱ 315 ╱

"一片花飞减却春，风飘万点正愁人。且看欲尽花经眼，莫厌伤多酒入唇。江上小堂巢翡翠，花边高冢卧麒麟。细推物理须行乐，何用浮名绊此身。"《曲江二首》之一，老杜感春暮而作。翡翠鸟虽巢于小堂，亦自得其乐。富贵雄豪纵能起高冢巨陵，终不免一死。此其所以推物理者，未足奇。妙在首联，气象绚烂悲壮，大愁大美，撼人心魄。

/ 316 /

"乐极伤头白，更长爱烛红。"杜甫《酬孟云卿》句。因欢乐，故伤年华逝去；因夜晚幽长，故爱红烛不熄。

/ 317 /

"传道东柯谷，深藏数十家。对门藤盖瓦，映竹水穿沙。瘦地翻宜粟，阳坡可种瓜。船人近相报，但恐失桃花。"《秦州杂诗二十首》之十三。乾元年间，杜甫避乱，卜居秦州，曾欲寻桃花源托身。彼虽未竟，或犹可求。近代以来，神州赤县挖山断水，填海围湖，天下落诸毒掌中，摧残蹂躏甚于安史暴乱，桃花源真绝种矣。

/ 318 /

《萤火》寄托了杜甫对弱小生灵深深的怜爱，云："幸因腐草出，敢近太阳飞。未足临书卷，时能点客衣。随风隔幔小，带雨傍林微。十月清霜重，飘零何处归。"这微弱的、飘零的火光，让人想到安徒生笔下卖火柴的小女孩。

/ 319 /

杜甫《天末怀李白》，反复问候，声声关切，牵肠挂肚，大有同呼吸之感，是一篇友爱的绝唱。云："凉风起天末，君子意如何。鸿雁几时到，江湖秋水多。文章憎命达，魑魅喜人过。应共冤魂语，投诗赠汨罗。"

／ 320 ／

老杜有一诗，并寄高适、岑参，即《寄彭州高三十五使君适虢州岑二十七长史参三十韵》。高、岑俱诗坛巨手，且仕途腾达，名震当时。诗中云："举天悲富骆，近代惜卢王。似尔官仍贵，前贤命可伤。"话里有话，或不无讥讽。诗中用"尔"称呼高岑，以"老"自称，尽显老杜自负之态。

／ 321 ／

老杜七律《有客》，语谦恭而意倨傲，品之如烹冰，外热内冷。诗云："幽栖地僻经过少，老病人扶再拜难。岂有文章惊海内，漫劳车马驻江干。竟日淹留佳客坐，百年粗粝腐儒餐。不嫌野外无供给，乘兴还来看药栏。"

／ 322 ／

杜甫《和裴迪登蜀州东亭送客逢早梅相忆见寄》云："幸不折来伤岁暮，若为看去乱乡愁。江边一树垂垂发，朝夕催人自白头。"梅着花于岁末，令人往往睹而伤逝，平添愁思。观此诗，老杜亦从梅花念及白头，有睹梅思年之意，亦以梅比人。陆游"一树梅花一放翁"句，或本于此也。

／ 323 ／

愚曾作妄论，以为七言诗多冗言，若某七言诗易减为五言，而意韵不失，则此七言诗允非佳作。七言佳者不可减为五言，减则意韵俱损。依此论断，则老杜名篇《客至（喜崔明府相过）》未必极佳。如若不信，试减而读之——

《客至》："舍南舍北皆春水，但见群鸥日日来。花径不曾缘客扫，蓬门今始为君开。盘餐市远无兼味，樽酒家贫只旧醅。肯与邻翁相对饮，隔篱呼取尽馀杯。"

简编如下："舍南舍北水，日见群鸥来。花径不曾扫，蓬门今始开。盘餐无兼味，樽酒只旧醅。肯与邻翁饮，呼取尽馀杯。"简编后虽于格律不合，意味或尚在。鄙陋好事，班门弄斧，惶恐之至！

／ 324 ／

杜甫《江亭》前半章云："坦腹江亭暖，长吟野望时。水流心不竞，云在意俱迟。"意态极逍遥，似超然臻于静观忘求之境。至结句"故林归未得，排闷强裁诗"，却云思念故乡，心中郁闷，顿使一诗前后失洽。若结句所言为真，前述悠然自得之状，则不得不谓之故作潇洒，是所谓"强裁"也。

325

奈何花事匆匆，忽又春暮；奈何国非故国，年非少壮。唯诗酒可遣怀耳。杜少陵以此解陶元亮胸臆，亦庶几乎？诗云："花飞有底急，老去愿春迟。可惜欢娱地，都非少壮时。宽心应是酒，遣兴莫过诗。此意陶潜解，吾生后汝期。"（《可惜》）

326

老杜《少年行》如漫画，活脱脱勾勒出一副市井小无赖的面相，放肆、无礼、骄横、自大。此德性于今多见诸官二代、富二代、二混子、二百五之流。噫！斯亦亘古人性之一种耶？诗云："马上谁家薄媚（一作白面）郎，临阶下马坐人床。不通姓字粗豪甚，指点银瓶索酒尝。"

327

"秋窗犹曙色，落木更天风。日出寒山外，江流宿雾中。圣朝无弃物，老病已成翁。多少残生事，飘零似转蓬。"杜甫《客亭》。秋日，悲风落木，寒雾苍山，纵然是早晨，犹使人不免迟暮飘零之感。老气横秋亦甚矣！

328

读老杜《闻官军收河南河北》，每为诗中欢欣情绪感染，继而哀之。老杜兴奋于经襄阳向洛阳，可以重返中原，后来却客死潇湘，终归空欢喜一场。

/ 329 /

杜甫《倦夜》刻画秋夜之清凉寥落，气温、光色、声响兼备，更有内外、高下、远近、明暗、虚实交互，透视感强，目之如观3D电影，备感身临其境。诗云："竹凉侵卧内，野月满庭隅。重露成涓滴，稀星乍有无。暗飞萤自照，水宿鸟相呼。万事干戈里，空悲清夜徂。"

/ 330 /

杜甫《将赴成都草堂途中有作先寄严郑公五首》之三："竹寒沙碧浣花溪，菱刺藤梢刟尺迷。过客径须愁出入，居人不自解东西。书签药裹封蛛网，野店山桥送马蹄。岂藉荒庭春草色，先判一饮醉如泥。"荒芜如此，仍吾家园，胡不归？

/ 331 /

"苔径临江竹，茅檐覆地花。别来频甲子，倏忽又春华。倚杖看孤石，倾壶就浅沙。远鸥浮水静，轻燕受风斜。世路虽多梗，吾生亦有涯。此身醒复醉，乘兴即为家。"杜甫《春归》看似闲美，实为颠沛后之喘息与自慰。"乘兴"一句隐忍多少无奈！《杜诗镜铨》评曰："末四自伤自解，不堪多读。"

/ 332 /

"细草微风岸，危樯独夜舟。星垂平野阔，月涌大江流。"杜甫《旅夜书怀》作于暮年，值唐衰之季，但"星垂""月涌"二句盛唐诗气象具足，使得本篇因此而出名。李白出蜀诗有名句"山随平野尽，江入大荒流"，老杜此篇也作于出蜀途中，继往开来，恐非偶得。

/ 333 /

杜甫七言律诗《赤甲》首联云："卜居赤甲迁居新，两见巫山楚水春。"按格律求之，则首句犯重字又犯三平脚忌。老杜宁不知乎？此诗作于流寓夔州自西阁迁赤甲山新居时，老杜心情兴奋，犯忌或由兴奋所致。

/ 334 /

"壮年学书剑，他日委泥沙。事主非无禄，浮生即有涯。高斋依药饵，绝域改春华。丧乱丹心破，王臣未一家。"《暮春题瀼西新赁草屋五首》之四。学成文武艺，却一生蹭蹬，终未获售于帝王，这使老杜垂死亦耿耿不能释怀。

/ 335 /

"闻道长安似弈棋，百年世事不胜悲。王侯第宅皆新主，文武衣冠异昔时。直北关山金鼓振，征西车马羽书迟。鱼龙寂寞秋江冷，故国平居有所思。"老杜《秋兴八首》之四，首联沉郁老练，最好；颔联次之，亦可；颈联勉强为继；末联忽似跌倒，匍匐不起。全篇读来颇觉虎头蛇尾。

／ 336 ／

《解闷十二首》之二云："商胡离别下扬州，忆上西陵故驿楼。为问淮南米贵贱，老夫乘兴欲东流。"老杜晚年离开奉节前，投石问路，拟赴江淮。不知最终为何放弃了。

／ 337 ／

"满目飞明镜，归心折大刀。转蓬行地远，攀桂仰天高。水路疑霜雪，林栖见羽毛。此时瞻白兔，直欲数秋毫。"杜甫《八月十五夜月二首》之一，作于夔州，写满月之明、归心之痛。盖此年中秋夜月极好，老杜随后又写了《十六夜玩月》《十七夜对月》。夜夜望月吟归，痴情感人。

／ 338 ／

杜甫《夜》："绝岸风威动，寒房烛影微。岭猿霜外宿，江鸟夜深飞。独坐亲雄剑，哀歌叹短衣。烟尘绕闾阎，白首壮心违。"晚年所作，英雄迟暮之悲歌。"寒房烛影微"一句好。

"小子何时见，高秋此日生。自从都邑语，已伴老夫名。诗是吾家事，人传世上情。熟精文选理，休觅彩衣轻。凋瘵筵初秋，欹斜坐不成。流霞分片片，涓滴就徐倾。"杜甫爱幼子宗武，多诗可证。此篇《宗武生日》，记老杜在宗武生日，扶病躯临宴，勉强饮酒助兴，还赋诗言志，对儿子谆谆教诲，见其宠爱之甚。

老杜《又示两儿》中有两句诗，正好是对他晚年生涯的概括，云："浮生看物变，为恨与年深。"

老杜寓居夔州时，有房舍、广田、果林、家奴，虽非富足，亦殷实似小康，但与土民关系疏离，不能友信。《戏作俳谐体遣闷二首》责怪当地风俗，流露文化优越感。其一云："异俗吁可怪，斯人难并居。家家养乌鬼，顿顿食黄鱼。旧识能为态，新知已暗疏。治生且耕凿，只有不关渠。"

《大历三年春白帝城放船出瞿塘峡久居夔府将适江陵漂泊有诗凡四十韵》，是杜甫离开巴蜀赴江陵途中作的。此时他衰病不堪，写四十韵长诗，简直是拼命。四十韵集句如次，简编为五律一首，云："丘壑曾忘返，文章敢自诬。出尘皆野鹤，历块匪辕驹。意遣乐还笑，衰迷贤与愚。飘萧将素发，汩没听洪炉。"

/ 343 /

"天意高难问，人情老易悲。"杜甫《暮春江陵送马大卿公恩命追赴阙下》句。活一辈子，到老都弄不懂天意何为，怎能不令人悲伤！

/ 344 /

《舟出江陵南浦奉寄郑少尹》作于离开荆州启程南漂之时，老杜从此走进人生最后一段苦旅，一去不归。诗前八句情极悲绝，强烈表现出一个走投无路者的忧愤。曰："更欲投何处，飘然去此都。形骸元土木，舟楫复江湖。社稷缠妖气，干戈送老儒。百年同弃物，万国尽穷途。"

/ 345 /

老杜有两首登岳阳楼诗。其一传播广泛，颔联"吴楚东南坼，乾坤日夜浮"是名句。其二《陪裴使君登岳阳楼》，知者不多，颈联"雪岸丛梅发，春泥百草生"，展现初春季节变化的鲜明特征，生机俊发，甚佳。"吴楚"颔联是远景，宏阔壮大；"雪岸"颈联是近景，清新秀丽。两联各臻其妙，对照来读，雅可赏叹。

/ 346 /

"虢国夫人承主恩，平明上马入宫门。却嫌脂粉浣颜色，澹扫蛾眉朝至尊。"杜甫《虢国夫人》（一作张祜诗）。这首诗包含至少四层意思：一、夫人有美色。二、夫人非常受恩宠。三、夫人很自负。四、夫人性子粗豪。

/ 347 /

"去郭轩楹敞，无村眺望赊。澄江平少岸，幽树晚多花。细雨鱼儿出，微风燕子斜。城中十万户，此地两三家。"杜甫《水槛遣心》二首之一，畅快书写郊居之美。那里屋宇敞亮，极目远眺没有遮挡。那里有澄净的江水，有幽深的、开着大片花朵的树林。那里鱼儿在细雨中无忧无虑地游戏，燕子在风中自由地飞翔。那里没有城市的拥挤和喧嚣，只是三两人家比邻而居，安静地生活。杜甫的时代城市规模尚小，十万户也就几十万人口，因为大都是平房，容积率低，可能极少发生交通堵塞，当然，那时也没有废气毒霾。在那种条件下，他都写出了歌唱离开城市居住的如此优美的诗篇，如果他生活在我们这个时代，会写出怎样惊人的作品呢？

杜甫七律《柏学士茅屋》，称赞柏学士，劝人勤苦读书，以博取功名富贵，云："富贵必从勤苦得，男儿须读五车书。"老杜算是饱读诗书了，却潦倒一生。这番励学，由他口讲出来，难免可疑。

杜甫《奉赠王中允（维）》："中允声名久，如今契阔深。共传收庾信，不比得陈琳。一病缘明主，三年独此心。穷愁应有作，试诵白头吟。"这首诗是赠给王维的，为王维曾被迫在安禄山手下做官辩白，可知他同王维交情不浅。他的《天末怀李白》作于同时期，是为李白鸣冤，云："凉风起天末，君子意如何。鸿雁几时到，江湖秋水多。文章憎命达，魑魅喜人过。应共冤魂语，投诗赠汨罗。"杜甫与李白交情更深。奇怪的是，在这个朋友圈中，李白与王维却似素昧平生，素无交往。唐代诗人流行投赠唱和，互相之间无论认识与否，皆可诗文往还。李、王都是当时名流，也都有很多诗文，两人却各各从未提到过对方。不仅如此，同时代与李、王二人都有交往的人，如杜甫、孟浩然等，竟也未见谁同时说到他们两个。好像那个时代的文学界达成了一个协议，集体对他们两个的关系保持沉默一样。李、王二人果真素无交往、素昧平生吗？从唐代的风气看，不太可能。李、王之间发生过什么故事？是什么造成了两人之间令后人难以理解的"绝交"状态？这迄今仍是唐代文学史上的一个不解之谜。

/ 350 /

贾至《对酒曲二首》言珍惜青春、及时行乐意，读来轻快流利。尤其第二首，语感昂昂，音律扬扬，翩翩如快步华尔兹。呵呵，只是可惜贾公酒量太小，三杯就喝断片了！诗云："春来酒味浓，举酒对春丛。一酌千忧散，三杯万事空。放歌乘美景，醉舞向东风。寄语尊前客，生涯任转蓬。"

/ 351 /

贾至贬岳州（今岳阳）司马时，与被流夜郎途经此地的李白相遇，留下五首相关诗作：《初至巴陵与李十二白裴九同泛洞庭湖三首》《洞庭送李十二赴零陵》《江南送李卿》。从他的诗推断，李白流夜郎走的路线是从洞庭湖溯湘江，南下去零陵（今属永州），而非如后人所说，逆长江西向入峡。李白后来到没到达零陵待考，但贾至证明李白确曾启程南行。

贾至《洞庭送李十二赴零陵》云："今日相逢落叶前，洞庭秋水远连天。共说金华旧游处，回看北斗欲潸然。"贾至集中此篇之后是另一首绝句《江南送李卿》，云："双鹤南飞度楚山，楚南相见忆秦关。愿值回风吹羽翼，早随阳雁及春还。"前首"李十二"是李白，后首"李卿"也是李白。后首中，"双鹤"喻贾李二人，"楚南"指岳州，"阳雁"是指衡阳雁。贾至亦有诗句"数声秋雁至衡阳"。李白所赴零陵尚在衡阳之南，故此有秋去春还之愿。

/ 352 /

钱起《送张少府》六句，苍阔遥迢，戛然而止，若悲不自胜而咽绝，止于不能不止。云："愁云破斜照，别酌劝行子。蓬惊马首风，雁拂天边水。寸晷如三岁，离心在万里。"

/ 353 /

"君不见明星映空月，太阳朝升光尽歇。君不见凋零委路蓬，长风飘举入云中。由来人事何尝定，且莫骄奢笑贱穷。"钱起这首《行路难》表此一时彼一时之思。噫，有今"站在风口，猪也能飞起来"之意！

/ 354 /

集钱起《广德初銮驾出关后登高愁望二首》句，如下："汉帜远成霞，胡马来如蚁。掩泣指关东，日月妖氛外。""胡马"一句写登高望远所见，极形象。

/ 355 /

窜改钱起《海畔秋思》，云："匡济难道合，去留随兴牵。

箕裘空在念，咄咄谁推贤。无用即明代，养疴仍壮年。秋风晨夜起，零落愁芳荃。"

/ 356 /

钱起《谷口新居寄同省朋故》堪称隐沦之妙章，洒然有陶潜风致。诗云："种黍傍烟溪，榛芜兼沮洳。亦知生计薄，所贵隐身处。橡栗石上村，莓苔水中路。萧然授衣日，得此还山趣。汲井爱秋泉，结茅因古树。闲云与幽鸟，对我不能去。寄谢鸳鹭群，狎鸥拙所慕。"

/ 357 /

窜改钱起《秋夜作》，云："浮生竟何穷，巧历不能算。商歌向秋月，哀韵兼浩叹。寤寐怨佳期，美人隔霄汉。窗中问谈鸡，长夜何时旦。"

/ 358 /

独歌独饮，不耕不耦，虽有山田，任它稂莠，此老甚可爱！钱起《赠柏岩老人》云："日与麋鹿群，贤哉买山叟。庞眉忽相见，避世一何久。林栖古崖曲，野事佳春后。瓠叶覆荆扉，栗苞垂瓮牖。独歌还独酌，不耕亦不耦。硗田隔云溪，多雨长稂莠。烟霞得情性，身世同刍狗。寄谢营道人，天真此翁有。"

／ 359 ／

"不作解缨客，宁知舍筏喻。"钱起《归义寺题震上人壁》句。解脱之道，舍得之门，在解与舍。不解则羁绊不能脱，不舍乃守株无所得。故达者以解获自由，以舍取自得。

／ 360 ／

钱起为官蓝田时，曾游溪至晚，遇清泉明月，又有渔父投机，不甘归去，遂野宿，倾谈通宵。此乃真亲渔樵者也！《蓝田溪与渔者宿》云："独游屡忘归，况此隐沦处。濯发清泠泉，月明不能去。更怜垂纶叟，静若沙上鹭。一论白云心，千里沧洲趣。芦中夜火尽，浦口秋山曙。叹息分枝禽，何时更相遇。"

／ 361 ／

喜钱起五言，再集句如次："好风能自至，明月不须期。（《秋夕与梁锽文宴》）一叶兼萤度，孤云带雁来。（《和万年成少府寓直》）鸡声共邻巷，烛影隔茅茨。始觉衡门下，翛然太古时。（《赠邻居齐六司仓》）"

／ 362 ／

钱起《题玉山村叟屋壁》："谷口好泉石，居人能陆沉。牛羊下山小，烟火隔云深。一径入溪色，数家连竹阴。"

"牛羊"联可爱之极，遥邈幽邃，一派原始山乡景象。"牛羊"一句是自诗经《君子于役》"日之夕矣，牛羊下来"化来，加一"小"字，增加了远望山坡上牛羊走下的透视效果。

／ 363 ／

钱起《月下洗药》有联云："露下添馀润，蜂惊引暗香。"公夜间引水灌药田，扰了马蜂窝，竟临危不惧，从容嗅闻马蜂惊飞带出的药香。呵呵，佩服！诗云："汲井向新月，分流入众芳。湿花低桂影，翻叶静泉光。露下添馀润，蜂惊引暗香。寄言养生客，来此共提筐。"

／ 364 ／

钱起《县中池竹言怀》，颇示居小官生计无忧之自足，欣欣然小康之色也。末尾"却愁"二句，说他安于现状，不愿被打扰，担心有一天朝廷要选拔他另用，疑似矫饰，未必是实情。诗云："官小志已足，时清免负薪。卑栖且得地，荣耀不关身。自爱赏心处，丛篁流水滨。荷香度高枕，山色满南邻。道在即为乐，机忘宁厌贫。却愁丹凤诏，来访漆园人。"

／ 365 ／

钱起是怀素舅氏。其《送外甥怀素上人归乡侍奉》一篇，情亲切，语欢喜，娓娓道来，爱意浓郁，亦深自美。此篇亦堪当怀素写真。

/ 366 /

窜改钱起《题张蓝田讼堂》句，云："秋风窗下琴书静，落日门前车马闲。"

/ 367 /

钱起《南溪春耕》："荷蓑趣南径，戴胜鸣条枚。溪雨有余润，土膏宁厌开。沟塍落花尽，耒耜度云回。谁道耦耕倦，仍兼胜赏催。日长农有暇，悔不带经来。"春日去田间耕作，听到禽鸟在枝上鸣唱，看到遍野花落草长，赏得满目胜景。田间小憩时，亦可读书，只可惜没有带经书来。把耕读生活写得真是惬意。

/ 368 /

看《暇日览旧诗因以题咏》："有寿亦将归象外，无诗兼不恋人间。何穷默识轻洪范，未丧斯文胜大还。"钱起自咏，以一生不失斯文求诸己，以守住斯文为大胜。斯于古人既不易，于今人尤难。

/ 369 /

"睡稳叶舟轻，风微浪不惊。任君芦苇岸，终夜动秋声。"读钱起《江行无题一百首》之三十四，深爱之。清秋月朗之夜，风小浪平，旅泊江边，倚枕舟上，梦中听芦苇摇、蛩虫鸣，任他一川萧瑟，美哉，美哉！

/ 370 /

霜降时节，中国南方晚稻熟，是一年中最后一季收获。钱起《江行无题一百章》之九十八表达晚稻熟时人们满足喜悦的心情。云："万木已清霜，江边村事忙。故溪黄稻熟，一夜梦中香。"

/ 371 /

钱起有《蓝田溪杂咏二十二首》，皆五绝小品，是仿王维、裴迪《辋川集》作。其写山川间景物，多数仅得形似，过于务实，不重意趣，韵味远不及王、裴。但这首《衔鱼翠鸟》，状小鸟捕鱼迅疾一瞬，颇可观。云："有意莲叶间，瞥然下高树。攀波得潜鱼，一点翠光去。"

/ 372 /

"南风发天和，和气天下流。能使万物荣，不能变羁愁。为愁亦何尔，自请说此由。诣竟实多路，苟邪皆共求。尝闻古君子，指以为深羞。正方终莫可，江海有沧州。"元结《系乐府十二首·贱士吟》，讲的是贫贱君子处浊流中，不得已而选择独善其身。末尾二句,亦孔子所云"道不行,乘桴浮于海"(《论语·公冶长》)。该诗造语散文化,朴质无华。

自古苟且奸邪是普遍人性,谄媚者、驰逐者当道,方正君子莫之奈何,唯有寄迹沧海。

/ 373 /

元结尚古拙,鄙近体,固执于唱反调,难免斧凿痕重。《系乐府十二首·古遗叹》刻意重复,重语重字,十二句用十一个"遗"字,不亦乐乎!云:"古昔有遗叹,所叹何所为。有国遗贤臣,万事为冤悲。所遗非遗望,所遗非可遗;所遗非遗用,所遗在遗之。嗟嗟山海客,全独竟何辞。心非膏濡类,安得无不遗。"

/ 374 /

元结诗刻意追摹风雅、楚辞、乐府。其《漫歌八曲·将牛何处去二首》完似乐府,又上承《国风》,良可吟赏,曰:"将牛何处去,耕彼故城东。相伴有田父,相欢惟牧童。将牛何处去,耕彼西阳城。叔闲修农具,直者伴我耕。"

/ 375 /

元结《漫酬贾沔州》云:"自家樊水上,性情尤荒慢。云山与水木,似不憎吾漫。以兹忘时世,日益无畏惮。漫醉人不嗔，漫眠人不唤。漫游无远近，漫乐无早晏。漫中漫亦忘，名利谁能算。"此君真是散漫，漫醉，漫眠，漫游，漫酬，作诗也漫无约束。

／ 376 ／

"沙洲枫岸无来客，草绿花开山鸟鸣。"张继《郓城西楼吟》（一作郎士元诗）诗句，无人之境也。不受人类侵扰的自然界何其自在美好。

／ 377 ／

张继《题严陵钓台》："旧隐人如在，清风亦似秋。客星沉夜壑，钓石俯春流。鸟向乔枝聚，鱼依浅濑游。古来芳饵下，谁是不吞钩。"末联二句发尖锐之问，直捣人性弱点，十分凌厉。

／ 378 ／

张继《赠章八元》："相见谈经史，江楼坐夜阑。风声吹户响，灯影照人寒。俗薄交游尽，时危出处难。衰年逢二妙，亦得闷怀宽。"读后感：其一，相见谈了一夜经史，书生气盛；其二，风大夜寒，江楼上故人相遇，挑灯热谈，很温暖；其三，纵然时局艰危出处两难，风俗浇薄友情凋零，尚有二妙，亦不孤。

张继《归山》是一篇珍稀六言佳作，荒寒空净，可比柳宗元"独钓寒江雪"。云："心事数茎白发，生涯一片青山。空林有雪相待，古道无人独还。"

韩翃《送客还江东》："还家不落春风后，数日应沽越人酒。池畔花深斗鸭栏，桥边雨洗藏鸦柳。遥怜内舍著新衣，复向邻家醉落晖。把手闲歌香橘下，空山一望鹧鸪飞。"此诗题曰"送客"，写的全是假想客人回家后诸般情状。竟想到客之内人为了迎接归人穿上新衣，狎昵如此。料此客必为作者密友。

韩翃《张山人草堂会王方士》有句："一片水光飞入户，千竿竹影乱登墙。"写光影之妙笔也。

韩翃《送李秀才归江南》颈联"荷香随去棹，梅雨点行衣"，写江南水上归航，既切方域特色，又极美。

读韩翃《送客一归襄阳二归浔阳》，至"熨斗山前春色早，香炉峰顶暮烟时"，惊讶唐时已有山以"熨斗"为名。考之乃知熨斗早在殷商已出现，到汉朝已成为家庭用具。或云中国发明此物比西方早一千六百年。奇之又奇！

/ 384 /

韩翃《送客归江州》有句云："风吹山带遥知雨，露湿荷裳已报秋。""风吹山带"可解为"山风吹带"，"露湿荷裳"可解为"荷露湿裳"。当然，"山带"也可解作"山人的衣带"，"荷裳"也可解作"隐逸君子的衣裳"。这样造词造句都是诗人笔法。

/ 385 /

"骏马绣障泥，红尘扑四蹄。归时何太晚，日照杏花西。"骏马落日，红尘杏花，沸腾而绚烂。韩翃《汉宫曲二首》之一，虽然写的是日暮，感叹天色已晚，却活气十足，光彩浓烈，没有丝毫黄昏落寞的气息。

/ 386 /

"既醉万事遗，耳热心亦适。视身兀如泥，瞪目傲今昔。"独孤及《客舍月下对酒醉后寄毕四耀》，挥洒魏晋风度。

/ 387 /

"长望哀往古，劳生惭大块。清晖幸相娱，幽独知所赖。

寒城春方正，初日明可爱。万殊喜阳和，余亦荷时泰。山色日夜绿，下有清浅濑。愧作拳偻人，沈迷簿书内。登临叹拘限，出处悲老大。"独孤及《酬皇甫侍御望天灞山见示之作》，哀劳生短促，仰春回景明，亦欣亦愧，亦喜亦悲，正所谓一怀冰炭。

/ 388 /

独孤及《杂诗》："百花结成子，春物舍我去。流年惜不得，独坐空闺暮。心自有所待，甘为物华误。未必千黄金，买得一人顾。"此诗是拟女子自述。女子心有所属，任年华渐老，无悔无怨，终不渝。语词坚决，有"三军可夺帅，匹夫不可夺志"之概。这是诗面，作者固有所寄托。

/ 389 /

简编独孤及《初晴抱琴登马退山对酒望远醉后作》（只读此题，也是醉了！），云："年长心易感，况为忧患缠。壮图迫世故，行止两茫然。人生几何时，太半百忧煎。挈榼上高磴，超遥望平川。举酒劝白云，唱歌慰颓年。一弹一引满，耳热知心宣。曲终余亦酣，起舞山水前。"

/ 390 /

独孤及《三月三日自京到华阴于水亭独酌寄裴六薛八》，

一派家常温情，自然亲切，有陶潜归去来之风味。云："祗役
匪遑息，经时客三秦。还家问节候，知到上巳辰。山县何所
有，高城闭青春。和风不吾欺，桃杏满四邻。旧友适远别，
谁当接欢欣。呼儿命长瓢，独酌湘吴醇。一酌一朗咏，既醉
意亦申。言筌暂两忘，霞月只相新。"

/ 391 /

"忆得去年春风至，中庭桃李映琐窗。美人挟瑟对芳树，
玉颜亭亭与花双。今年新花如旧时，去年美人不在兹。借问
离居恨深浅，只应独有庭花知。"读独孤及《和赠远》，想到
崔护《题都城南庄》："去年今日此门中，人面桃花相映红。
人面不知何处去，桃花依旧笑春风。"两诗情节情思俱同，
而《和赠远》不及后者流行，盖不及后者简明、空灵故也。独
孤及长崔护四十七岁，卒于护五岁时。二诗未必无传承之缘。

/ 392 /

独孤及的诗让人想到苏轼评陶潜语，"质而实绮，癯而实
腴"。他崇尚简古，又在简古衣袍下屡展华姿。例如《与韩侍
御同寻李七舍人不遇题壁留赠》《李卿东池夜宴得池字》《萧文
学山池宴集》诸篇。《萧》篇云："檀栾千亩绿，知是辟疆园。
远岫当庭户，诸花覆水源。主人邀尽醉，林鸟助狂言。莫问
愁多少，今皆付酒樽。"

/ 393 /

"数年音信断，不意在长安。马上相逢久，人中欲认难。一官今懒道，双鬓竟羞看。莫问生涯事，只应持钓竿。"郎士元《长安逢故人》，语言简白，沧桑意永，深含人生凄凉况味。郎与钱起齐名，称"钱郎"。《中兴间气集》称其诗风"闲雅"，亦的评也。

/ 394 /

郎士元《送韩司直路出延陵》(一作刘长卿诗)颈联甚好，云："岸明残雪在，潮满夕阳多。"春日雪融，江岸因残雪新泥对照而鲜明；江流涨潮，波浪阔大，夕阳映在江面上显得更加富丽。

/ 395 /

"雨馀深巷静，独酌送残春。车马虽嫌僻，莺花不弃贫。虫丝粘户网，鼠迹印床尘。借问山阳会，如今有几人。"郎士元此作，在《全唐诗》中题为《送张南史》，题后注"一作《寄李纾》"。然而，观此诗，雨后独酌，地僻人稀，荒屋空寂，思念旧游，都像是孤吟，全不似送别。题目或许应为《寄李纾》。

/ 396 /

郎士元《寄李袁州桑落酒》："色比琼浆犹嫩，香同甘露仍春。十千提携一斗，远送潇湘故人。"疑此诗故为六言之作。实则五言才好，比如："色比琼浆嫩，香同甘露春。十千携一斗，远送潇湘人。"

皇甫冉《山中五咏》"春早"篇为最好，既抒发春天带来的喜悦，亦言天人相应之妙，富含禅意。云："草遍颍阳山，花开武陵水。春色既已同，人心亦相似。"有评者说他"天机独得，远出情外"，此篇可举作例证。

/ 398 /

皇甫冉《使往寿州淮路寄刘长卿》："榛草荒凉村落空，驱驰卒岁亦何功。蒹葭曙色苍苍远，蟋蟀秋声处处同。乡路遥知淮浦外，故人多在楚云东。日夕烟霜那可道，寿阳西去水无穷。"颔联写奔走荒野中见闻，景象萧疏，气氛寂历。只不知蟋蟀是否也在曙时鸣叫。如果蟋蟀不会在破晓时分叫，则此联应是写两个时间点，前句写朝，后句写暮。

/ 399 /

"离堂徒宴语，行子但悲辛。虽是还家路，终为陇上人。先秋雪已满，近夏草初新。唯有闻羌笛，梅花曲里春。"皇甫冉《送刘兵曹还陇山居》后半首言陇上荒寒，冬天来得早，春天来得迟，不宜居。似代拟刘兵曹语。

／ 400 ／

皇甫冉《早发中严寺别契上人》："苍苍松桂阴，残月半西岑。素壁寒灯暗，红炉夜火深。厨开山鼠散，钟尽岭猿吟。行役方如此，逢师懒话心。"冬日凌晨早早起床，灯火微明，光线昏暗，空气冷冷的。行人烧水做饭，惊散了趁黑夜来厨房偷食的山鼠。寺里报时的钟声响过又归于沉寂，只听见远远传来山猿的啼叫。这首诗写黎明启程，气氛生动，为今日光电时代人所不易想见。

／ 401 ／

"林塘夜发舟，虫响荻飕飕。万影皆因月，千声各为秋。岁华空复晚，乡思不堪愁。西北浮云外，伊川何处流。"刘方平《秋夜泛舟》。第三、四句富含哲理，也衬托旅思。清明秋月下，大千世界光影斑斓，风吹虫吟，万籁争声。如此缤纷喧哗夜，客子独寄扁舟，漂荡于荒泽，如何能不起乡愁？

／ 402 ／

刘方平《望夫石》："佳人成古石，藓驳覆花黄。犹有春山杏，枝枝似薄妆。"由岩石上斑斑藓苔想到少妇贴在脸上的花黄，看春山上开放的妖娆杏花，想到少妇红妆，想象奇艳。

/ 403 /

刘方平擅长绝句，七绝《夜月》云："更深月色半人家，北斗阑干南斗斜。今夜偏知春气暖，虫声新透绿窗纱。"众读者皆注意于尾句新巧灵动，却疏忽了首句。首句写夜深时分，月亮西沉，斜斜的只照亮半个庭院，也十分精妙，韵味具足。

/ 404 /

刘方平《寄陇右严判官》诗末八句云："谁念烟云里，深居汝颍滨。一丛黄菊地，九日白衣人。松叶疏开岭，桃花密映津。缣书若有寄，为访许由邻。"桃花三月，菊开深秋，两个季节相去甚远，作者却把它们混在一起。如果这是写人间现实，岂不是糊涂？所以，这里是写仙境。

/ 405 /

《全唐诗》卷二五二记录了一场雅集，集于宣州东峰亭，有刘太真、袁傪、崔何、王纬、郭澹、高傪、李岑、苏寓、袁邕等。参与者就地取材作诗，各赋一物，题皆三字，依次曰：古壁苔、垂涧藤、岭上云、幽径石、临轩桂、林中翠、栖烟鸟、寒溪草、阴崖竹。看这些题，也足以见唐代文士慕尚隐逸的情怀。

"烟深载酒入，但觉暮川虚。映水见山火，鸣榔闻夜渔。爱兹山水趣，忽与人世疏。无暇然官烛，中流有望舒。"读阎防《与永乐诸公夜泛黄河作》，感觉如入洞天。第七句"暇"字下注"一作假"。宜为"假"，因有明月，不假燃烛。用"暇"字，则"无暇"燃烛与后一句对应不当，也与优游的气氛不合。

薛据《登秦望山》首四句云："南登秦望山，目极大海空。朝阳半荡漾，晃朗天水红。"其三、四句状半轮旭日浮出海面时的动态和霞光水色，景象宏丽。

薛据《早发上东门》（一作綦毋潜诗，题作《落第后口号》）："十五能文西入秦，三十无家作路人。时命不将明主合，布衣空惹洛阳尘。"诗中"十五""三十"，实另有所谓，暗含孔夫子语："吾十有五而志于学，三十而立。"少有大志，故西入秦。而立之年未能立，故如无家可归者，惶惶辗转于途中。

姚系《秋夕会友》有句云："回风入幽草，虫响满四邻。"

四面八方满满的虫鸣，只有秋夜才有这样的阵势。

／ 410 ／

《全唐诗》录常衮诗九首，有七首注云"一作卢纶诗"。常衮诗篇目少，多佳句。如"草奏风生笔，筵开雪满琴"（《题金吾郭将军石洑茅堂》）；"待月水流急，惜花风起频"（《登栖霞寺》）；"信回人自老，梦到月应沉"（《逢南中使寄岭外故人》）。读来有拾珠之感。

／ 411 ／

褚朝阳《登圣善寺阁》云："飞阁青霞里，先秋独早凉。天花映窗近，月桂拂檐香。华岳三峰小，黄河一带长。空间指归路，烟际有垂杨。"须知末句不是写实。此诗写山巅寺阁之高，望华山峰小，黄河如带，在这样的高度，庶无可能看得到天边的垂杨，何况还隔着烟岚呢。

／ 412 ／

刘眘虚《阙题》："道由白云尽，春与青溪长。时有落花至，远随流水香。闲门向山路，深柳读书堂。幽映每白日，清辉照衣裳。"首二句极好。山径悠长，不见端倪，一直伸到岭上白云里去了；溪水蜿蜒，两岸长满青草鲜花，春天沿着它展开了。令人绝倒！

刘眘虚《赠乔琳》(一作张谓诗)："去年上策不见收,今年寄食仍淹留。羡君有酒能共醉,羡君无钱能不忧。如今五侯不待客,羡君不问五侯宅。如今七贵方自尊,羡君不过七贵门。丈夫会应有知己,世上悠悠何足论。"是歌体,五联,用了三个韵,也不讲平仄对仗,适合于歌唱自由和狂放主题。

"骨肉能几人,年大自疏隔。性情谁免此,与我不相易。唯念得尔辈,时看慰朝夕。平生兹已矣,此外尽非适。"沈千运《感怀弟妹》,家常话,平常情,说出温厚兄长对弟弟妹妹们一生的牵挂。诗文朴素之极,平实之极,因包含了宝贵的情感,让人敬重之极。

"念离宛犹昨,俄已经数期。畴昔皆少年,别来鬓如丝。不道旧姓名,相逢知是谁。"沈千运《赠史修文》亦平凡语说平凡事,说到人心头上。

赵徵明《思归(一作古离别)》："为别未几日,去日如三秋。犹疑望可见,日日上高楼。惟见分手处,白蘋满芳洲。寸心宁死别，不忍生离忧。"别后天天登楼眺望，以为或许还能望见离人，却看到分手处只一片萧凉，此痴痴不舍情令人肠断。

/ 417 /

秦系《晚秋拾遗朱放访山居》颈联："坠栗添新味，寒花带老颜。"栗子掉落了，此凋零物却是一道时令新味；花朵开在寒秋，虽是鲜花，但因生不逢时带着几分沧桑。老者新，新者老，其中意思婉转，深可玩味。

/ 418 /

秦系《鲍防员外见寻因书情呈赠（曾与系同举场）》云："少小为儒不自强，如今懒复见侯王。览镜已知身渐老，买山将作计偏长。荒凉鸟兽同三径，撩乱琴书共一床。犹有郎官来问疾，时人莫道我伴狂。"既隐矣，休矣，还管什么他人说长道短。秦系隐逸诗中常常免不了些许矫情。

/ 419 /

秦系《晓鸡》一首，比他显摆隐居的多数诗篇来得真实，云："黯黯严城罢鼓鼙，数声相续出寒栖。不嫌惊破纱窗梦，却恐为妖半夜啼。"写半夜鸡叫，惹他厌恨。如今困于雾霾，华夏众城常不辨昼夜，恐怕公鸡们生物钟都乱了，都成妖鸡了。

420

严武存诗六首，三首是写给杜甫的。旧评"武虽武夫，亦能诗"，多少看低了他。且看《寄题杜拾遗锦江野亭》："漫向江头把钓竿，懒眠沙草爱风湍。莫倚善题鹦鹉赋，何须不著鹍鷩冠。腹中书籍幽时晒，肘后医方静处看。兴发会能驰骏马，应须直到使君滩。"此诗表达邀请杜甫出仕的心意，笔头老练。

421

古邯郸街市繁华，盛歌舞，多侠士。其地域风情，到唐代仍屡屡为诗人吟咏，《邯郸少年行》甚至成为一个公共诗题，出现在多人笔下。郑锡《邯郸少年行》云："霞鞍金口骢，豹袖紫貂裘。家住丛台近，门前漳水流。唤人呈楚舞，借客试吴钩。见说秦兵至，甘心赴国仇。"这首诗反映了那个时代对邯郸的共识。

422

"沙平虏迹风吹尽，雾失烽烟道易迷。"郑锡《出塞曲》句。古时烽烟不仅用于边防报警，也用于指示方位。

423

古之奇生卒年月及生平俱不详。他的诗仅存《秦人谣》一篇，是一首强烈的政治批判诗。云："微生祖龙代，却思尧舜道。何人仕帝庭，拔杀指佞草。奸臣弄民柄，天子恣衷抱。上下一相蒙，马鹿遂颠倒。中国既板荡，骨肉安可保。人生贵年寿，吾恨死不早。"结尾两句痛绝，作者对黑暗国度该是何等憎恨。

李端有诗《送古之奇赴安西幕》，据此可知古氏大抵与李端年相若，曾入安西都护府任书记，彼时正值边患。感谢李端，他让我们对古之奇多了些许了解。诗云："畴昔十年兄，相逢五校营。今宵举杯酒，陇月见军城。堠火经阴绝，边人接晓行。殷勤送书记，强虏几时平。"

/ 424 /

唐代诗人之间盛行唱酬，这些作品占唐诗比例极大。好的唱酬诗就像二重唱，要并在一起看才能领会全面，才更有意思。试举一例，刘长卿《对酒寄严维》："陋巷喜阳和，衰颜对酒歌。懒从华发乱，闲任白云多。郡简容垂钓，家贫学弄梭。门前七里濑，早晚子陵过。"严维《酬刘员外见寄》："苏耽佐郡时，近出白云司。药补清羸疾，窗吟绝妙词。柳塘春水慢（一作漫），花坞夕阳迟。欲识怀君意，明朝访楫师。"刘当时谪居睦州，诗中说自己郡上事简，闲极无聊，心情有些颓唐，就想念你严维了，你有空过来聚一聚，我这里门前就是严子陵钓滩啊。严维回复大加安慰，说您现在过的就是神仙日子，调养身体，欣赏美景，写写诗歌，多好！我也很思念老兄，想明天一早就雇船过去呢！这一唱一和，是两个好友的隔空交谈，给寂寥人生增添了慰藉。

/ 425 /

严维《酬刘员外见寄》第五、六句"柳塘春水慢（一作漫），花坞夕阳迟"，备受谀美，成为名句，实得第三、四句衬托之功。如无"药补清赢疾，窗吟绝妙词"两句，这第五、六句步"池塘生春草，园柳变鸣禽"后，还只是一味写景而已，虽秾丽，却会少了清雅的气质。

/ 426 /

严维《留别邹绍刘长卿》自述身事和心事，云："中年从一尉，自笑此身非。道在甘微禄，时难耻息机。晨趋本郡府，昼掩故山扉。待见干戈毕，何妨更采薇。"这首诗是严维领诸暨尉后告别友人时作的。严维天宝年间曾应试不第，肃宗至德二年（公元757年）才考上进士。据史书说，他那时年过四十，心恋家山，已无意仕进，以家贫且老不能远离，授诸暨尉。然而，从他写的诗看，严维并非"无意仕进"。面对时世纷乱，他也忧国忧民，想有所作为，待天下平定后再归山。对自己人到中年做县尉小官，他感到无奈，心里是很不满意的。

"万公长慢世，昨日又骤官。纵酒真彭泽，论诗得建安。家山伯禹穴，别墅小长干。辄有时人至，窗前白眼看。"严维《赠万经》。不知万经何人，搜求未获。此公傲世轻官，冷眼时髦，嗜酒如陶潜，推崇建安诗，是一流可爱的人物。

严维作诗喜用"迟"字，且每用为韵脚。除名句"柳塘春水慢（一作漫），花坞夕阳迟"外，有"夕阳陪醉止，塘上鸟咸迟"（《陪皇甫大夫谒禹庙》），"溪柳薰晴浅，岩花待闰迟"（《晦日宴游》），"少孤为客早，多难识君迟"（《送李瑞》），"舟人莫道新安近，欲上潺湲行自迟"（《发桐庐寄刘员外》）。用"迟"字如许，应该是他对此字有独特的感受。

"故枥思疲马，故巢思迷禽。浮云蔽我乡，踯躅游子吟。游子悲久滞，浮云郁东岑……"顾况《游子吟》，不说疲惫的马思老槽，却说老槽思疲惫的马；不说迷失的鸟想老巢，却说老巢想迷失的鸟。如此起兴，写游子乡愁，是唐诗里头一回见。

顾况《行路难三首》其一云："君不见担雪塞井空用力，

炊砂作饭岂堪食。一生肝胆向人尽，相识不如不相识。"担雪塞井，煮砂作饭，都是彻底的认知错误。说什么"相识不如不相识"，把雪当土，把砂子当米，是根本就不相识嘛！

/ 431 /

顾况《上古之什补亡训传十三章·我行自东》的立意，从张衡《四愁诗》学来。悲叹深陷困局，四方艰险，无处可行，是唐人"行路难"之别调。诗云："我行自东，山海其空，旅棘有丛。我行自西，垒与云齐，雨雪凄凄。我行自南，烈火满林。日中无禽，雾雨淫淫。我行自北，烛龙寡色，何枉不直。我忧京京，何道不行兮？"

/ 432 /

顾况《春游曲二首》之一："游童苏合带，倡女蒲葵扇。初日映城时，相思忽相见。褰裳踏露草，理鬓回花面。薄暮不同归，留情此芳甸。"五、六句极好。春游路上邂逅相思中的玉人，她正褰着裙裾低头走过沾满露珠的芳草地，因举手整理鬓发，偶然回首，才看见我，对我嫣然一笑。想想真是惊鸿一瞥，摄人心魄。

/ 433 /

"一别二十年，依依过故辙。湖上非往态，梦想频虚结。

二子伴我行，我行感徂节。后人应不识，前事寒泉咽。一别二十年，人埋几回别。"顾况《上湖至破山赠文周萧元植》咏二十年后重游旧地，于旧地今昔风物无一笔实写，只反复感慨时间流逝，唯情唯心，自成一格。

／ 434 ／

分出顾况《行路难》"君不见担雪塞井空用力"篇后半章，乃是一首民歌，云："冬青树上挂凌霄，岁晏花凋树不凋。凡物各自有根本，种禾终不生豆苗。"不是原汁原味，胜似原汁原味。

／ 435 ／

顾况《送行歌》云："送行人，歌一曲，何者为泥何者玉。年华已向秋草里，春梦犹传故山绿。"似是说岁月若泥水，骎然委地不能收拾，心中梦想却如春山，年年犹绿。呵呵，作此歪解，不亦乐乎！

／ 436 ／

顾况《闲居怀旧》："日长鼓腹爱吾庐，洗竹浇花兴有馀。骚客空传成相赋，晋人已负绝交书。贫居谪所谁推毂，仕向侯门耻曳裾。今日思来总皆罔，汗青功业又何如。"闲居在家，每日浇浇竹林花田，鼓腹而歌，这样的生活何等适意，竟令老顾觉得，以前为功名事业忧劳奔走，都是虚妄。

/ 437 /

"天下如今已太平，相公何事唤狂生。个身恰似笼中鹤，东望沧溟叫数声。"顾况《酬柳相公》，为回答柳相公召唤而作。他说如今天下已然太平，何必找我这个狂徒做事呢，我不过就像一只笼中鹤罢了，纵有沧海云霞之志，只能在笼子里徒然叫喊几声罢了。绝句中有自嘲的意味，有反讽的意味，有不忿，有无奈。

/ 438 /

顾况《海鸥咏》："万里飞来为客鸟，曾蒙丹凤借枝柯。一朝凤去梧桐死，满目鸱鸢奈尔何。"鸥是逸士的象征，此处自比。凤是比君子，鸱鸢比凶恶小人。言如今君子离去，是恶徒小人的天下了，我其奈何。可能实有所指。

/ 439 /

顾况《送郭秀才》云："故人曾任丹徒令，买得青山拟独耕。不作草堂招远客，却将垂柳借啼莺。"呵呵，此公眼里，人不如鸟。

顾况《梦后吟》："醉中还有梦，身外已无心。明镜唯知老，青山何处深。"本已无心于身外事、身外物，唯醉中心性暂乱，尚有梦想。这梦想也是远离人世，归向深山。

耿沣《屏居螯垕》篇是自述，云："百年心不料，一卷日相知。乘兴偏难改，忧家是强为。县城寒寂寞，峰树远参差。自笑无谋者，只应道在斯。"把自己说得像书呆子，与书相守，日日沉潜于想象的世界中，不愿操心家事。

耿沣《春日即事二首》都写屏居读书，情绪却不同。其一比较淡定，云："诗书成志业，懒慢致蹉跎。圣代丹霄远，明时白发多。浅谋堪自笑，穷巷忆谁过。寂寞前山暮，归人樵采歌。"意绪与《屏居螯垕》相近。其二显出些懊恼来，云："数亩东皋宅，青春独屏居。家贫僮仆慢，官罢友朋疏。强饮沽来酒，羞看读了书。闲花开满地，惆怅复何如。"安贫乐道不易，快乐的书呆子也有牢骚。颔联说：家穷，童仆都看不起你；不当官了，朋友也不和你来往了。简单说破世态炎凉。

"东城独屏居，有客到吾庐。发廪因春黍，开畦复剪蔬。许酣令乞酒，辞窦任无鱼。遍出新成句，更通未悟书。藤丝秋不长，竹粉雨仍馀。谁为须张烛，凉空有望舒。"值文友造访，开仓舂米，菜地剪蔬，借酒为饮，拿出新写的诗和未看懂的书讨教，欢喜忙碌不已。《喜侯十七校书见访》又见耿沣书呆子情状。

耿沣《同李端春望》"万井莺花雨后春"一句，蔚为大观。

"遥夜宿东林，虫声阶草深。高风初落叶，多雨未归心。家国身犹负，星霜鬓已侵。沧洲纵不去，何处有知音。"耿沣《雨中宿义兴寺》。风雨飘摇的秋夜引起作者对家国命运的思虑，惆怅老之将至，知音难求。这种忧时入世的情怀是杜子美之遗响。

戎昱《赠岑郎中》："童年未解读书时，诵得郎中数首诗。四海烟尘犹隔阔，十年魂梦每相随。虽披云雾逢迎疾，已恨趋风拜德迟。天下无人鉴诗句，不寻诗伯重寻谁。"岑郎中是岑参。戎昱小岑参二十多岁，职位也低。这首赠诗写得太热切，太谦卑，让吾曹见到唐代诗歌粉丝追大咖之一例。其趋附的口吻和姿态，教人难免起鸡皮疙瘩。

/ 447 /

"万事无成空过日，十年多难不还乡。"戎昱《江城秋霁》句。十年不还乡，恐怕不只是因为多难，也因万事无成，没有脸面吧。

/ 448 /

"风卷寒云暮雪晴，江烟洗尽柳条轻。檐前数片无人扫，又得书窗一夜明。"戎昱此绝在《全唐诗》中题作"霁雪（一作《韩舍人书窗残雪》）"。题"霁雪"是，"残雪"则谬。一、首句明明写了雪后放晴；二、雪映亮夜窗，如此光鲜，定是新雪，非残雪。

/ 449 /

"山上青松陌上尘，云泥岂合得相亲。举世尽嫌良马瘦，唯君不弃卧龙贫。千金未必能移性，一诺从来许杀身。莫道书生无感激，寸心还是报恩人。"戎昱《上湖南崔中丞》，一通"士为知己者死"的侠客口吻。以山上青松和云彩颂扬崔中丞，自比尘埃污泥，不知作者受到赏识外还承领了这个中丞什

140

么恩典。

窦叔向《寒食日恩赐火》："恩光及小臣，华烛忽惊春。电影随中使，星辉拂路人。幸因榆柳暖，一照草茅贫。"按唐制，寒食日禁火，皇帝为示仁恩，宣旨取榆柳之火赏赐近臣。窦叔向这首虽是感恩之作，末尾二句却寓含讽刺。不妨拿韩翃那首著名的寒食绝句来并读。

／ 451 ／

窦叔向《夏夜宿表兄话旧》："夜合花开香满庭，夜深微雨醉初醒。远书珍重何曾达，旧事凄凉不可听。去日儿童皆长大，昔年亲友半凋零。明朝又是孤舟别，愁见河桥酒幔青。"颔联"旧事凄凉不可听"一句，道尽老来话旧之悲。

／ 452 ／

窦牟《杏园渡》："卫郊多垒少人家，南渡天寒日又斜。君子素风悲已矣，杏园无复一枝花。"杏园渡是古黄河一处重要的渡口，在河南省汲县（1988年改卫辉市）。那里自古是中华腹地，也属于大唐帝国核心地带。窦牟到此目睹的是多壁垒、少人家，一派萧索，如同身临边塞，反映了安史之乱及其后藩镇割据对中原造成的严重影响。

窦群《题剑》:"丈夫得宝剑,束发曾书绅。嗟吁一朝遇,愿言千载邻。心许留家树,辞直断佞臣。焉能为绕指,拂拭试时人。"《旧唐书》记窦群"性狠戾,颇复恩雠,临事不顾生死"。未读此评介前,读这首诗颇感作者刚直。读了评介复读之,遂感作者锋利尖刻。

"晓日天山雪半晴,红旗遥识汉家营。近来胡骑休南牧,羊马城边春草生。"窦庠《灵台镇赠丘岑中丞》。大雪后旭日升起,照亮莽莽山野。雪山脚下,远远地看到守边的兵营。那里,汉家军的红旗正在寒风中招展。诗的前两句真是壮丽。整首绝句反映了战事平歇,边疆得到繁衍生息的和平景象。

窦巩《老将行》写烈士暮年。末两句云,而今只有感恩的人,偶尔来听听老将军叙说过去的事。悲凉之气飒然而至。诗云:"烽烟犹未尽,年鬓暗相催。轻敌心空在,弯弓手不开。马依秋草病,柳傍故营摧。唯有酬恩客,时听说剑来。"

窦巩《少妇词》"燕迷新画屋,春识旧花丛"两句极好。

燕子惑于房屋重新装饰，认不清旧巢了；春天却还记得她年年栖息的花花草草，现在像候鸟一样回来了。多妙！

／ 457 ／

窦巩《襄阳寒食寄宇文籍》结句"马踏春泥半是花"，看似鲁莽，其实烂漫，写出春日花事盛况。诗云："烟水初销见万家，东风吹柳万条斜。大堤欲上谁相伴，马踏春泥半是花。"

／ 458 ／

"江村风雪霁，晓望忽惊春。耕地人来早，营巢鹊语频。带花移树小，插槿作篱新。何事胜无事，穷通任此身。"窦巩《早春松江野望》。早春雪霁，风和日丽，江边小村一派开春气象。农家趁这晴好的日子耕田、栽树、修补花篱，鸟儿们也趁时叽叽喳喳忙着营造新巢。这首诗采集一连串动态画面，活脱脱像一个田园春小视频。

／ 459 ／

窦氏兄弟，群、常、牟、庠、巩，称"五窦"，皆能诗，有《联珠集》行于世，后散佚。吾观五窦诗，窦巩特秀。书称巩"雅裕，有名于时。平居与人言若不出口，世号'嗫嚅翁'"。巩有《悼妓东东》篇云："芳菲美艳不禁风，未到春残已坠红。惟有侧轮车上铎，耳边长似叫东东。"可知此翁闷骚。

/ 460 /

"夜静忽疑身是梦，更闻寒雨滴芭蕉。"朱长文《宿僧房》此句记述心灵经验。静谧时刻，人回到内心，审视自身，常会产生在真实与虚幻之间飘浮的感觉。

/ 461 /

"悠悠南山云，濯濯东流水。念我平生欢，托居在东里。失既不足忧，得亦不为喜。安贫固其然，处贱宁独耻。云闲虚我心，水清澹吾味。云水俱无心，斯可长伉俪。"戴叔伦《古意》，忘怀得失，安于贫贱，云淡风轻，山高水长。

/ 462 /

戴叔伦《怀素上人草书歌》云："楚僧怀素工草书……醉来为我挥健笔。始从破体变风姿，一一花开春景迟。忽为壮丽就枯涩，龙蛇腾盘兽屹立。驰毫骤墨剧奔驷，满坐失声看不及。"诗句记录字迹在怀素笔下生成、变化的动态过程，读之如观电视录像，有在怀素身边俯首目睹之感。

戴叔伦有五言《过贾谊宅》，比之刘长卿同题七言，如残秋之树，枝疏叶稀，干货多，风情少。戴叔伦《过贾谊宅》："一谪长沙地，三年叹逐臣。上书忧汉室，作赋吊灵均。旧宅秋荒草，西风客荐蘋。凄凉回首处，不见洛阳人。"刘长卿《长沙过贾谊宅》："三年谪宦此栖迟，万古惟留楚客悲。秋草独寻人去后，寒林空见日斜时。汉文有道恩犹薄，湘水无情吊岂知。寂寂江山摇落处，怜君何事到天涯。"

"万人曾战死，几处见休兵。井邑初安堵，儿童未长成。凉风吹古木，野火入残营。牢落千馀里，山空水复清。"戴叔伦《过申州》，记兵燹后城毁人稀之实况，似战事刚刚结束，气氛悲惨。适股灾后读此诗，想到眼下股市惨烈情貌，其状正相似。呜呼哀哉！

《全唐诗》还录戴叔伦《过贾谊旧居》一首，大致综合戴氏前《过贾谊宅》和刘长卿那首诗，颇似伪作。其末尾二句，令人眼界大开，看齐得失贵贱，竟显得高出一筹。诗云："楚乡卑湿叹殊方，鵩赋人非宅已荒。谩有长书忧汉室，空将哀些吊沅湘。雨馀古井生秋草，叶尽疏林见夕阳。过客不须频太息，咸阳宫殿亦凄凉。"

/ 466 /

深奇戴叔伦《听歌回马上赠崔法曹》。诗云："秋风里许杏花开，杏树傍边醉客来。共待夜深听一曲，醒人骑马断肠回。"杏花本属春天，却许杏花开在秋风里！或是以杏花开比歌声鲜美，以杏树拟歌者，以春秋颠倒写听者陶醉的感受吧。

/ 467 /

戴叔伦《暮春感怀》之二后六句，句句由首联引发出来，说的都是放情丘壑、懒慢天真的行径，是所谓一气呵成也。诗云："四十无闻懒慢身，放情丘壑任天真。悠悠往事杯中物，赫赫时名扇外尘。短策看云松寺晚，疏帘听雨草堂春。山花水鸟皆知己，百遍相过不厌贫。"

/ 468 /

"掬水月在手，弄花香满衣。春山多胜事，赏玩夜忘归。"于良史《春山夜月》简编。

/ 469 /

崔膺《感兴》："富贵难义合，困穷易感恩。古来忠烈士，多出贫贱门。世上桃李树，但结繁华子。白屋抱关人，青云壮心死。本以势利交，势尽交情已。如何失情后，始叹门易轨。"贫贱之人饥寒卑微，为富贵不惜拼死，故烈士和提着脑袋闹革命者，多出身寒门。然而，无富贵名利可博，也就没有了忠勇刚烈。人之逐利，如鸟趋食，如苍蝇之逐臭，生性使然，所以，变节与背叛也就不足为奇。这首诗直率地道出人类势利的本性，消解高尚道德，把读者拖入冷冰冰的现实。

/ 470 /

卢纶有句云："才大不应成滞客，时危且喜是闲人。"（《无题》）才大者总要受重用，中下之才不能用世，在危局中倒是平安，就偷着乐吧！

/ 471 /

卢纶《冬夜赠别友人》云："愁听千家流水声，相思独向月中行。侵阶暗草秋霜重，遍郭寒山夜月明。连年客舍唯多病，数亩田园又废耕。更送乘轺归上国，应怜贡禹未成名。"诗题恐有误。冬日何来侵阶草，又何来秋霜？

/ 472 /

"荒园每觉虫鸣早，华馆常闻客散迟。"卢纶七律《酬崔侍御早秋卧病书情见寄时君亦抱疾在假中》颈联。两句形成对比，一处萧寂，一处繁华。荒园里因为没人，所以早早就听到昆虫的鸣叫；华馆里笙歌不断，主客尽欢，大家长久不愿散去。

/ 473 /

"三千士里文章伯，四十年来锦绣衣。"卢纶《和陈翃郎中拜本府少尹兼侍御史献上侍中因呈同院诸公》句。既是文坛大佬，又一生荣贵，这是古往今来多少文人墨客的颠倒梦想。

/ 474 /

卢纶《逢南中使因寄岭外故人》写岭表之遥，有"信回人自老，梦到月应沉"句。是说因使寄问，不知何时得到回音，回信到时，可能我已老去；纵使梦里相求，梦到你那里，恐怕也夜尽天明，到了应睡醒的时分。遥远的相隔令人绝望。

/ 475 /

卢纶《同路郎中韩侍御春日题野寺》："寺前山远古陂宽，寺里人稀春草寒。何事最堪悲色相，折花将与老僧看。"僧家看破世相，观色作空，不异空色，若以花为美色，摘与老僧看，自是不识趣。卢纶《河中府崇福寺看花》亦此意，但语欠含蓄，云："闻道山花如火红，平明登寺已经风。老僧无见亦无说，应与看人心不同。"

／ 476 ／

"头白乘驴悬布囊，一回言别泪千行。儿孙满眼无归处，唯到尊前似故乡。"卢纶《赠别李纷》，言年老犹不能回故乡之痛，唯有到酒杯里去找慰藉了。

／ 477 ／

卢纶五绝多精品。《塞下曲》几首自不待言。《赠别司空曙》云："有月曾同赏，无秋不共悲。如何与君别，又是菊花时。"年年一同悲秋，今却在悲秋时离别，是悲上加悲。《春词》："北苑罗裙带，尘衢锦绣鞋。醉眠芳树下，半被落花埋。"把惜春伤春的心情写得极含蓄。

／ 478 ／

卢纶七律《早春归鳌峰旧居却寄耿拾遗沣李校书端》前四句写得好，云："野日初晴麦垄分，竹园相接鹿成群。几家废井生青草，一树繁花傍古坟。"诗句原意是哀伤故园荒芜，却让人看到人类活动停止处，自然又回到一片青葱、绚烂、生机勃勃的世界。人的墓冢上，是万物的盛筵。

／ 479 ／

"黄埃满市图书贱，黑雾连山虎豹尊。"卢纶七律《春日卧病示赵季黄（时陷在贼中）》颈联，写社稷危难，虎狼当道，斯文扫地。

/ 480 /

李益《夜上受降城闻笛》(一作戎昱诗):"入夜思归切,笛声清更哀。愁人不愿听,自到枕前来。风起塞云断,夜深关月开。平明独惆怅,落尽一庭梅。"此诗末句,收得凄美。唉,谁说草木无情?庭中梅树也听不得边塞笛声,满树繁花竟为之一夜而陨。

/ 481 /

李端《王敬伯歌》以舟中女自述的口吻,叙述一场有始无终的短暂爱情。女子多情,豪爽,敢爱敢恨,追求一往无前的相爱,但挑逗她的王敬伯,只给了她一夜情。《王敬伯歌》云:"妾本舟中女,闻君江上琴。君初感妾意,妾亦感君心。遂出合欢被,同为交颈禽。传杯唯畏浅,接膝犹嫌远。侍婢奏箜篌,女郎歌宛转。宛转怨如何,中庭霜渐多。霜多叶可惜,昨日非今夕。徒结万重欢,终成一宵客。王敬伯,绿水青山从此隔。"

/ 482 /

读李端《妾薄命》"忆妾初嫁君"篇,至最后一段"新人莫恃新,秋至会无春。从来闭在长门者,必是宫中第一人",

心头猛震，感觉真似洪钟大鼓，振聋发聩。

<hr />

/ 483 /

"得道轻年暮，安禅爱夜深。东西皆是梦，存没岂关心。"李端《同皇甫侍御题惟一上人房》句。得道者，不忧年老；安禅者，喜欢夜深。视世间万物都是梦幻，生死存亡便无碍于心。

<hr />

/ 484 /

李端《听筝》："鸣筝金粟柱，素手玉房前。欲得周郎顾，时时误拂弦。"故事在后两句，风情在后两句。写鼓筝女子为情遇着急，顽皮可爱。

<hr />

/ 485 /

"野寺寻春花已迟，背岩惟有两三枝。明朝携酒犹堪醉，为报春风且莫吹。"李端《春晚游鹤林寺寄使府诸公》，写春事匆匆，要惜取也。笔法婉转。

<hr />

/ 486 /

李端《宿石涧店闻妇人哭》是实录，写战争给一个平民家庭造成的伤害。云："山店门前一妇人，哀哀夜哭向秋云。自说夫因征战死，朝来逢著旧将军。"末二句语无伦次，似悲绝不能正常言说。

李端《宿山寺思归》："僧房秋雨歇，愁卧夜更深。欹枕闻鸿雁，回灯见竹林。归萤入草尽，落月映窗沉。拭泪无人觉，长谣向壁阴。"雨歇了，秋夜已深，诗人住宿在荒山一间庙里，听到夜空传来旅雁的叫声，辗转枕上，不能入睡，他把熄灭的灯再点亮，看见窗外的竹林下流萤飞回草丛，天边的月亮正在落下，也像要回家的样子，禁不住一个人默默地向隅而泣了。大雁、萤火虫、月亮都各有归所，他却仍漂泊在路上，无处安身，怎能不哀伤？

"献岁春犹浅，园林未尽开。雪和新雨落，风带旧寒来。听鸟闻归雁，看花识早梅。生涯知几日，更被一年催。"此诗题《早春》，前六句写早春情况，句句贴切，颔联准确描画和传达出初春的气象与感受，又工稳又自然，可谓精绝。作者畅诸，是畅当弟，与兄俱有诗名，可惜身后仅存此诗。

杨凝《送客归常州》："行到河边从此辞，寒天日远暮帆迟。可怜芳草成衰草，公子归时过绿时。"妙在三、四句。

字面意思是指路途遥远，春天出发，到家已是秋天。此外可能还暗含一层意思，以芳草衰变喻人，哀时光流逝，韶华不再。杨凝是杨凭弟、杨凌兄，三公子并有名，时称"三杨"。

／ 490 ／

杨凝《夜泊渭津》清彻空明，亦极佳。云："飘飘东去客，一宿渭城边。远处星垂岸，中流月满船。凉归夜深簟，秋入雨馀天。渐觉家山小，残程尚几年。"初秋某晚，泊舟宿于渭津。雨后放晴，星斗低垂，月光似水，天地一片清凉，教人如置身尘外，家山故园自然淡了、远了。"远处星垂岸，中流月满船"两句美极。

／ 491 ／

"三杨"中的杨凌，诗只此《北行留别》一首可观，云："日日山川烽火频，山河重起旧烟尘。一生孤负龙泉剑，羞把诗书问故人。"写出书生恨，恨生逢乱世，空有满腹经纶，不能横刀立马、一匡天下。

／ 492 ／

"钓罢归来不系船，江村月落正堪眠。纵然一夜风吹去，只在芦花浅水边。"司空曙《江村即事》，好慵懒，好散淡，好放松，好适意。此等人物才是达人。

153

司空曙《江园书事寄卢纶》："种柳南江边，闭门三四年。艳花那胜竹，凡鸟不如蝉。嗜酒渐婴渴，读书多欲眠。平生故交在，白首远相怜。"第五、六句言老来虽犹爱饮酒读书，却力有不胜了。

"凄凉多独醉，零落半同游。"司空曙《题江陵临沙驿楼》句。人到年老，朋辈纷纷凋零，平常找个对饮的人都难，凄凉日甚。

司空曙诗多见"雪"字，全部一百七十四首，用"雪"字二十四处。《下第日书情寄上叔父》篇有"雪里题诗偏见赏"句，知其少时吟雪诗曾受叔父赞赏，其后一生喜欢"雪"或与此有关。含"雪"佳句有"栈霜朝似雪，江雾晚成云"（《送崔校书赴梓幕》），"竹通山舍远，云接雪田平"（《送王先生归南山》），"竹烟凝涧壑，林雪似芳菲"（《冬夜耿拾遗王秀才就宿因伤故人》），"载酒寻山宿，思人带雪过"（《赠李端》）等。

崔峒《送苏修游上饶》云："爱尔无羁束，云山恣意过。

一身随远岫，孤棹任轻波。世事关情少，渔家寄宿多。芦花浅淡处，江月奈人何。""一身随远岫，孤棹任轻波"，洒脱而去，但寻山随水也；"世事关情少，渔家寄宿多"，忘怀是是非非，往还渔樵间也；"芦花浅淡处，江月奈人何"，秋风江月，淡泊自娱也。寄情山水，只当如此。

/ 497 /

崔峒《送真上人还兰若》颔联云："出山逢世乱，乞食觉人稀。"从和尚出山化缘视角，反映乱后萧疏之况，似是全唐诗中首见。

/ 498 /

崔峒《书情寄上苏州韦使君兼呈吴县李明府》："数年湖上谢浮名，竹杖纱巾遂性情。云外有时逢寺宿，日西无事傍江行。陶潜县里看花发，庾亮楼中对月明。谁念献书来万里，君王深在九重城。"评家多以为此篇表现作者依违于仕隐的矛盾心情，末尾两句痛陈有心报国却不能上达天听，深怀怨望。

金圣叹解此诗，亦同诸家，云："'遂'字妙，妙，言亦既宽然有余，更无欠缺也，不知何一日，何一故，忽然又要献书，遂又生出无数不称情想。"如按金圣叹及诸家解读，崔峒此诗后半，尤其结尾两句，与首四句格调确实扦格不入。然而，这样明显的病理，作者自己能看不出来吗？诸家评论让人生疑。

玩味久之，愚以为结尾二句或可另作解释，解为：君王身在九重城中，江山稳固，天下太平，我还何必挂念，万里奔波，献计献策呢？如此，一诗首尾洽矣，诸家责备可休矣。

╱ 499 ╱

崔峒《清江曲内一绝》，是标明为"折腰体"的绝句，见高仲武编《中兴间气集》。诗云："八月长江去浪平，片帆一道带风轻。极目不分天水色，南山南是岳阳城。"

折腰体是格律诗平仄的一种变格，宋人魏庆之《诗人玉屑·诗体（下）》释之为"中失粘而意不断"。崔峒前，这种变格已出现，如王维《送沈子归江东》（一作《送沈子福之》）："杨柳渡头行客稀，罟师荡桨向临圻。惟有相思似春色，江南江北送君归。"崔诗后两句颇似出于王维，或不无师承。

╱ 500 ╱

夏侯审，大历十才子之一，仅存《咏被中绣鞋》诗一首，云："云里蟾钩落凤窝，玉郎沉醉也摩挲。陈王当日风流减，只向波间见袜罗。"诗中"蟾钩"，是以新月喻绣鞋。此诗大约是夫子自道，描写他的怪癖——沉迷于在被窝里把玩女人的绣花鞋。他还认为与此相比，曹植欣赏洛神的罗袜就不够风流了。想必此子是一朵奇葩！

"半夜一窗晓，平明千树春。"王烈《雪》句，写夜间从窗户感知下雪，到次晨开门看雪，视觉经历，晃晃重现。

/ 502 /

《全唐诗》有一首《晴江秋望》，抄袭崔峒"折腰体"《清江曲内一绝》，云："八月长江万里晴，千帆一道带风轻。尽日不分天水色，洞庭南是岳阳城。"作者崔季卿，乃崔峒从孙。儿孙向祖宗折腰合乎礼，以生吞活剥手段加之，则大不敬矣。

/ 503 /

王建《坏屋》其实是一首政论诗，以坏屋比喻昏暗腐败的朝廷，是《国风》遗韵。云："官家有坏屋，居者愿离得。苟或幸其迁，回循任倾侧。若当君子住，一日还修饰。必使换榱楹，先须木端直。永令雀与鼠，无处求栖息。坚固传后人，从今勉劳力。以兹喻臣下，亦可成邦国。虽曰愚者词，将来幸无惑。"

/ 504 /

王建《晓思》："晓气生绿水，春条露霏霏。林间栖鸟散，远念征人起。幽花宿含彩，早蝶寒弄翅。君行非晨风，讵能从门至。"结尾精彩，字面意思说离家的人不是晨风，哪能一朝刮到门口呢，实则心想他若能跟这晨风一般才好。全篇前六句都是铺陈，为这最后两句。

/ 505 /

王建《凉州行》有云："边头州县尽胡兵，将军别筑防秋城……多来中国收妇女，一半生男为汉语。蕃人旧日不耕犁，相学如今种禾黍。"这些诗句记述了唐代西北蕃地汉化的历史。一是汉族妇女大量被掳到蕃地嫁人生育，教子女说汉语，带来语言上的变化。二是汉人守边、婚嫁，引入农业，改变了蕃人原来的生活与生产方式。

/ 506 /

王建《雉将雏》云："雉咿喔，雏出彀，毛斑斑，嘴啄啄。学飞未得一尺高，还逐母行旋母脚。"写一群羽毛未丰的小鸡随母鸡觅食，叽叽喳喳，蹦蹦跳跳，紧跟不舍，生动如画。

/ 507 /

王建《两头纤纤》诗云："两头纤纤青玉玦，半白半黑头上发。逼逼仆仆春冰裂，磊磊落落桃花结。""逼逼仆仆"是象声词，"磊磊落落"是状光色形貌。

《两头纤纤》是一种诗体，创始于古乐府中一首无名氏作品，全诗曰："两头纤纤月初生，半白半黑眼中晴。腷腷膊膊鸡初鸣，磊磊落落向曙星。"这首诗大概流传很广，深得人们喜爱，被许多人套用、模拟，遂成为一个体式。因诗前四字为"两头纤纤"，遂以此命名。

此诗体基本上是一种填空体，每句前四个字基本固定，后三个字填空。公式为：两头纤纤×××，半白半黑×××。腷腷膊膊×××，磊磊落落×××。这种体式是一种诗歌游戏，可以自娱，也可用来激发儿童学诗的兴趣。

再引几首《两头纤纤》诗，以增玩赏。

南齐王融作："两头纤纤绮上纹，半白半黑鹇翔群。腷腷膊膊鸟迷曛，磊磊落落玉石分。"

唐雍裕之作："两头纤纤八字眉，半白半黑灯影帷。腷腷膊膊晓禽飞，磊磊落落秋果垂。"

宋范成大作："两头纤纤小秤衡，半白半黑月未明。腷腷膊膊扣户声，磊磊落落金盘冰。"

/ 508 /

"世间娶容非娶妇，中庭牡丹胜松树。"读王建《斜路行》这两句，不禁莞尔。诗句批评男子娶妻重容色、轻德行，固不谬，然而哪个男儿不想兼而有之？不得兼，舍德而取色，本性也。子曰："吾未见好德如好色者也。"

王建《南中》有云："天南多鸟声，州县半无城。野市依蛮姓，山村逐水名。"这四句装载了许多历史、地理信息：一、中唐时南方很多州县尚未建城池；二、南方城镇以外的集市多依当地土人的姓氏命名；三、村庄普遍用邻近的河流湖泊命名。关于第三条，以今日深圳为例，仍能提供许多佐证，如罗湖、平湖、清湖、鳌湖、沙河、清水河、大冲、西涌、东涌、新塘、莲塘、大水坑、杨梅坑等等。深圳这个名称也是"逐水名"。

王建写的是南中。南中指哪里？在古代，有三个指向：一指岭南地区，如今两广一带；二指四川西南部并云贵地区；三指中国长江以南广大南方。据王建此诗后四句"瘴烟沙上起，阴火雨中生。独有求珠客，年年入海行"，他写的南中应是岭南。

王建《赠小尼师》写出了小尼姑的少女情性。云："新剃青头发，生来未扫眉。身轻礼拜稳，心慢记经迟。唤起犹侵晓，催斋已过时。春晴阶下立，私地弄花枝。"不能潜心背经，喜欢偷偷地弄花，贪睡、贪玩误了饭时，惟妙惟肖。

"万事风吹过耳轮，贫儿活计亦曾闻。偶逢新语书红叶，难得闲人话白云。霜下野花浑著地，寒来溪鸟不成群。病多体痛无心力，更被头边药气熏。"读王建《晚秋病中》，感觉这首诗像一身衣带飘飘，脚上却穿了一双烂鞋子。呵呵，都是最后两句闹的。

王建《寄贾岛》写了苦吟诗人贾岛的诸多细节，刻画出一个栩栩如生的"诗痴"兄，云："尽日吟诗坐忍饥，万人中觅似君稀。僵眠冷榻朝犹卧，驴放秋田夜不归。傍暖旋收红落叶，觉寒犹著旧生衣。曲江池畔时时到，为爱鸬鹚雨后飞。"这首诗既然是寄给贾岛本人看，写的内容自然是真实的，不会故意编排他。

王建写贾岛诗痴，其实他自己作诗极勤，用功极深，也是诗痴。这从他自述诗里可认出。《闲居即事》云："妻愁耽酒僻，人怪考诗严。"《寒食日看花》云："酒污衣裳从客笑，醉饶言语觅花知。老来自喜身无事，仰面西园得咏诗。"《维扬冬末寄幕中二从事》云："典尽客衣三尺雪，炼精诗句一头霜。"皆颇可观。

王建《寄上韩愈侍郎》云："重登大学领儒流，学浪词锋压九州。不以雄名疏野贱，唯将直气折王侯。咏伤松桂青山瘦，取尽珠玑碧海愁。叙述异篇经总别，鞭驱险句最先投。碑文合遣贞魂谢，史笔应令谄骨羞。"韩愈自是文坛领袖，但如此用力吹捧他的学问、美德、气节、才华，不免有拍马屁之嫌。

"去日丁宁别，情知寒食归。缘逢好天气，教熨看花衣。"王建这首五绝《春意二首》其一，包含过去、现在和未来。离别之日相互叮咛，约定寒食回家，是写过去。寒食近，天气好，叫人拿出衣箱里的花衣来熨，是写现在。将来呢，未明写，但我们已知将来是穿花衣，在寒食日迎接归人。花衣人真能等得离人归吗？不得而知。如果离人未归呢？这首五绝信息量大，情绪饱满，又设置悬念，留下想象空间，让浓缩的文本产生无限张力，真是绝了！

王建《新嫁娘词三首》其三："三日入厨下，洗手作羹汤。未谙姑食性，先遣小姑尝。"新娘殷勤机灵、处事细心、急于想得到婆婆认可的形象跃然纸上，也有浓浓的居家气氛扑面而来。这通过一个细节描述达成，类似选取了"决定性的瞬间"。

╱ 517 ╱

王建《故行宫》："寥落古行宫，宫花寂寞红。白头宫女在，闲坐说玄宗。"一首五言绝句，连续三句用了"宫"字，未顾忌重复，也未妨成为名作。

╱ 518 ╱

王建有《和元郎中从八月十二至十五夜玩月五首》，其中第四首较好，云："月似圆来色渐凝，玉盆盛水欲侵棱。夜深尽放家人睡，直到天明不灺灯。"以白玉盆盛满清水喻月圆，很新鲜。从八月十二到十五，连续四晚，夜夜赏月赋诗，不亦乐乎！盖古人晚间少娱乐，玩月既是一件雅事，又节省用度（灯都不用点），故极流行。

╱ 519 ╱

"中庭地白树栖鸦，冷露无声湿桂花。今夜月明人尽望，不知秋思在谁家。"王建这首《十五夜望月寄杜郎中》为何流传甚广，感人无数？一是月圆之夜本美满之时，此诗不写美满，却写这一夜的清冷幽独，容易启发同情；二是最后的一声问候，超越个人情怀，表现出对他人的关心，容易引起共鸣。

王建《寄广文张博士》："春明门外作卑官，病友经年不得看。莫道长安近于日，升天却易到城难。"后两句语气类李太白。王建作诗老实，少见他用此等夸张手段。

王建《唐昌观玉蕊花》："一树笼松玉刻成，飘廊点地色轻轻。女冠夜觅香来处，唯见阶前碎月明。"末句漂亮。女道夜里闻香寻觅，出门看见台阶前飘落的玉蕊花，像月亮摔碎，散了一地。这个视觉刺激倒有点让人心疼。

王建《宫词一百首》之三十九："往来旧院不堪修，近敕宣徽别起楼。闻有美人新进入，六宫未见一时愁。"短短几句，一派紧张的气氛，一片愁云惨雾。新人的娇宠，旧人的悲哀，俱迎面而来。

王建《夜看扬州市》："夜市千灯照碧云，高楼红袖客纷纷。如今不似时平日，犹自笙歌彻晓闻。"作者看到的扬州繁华热闹，彻夜笙歌，是一座不夜城，却说这眼前的扬州不如以前升平时期了，那盛唐的扬州该是什么样子呢？

刘商未到过北边胡地，据传闻撰写出《胡笳十八拍》，细节逼真，如临其境。如："水头宿兮草头坐，风吹汉地衣裳破。羊脂沐发长不梳，羔子皮裘领仍左。狐襟貉袖腥复膻，昼披行兮夜披卧。毡帐时移无定居，日月长兮不可过。"又如："姓名音信两不通，终日经年常闭口。是非取与在指拨，言语传情不如手。"

刘商《绿珠怨》："从来上台榭，不敢倚阑干。零落知成血，高楼直下看。"不敢楼台凭栏，不是恐高，不是自己怕死，是每一登临就想到绿珠坠亡，痛心佳人玉碎。

"达晓寝衣冷，开帷霜露凝。风吹昨夜泪，一片枕前冰。"刘商《古意》，自是写独守空房之凄冷，亦暗喻哀人冰玉之质。

刘商《秋蝉声》："萧条旅舍客心惊，断续僧房静又清。借问蝉声何所为，人家古寺两般声。"都是秋蝉叫声，在古寺和在平常人家能有什么区别？是诗人在不同环境里心情不同而已。

刘商《归山留别子侄二首》之二："不逐浮云不羡鱼，杏花茅屋向阳居。鹤鸣华表应传语，雁度霜天懒寄书。"首联很逍遥，很美。"浮云"与"鱼"既是实写，也是用典，意指富贵功名。孔子曰："不义而富且贵，于我如浮云。"孟子曰："鱼，我所欲也。"齐人冯谖寄孟尝君门下，歌曰："长铗归来乎，食无鱼！"如果刘商把"不逐浮云不羡鱼"这句写成"不求富贵不求名"，便大煞风景了。

刘复《经禁城》有云："俯仰寄世间，忽如流波萍。金石非汝寿，浮生等臊腥。"视人的生命为腥臊之物，多么像存在主义的腔调。

"细雨度深闺，莺愁欲懒啼。如烟飞漠漠，似露湿凄凄。草色行看靡，花枝暮欲低。晓听钟鼓动，早送锦障泥。"刘复《春雨》像一幅印象派画作，描绘出春雨氤氲迷离的情貌。但诗中呈现的时间随意颠倒。初似为旦，第六句曰暮，第七句又言晓，令人迷惑。这种时辰错乱情况，屡见于唐人诗笔。

刘复《夏日》："映日纱窗深且闲，含桃红日石榴殷。银瓶绠转桐花井，沉水烟销金博山。文簟象床娇倚瑟，彩笒铜镜懒拈环。明朝戏去谁相伴，年少相逢狭路间。"此诗披金挂玉，像开珠宝店，炫富之极。有趣的是富贵女子却情极无聊，心里向往着外面的艳遇。不过，此亦写贵妇诗之惯例也。

《唐才子传》云朱湾"工诗""尤精咏物，必含比兴"。《全唐诗》共收朱诗二十三首，确认为他作品的有二十首，其中十首为咏物，言果不虚。观其作，咏菊、雪、玉、白鸟、古松，诗中常见，不足挂齿，而专咏笼筹、骰子、酒瓢、柏板、筝柱，就稀罕了。

《唐才子传》又云朱湾"率履贞素，潜辉不曜""郡国交征，不应"。但从朱湾诗作看，这些记述颇可疑。《秋夜宴王郎中宅赋得露中菊》云："众芳春竞发，寒菊露偏滋。受气何曾异，开花独自迟。晚成犹待赏，欲采未过时。忍弃东篱下，看随秋草衰。"《奉使设宴戏掷笼筹》云："今日陪樽俎，良筹复在兹。献酬君有礼，赏罚我无私。莫怪斜相向，还将正自持。一朝权在手，看取令行时。"《筝柱子》："散木今何幸，良工不弃捐……知音如见赏，雅调为君传。"《咏壁上酒瓢呈萧明府》："不是难提挈，行藏固有期。安身未得所，开口欲从谁……"这些诗固然是咏眼前之物，也确实"穷理尽性"，然而仔细读来，也是借物咏怀，有自售之嫌。

咏物以自售还是含蓄的，朱湾还写过直接求进的诗，即《逼寒节寄崔七》，云："闲庭只是长莓苔，三径曾无车马来。旅馆尚愁寒食火，羁心懒向不然灰。门前下客虽弹铗，溪畔穷鱼且曝腮。他日趋庭应问礼，须言陋巷有颜回。"此诗题下注云："崔七，湖州崔使君之子。"朱湾干谒崔使君是史书上有记载的，这首诗证明他还求过使君的儿子，这就是拉关系、走后门了。在诗中他自比颜回，自许如此，亦不免叫人难为情。这样一个人，说他"潜辉不曜""郡国交征，不应"，谁信？

/ 533 /

朱湾《过宣上人湖上兰若》："十年湖上结幽期，偏向东林遇远师。未道姓名童子识，不酬言语上人知。闲花落日滋苔径，细雨和烟著柳枝。问我别来何所得，解将无事当无为。"与人默契融洽，与自然相宜相亲，于己道胜心安，成就此诗一副知足常乐、悠然自得貌。只是第五句中"滋"字用得勉强，给诗加上了噪点。

/ 534 /

张志和《渔父歌》五章，允称千古绝唱。五章尾句各云：

"斜风细雨不须归""长江白浪不曾忧""笑著荷衣不叹穷""醉宿渔舟不觉寒""乐在风波不用仙"。连说五句"不"。也许他是以此强调宁受穷寒，也愿寄身江湖，不肯回到朝廷的决绝态度。

／ 535 ／

张志和还有一首七古《渔父》，大意与《渔父歌》五章同，把他不肯再与朝廷合作的意思说得更明白了。云："八月九月芦花飞，南谿老人重钓归。秋山入帘翠滴滴，野艇倚槛云依依。却把渔竿寻小径，闲梳鹤发对斜晖。翻嫌四皓曾多事，出为储皇定是非。"他也不怕这等诗传到朝廷招惹是非。

／ 536 ／

于鹄《江南曲》："偶向江边采白蘋，还随女伴赛江神。众中不敢分明语，暗掷金钱卜远人。"女子牵挂远行的意中人，忧心忡忡，又羞怯，不敢在人前表露，只好遮掩行事。情态惟妙惟肖。

这首诗让我们知道，掷币占卜这种方式在唐代已经流行。

／ 537 ／

于鹄《题邻居》所记，似唐代城市中大杂院的生活。云："僻巷邻家少，茅檐喜并居。蒸梨常共灶，浇薤亦同渠。传展朝寻药，分灯夜读书。虽然在城市，还得似樵渔。"巷子深处，房屋并拢，大家共用一个炉灶、一个水源，晚上还常在一盏灯下读书。真是烟火邻居，亲如一家。

/ 538 /

"昨日山家春酒浓，野人相劝久从容。独忆卸冠眠细草，不知谁送出深松。都忘醉后逢廉度，不省归时见鲁恭。知己尚嫌身酩酊，路人应恐笑龙钟。"于鹄《醉后寄山中友人》记述一次大醉经历。他在某山人处饮醉后失忆，被扶送回家，路上遇见地方官，被官人和路人笑话。从诗句看，所写多数情节，都是别人在他酒醒后告诉他的。他自己对那场酒事的记忆，只到摘下帽子，倒在草地上睡去。呵呵，一首"断片"诗，可供天下酩酊公子们共享！

/ 539 /

于鹄《泛舟入后谿》："雨馀芳草净沙尘，水绿沙平一带春。唯有啼鹃似留客，桃花深处更无人。"春雨后放舟入溪，沙净水青，芳草鲜美，桃花灼灼，鹃鸟嗣啾，到此境地，何必说人？没人才好呢。

/ 540 /

于鹄《南谿书斋》写的哪里是书斋，倒像是仙人洞。云：

"茅屋往来久，山深不置门。草生垂井口，花落拥篱根。入院将雏鸟，寻萝抱子猿。曾逢异人说，风景似桃源。"

/ 541 /

崔元翰《雨中对后檐丛竹》："含风摇砚水，带雨拂墙衣。乍似秋江上，渔家半掩扉。"前两句描摹雨后丛竹风中摇曳貌，后两句写观丛竹摇曳引起的幻觉。大意是：雨中，屋后湿漉漉的绿竹丛在风中摇动，让他感觉自家的宅院，一时就像秋江边渔父的竹篱茅舍。

/ 542 /

韦皋《天池晚棹》颔联"舟浮十里芰荷香，歌发一声山水绿"，或柳永《望海潮》名句"三秋桂子，十里荷花"之所自乎？

/ 543 /

袁高《茶山诗》写早春茶农采茶。据诗中描写，应是采"雨前茶"，且是岩茶，故备受艰辛。诗中云："氓辍耕农未，采采实苦辛。一夫旦当役，尽室皆同臻。扪葛上欹壁，蓬头入荒榛。终朝不盈掬，手足皆鳞皴。悲嗟遍空山，草木为不春。阴岭芽未吐，使者牒已频。"长在背阴山坡上的茶树尚未吐芽时，官家就频频下令，催办新茶。这交代出朝廷对新茶急切的需求。

朱放《江上送别》颔联云："惆怅空知思后会，艰难不敢料前期。"动乱时代里，离别叫人绝望。风云不测，人命如草，谁能保一个确定的未来呢？

／ 545 ／

武元衡《春暮郊居寄朱舍人》："幽深不让子真居，度日闲眠世事疏。春水满池新雨霁，香风入户落花馀。目随鸿雁穷苍翠，心寄溪云任卷舒。回首知音青琐闼，何时一为荐相如。"诗题中"舍人"是官职。隋、唐两朝，舍人都是皇帝身边近侍，起居舍人掌记言修史，通事舍人掌朝见引纳。诗首句中"子真"是汉代名士郑朴的字，他躬耕于山野，修道守默，汉成帝时大将军王凤聘他做官，他拒绝了。了解了这些，读此诗不难发现其中的矛盾：前边说心寄溪云，疏远世事，自许不让郑朴，最后却拜托朱舍人向皇帝举荐，情出急切。既邀官，何必要把自己说得像个隐士呢？这大抵反映出走终南捷径的心态。

／ 546 ／

"夜久喧暂息，池台惟月明。无因驻清景，日出事还生。"武元衡《夏夜作》，感叹为官忙碌，意思是他常常应酬到深夜才得清静，但清景不长，天一亮诸事又来。此诗被视为诗谶。元和十年（公元815年）六月三日晨，任门下侍郎平章事要职的武元衡赴大明宫上朝，在靖安坊东门遭刺客暗杀身亡。据说这首《夏夜作》就作于遇刺前夕，遂为绝笔。

/ 547 /

武元衡《春日偶作》："纵横桃李枝，淡荡春风吹。美人歌白苎，万恨在蛾眉。"怡人春风中，桃树、李树开花了，纷纭烂漫，面对此时此景，美人唱起《白苎歌》，脸上眉间满是悻悻。诗前两句写春事妖娆美好，后两句写美人万般恼恨，前后情绪反差很大。何以至此？因为春天行至顶点则夏日将临，花事绚烂之极就迫近凋零了。大概美人由此念及自己即将逝去的华年了。

/ 548 /

武元衡《题嘉陵驿》是名篇，作于赴蜀途中，云："悠悠风旆绕山川，山驿空濛雨似烟。路半嘉陵头已白，蜀门西上更青天。"当时蜀中才女薛涛看了此诗，不甘寂寞，作《续嘉陵驿诗献武相国》，云："蜀门西更上青天，强为公歌蜀国弦。卓氏长卿称士女，锦江玉垒献山川。"薛涛依韵续作，实在写得不够好，没文采，格调低，与原作比相去甚远，她却敢献给武元衡看，教人怀疑她是否真有诗歌鉴赏能力。

武元衡《题嘉陵驿》，亦必为后来蜀籍才子苏轼所熟知。想其"山色空濛雨亦奇"句，应与"山驿空濛雨似烟"一句有些关系。

/ 549 /

武元衡《韦常侍以宾客致仕同诸公题壁》："孤云永日自徘徊，岩馆苍苍遍绿苔。望苑忽惊新诏下，彩鸾归处玉笼开。"最后一句有点意思，把朝廷比作鸟笼了。这说的应该是真实的感受，但身为命臣，这样取譬，写在诗里，与同僚诸公唱和，似不多见。

/ 550 /

"寒城上秦原，游子衣飘飘。黑云截万里，猎火从中烧。阴空蒸长烟，杀气独不销。冰交石可裂，风疾山如摇。时无青松心，顾我独不凋。"李观《赠冯宿》全诗十句，前八句都是渲染。气氛酷烈的战场，环境恶劣如地狱，读之令人脊背生寒。

/ 551 /

李观《御沟新柳》有"翠色枝枝满，年光树树新"句，"满"字用得给力，把春暖时杨柳快速变绿的感觉写到位了。

李观诗文务新，时谓与韩愈相上下。他和韩愈同年登进士第，可惜只活到二十八岁。韩愈为他撰墓志铭，称他"才高乎当世，而行出乎古人"（《李元宾墓铭》）。

／ 552 ／

"春山仙掌百花开，九棘腰金有上才。忽向庭中摹峻极，如从洞里见昭回。小松已负干霄状，片石皆疑缩地来。都内今朝似方外，仍传丽曲寄云台。"权德舆《奉和太府韦卿阁老左藏库中假山之作》是写庭中假山，第四句说看到假山，觉得自己就像仙人从洞天出来看见尘寰一般；第六句言假山之小巧，仿佛神仙施了缩地术所致。这两处都精准传达了见到假山盆景时内心的神奇感。

／ 553 ／

权德舆《奉和崔评事寄外甥刘同州并呈杜宾客许给事王侍郎昆弟杨少尹李侍御并见寄之作》起首四句云："芳讯来江湖，开缄粲瑶碧。诗因乘黄赠，才擅雕龙格。"文辞典雅富丽，追南朝风采，虽极事修饰，未掩真情。

／ 554 ／

权德舆《醉后戏赠苏九俦》云："白首书窗成巨儒，不知簪组遍屠沽。劝君莫问长安路，且读鲁山于芀于。"诗题下自注："苏常好读元鲁山文，时或劝入关者，故戏之。"作者反复强调诗是"戏赠"，实则是托醉吐肺腑真言，用戏笔讽刺荒唐的现实，对朋友加以规谏。诗大意是说：你矢志读书，皓首穷经，都读成了一个大儒，却不知京城得志的达官贵人，大都是出身于市井屠沽之辈。劝你就莫靠读书求取功名了，既然喜欢读元德秀的文章，且去好好读读他写的歌《于芴于》吧！语辞间含着对科举、朝廷的批评。

/ 555 /

权德舆《奉送韦起居老舅百日假满归嵩阳旧居》有句云："滑和固难久，循性得所便。有名皆畏途，无事乃真筌。"免违和，任天真，远名利，归无为，养生安心之道也。

/ 556 /

权德舆《敷水驿》："空见水名敷，秦楼昔事无。临风驻征骑，聊复捋髭须。"过敷水，就想到美妇罗敷，身为官员又不免自比使君，真是骚人情多而意淫。

无独有偶，后来白居易亦复如此，有《与裴华州同过敷水戏赠》云："使君五马且踟蹰，马上能听绝句无。每过桑间试留意，何妨后代有罗敷。"白又有《过敷水》云："垂鞭欲渡罗敷水，处分鸣驺且缓驱。秦氏双蛾久冥漠，苏台五马尚踟蹰。村童店女仰头笑，今日使君真是愚。"

呵呵，观夫好色复好歌，诗人诗人奈若何！

／ 557 ／

"闲庭无事，独步春辉。韶光满目，落蕊盈衣。芳树交柯，文禽并飞。婉彼君子，怅然有违。对酒不饮，横琴不挥。不挥者何，知音诚稀。"权德舆《杂言和常州李员外副使春日戏题十首》之五。明媚春日，鸟语花香，对酒不成饮，陈琴不能弹，顾影自哀，以思君子、少知音故也。"芳树交柯，文禽并飞"两句是比兴，一诗情感皆由此起。

／ 558 ／

权德舆《杂言和常州李员外副使春日戏题十首》，使用三言、四言、五言、六言、七言、杂言，共计七种体裁。这固然是文人间唱和，是典型的笔戏，好在也有清妙可读者。如第四首三言云："枕上觉，窗外晓。怯朝光，惊曙鸟。花坠露，满芳沼。柳如丝，风袅袅。佳期远，相见少。试一望，魂杳渺。"第九首七绝云："雨歇风轻一院香，红芳绿草接东墙。春衣试出当轩立，定被邻家暗断肠。"这首七绝描写春日按捺不住的骚情，有故意挑逗嫌疑，亦诙谐。

／ 559 ／

"玉台体"古诗多写艳情，绮靡香软。权德舆作《玉台体十二首》，亦游戏，亦聊遣情思。第二首七绝云："婵娟二八正娇羞，日暮相逢南陌头。试问佳期不肯道，落花深处指青楼。"呵呵，读此诗，觉得像写初出茅庐的站街女。

/ 560 /

权德舆《新月与儿女夜坐听琴举酒》"泥泥露凝叶，骚骚风入林"二句，似出自杜甫《寄狄明府》"秋风萧萧露泥泥"。

/ 561 /

权德舆留下至少二十首以上写给老婆的诗，有的作于到外地出差途中，有的作于中书省当值夜里。和妻子一起过节，一齐参加朝廷活动，他写诗；因公务行役，逢节日不在家，更要寄诗。在唐代诗人中，他或许是给老婆作诗最多的一个。

《中书夜直寄赠》很有趣，说他在朝中值班，夜里回不去家，心中想老婆，辗转不寐，对工作都厌倦了。值个夜班就想老婆想成这样，还忍不住作诗相寄，莫非是新婚不久？此郎实在可爱！诗云："通籍在金闺，怀君百虑迷。迢迢五夜永，脉脉两心齐。步履疲青琐，开缄倦紫泥。不堪风雨夜，转枕忆鸿妻。"

权德舆在《新月与儿女夜坐听琴举酒》一诗中说："方结偕老期，岂惮华发侵。笑语向兰室，风流传玉音。愧君袖中字，价重双南金。"由此看，他老婆也是能诗的，和他有唱和，并深得他敬重。

/ 562 /

许孟容《奉和武相公春晓闻莺》："碧树当窗啼晓莺，间
关入梦听难成。千回万啭尽愁思，疑是血魂哀困声。"题云
"闻莺"，后二句写的明明是杜鹃鸟。把杜鹃称作"莺"，在唐
诗里屡见不鲜。

/ 563 /

中唐以前，罕见文人作回文诗。潘孟阳有一首《春日雪
以回文绝句呈张荐权德舆》，云："春梅杂落雪，发树几花开。
真须尽兴饮，仁里愿同来。"张荐有《和潘孟阳春日雪回文
绝句》一首，云："迟迟日气暖，漫漫雪天春。知君欲醉饮，
思见此交亲。"文人间以回文诗唱和很少见。

/ 564 /

段文昌《题武担寺西台》颔联"水暗馀霞外，山明落照
中"，写的是落日光照中所见山水景色。日落时分，夕阳贴近
地平线，水位低，受不到光，所以暗了；山高矗，可以迎接到
较低的光源，所以还是明的。全诗云："秋天如镜空，楼阁尽
玲珑。水暗馀霞外，山明落照中。鸟行看渐远，松韵听难
穷。今日登临意，多欢语笑同。"

羊士谔《郡中即事三首》之二（一作《玩荷花》）："红衣
落尽暗香残，叶上秋光白露寒。越女含情已无限，莫教长袖
倚兰干。"池中荷花在秋日凋谢了，芳香也快要散尽，但寒露
严霜仍日夜相逼。貌美如花的女子善感多情，就别让她们到这
里来，目睹这场时光对美丽的绝杀吧！

羊士谔《山寺题壁》："物外真何事，幽廊步不穷。一灯
心法在，三世影堂空。山果青苔上，寒蝉落叶中。归来还闭
阁，棠树几秋风。"颔联以山寺见闻显示佛门以心印心、薪尽
火传之理，云：此寺数代僧人虽已亡故，只留下空空的影堂，
但先僧所传的心法犹在，灯火仍然亮着。这两句为萧寂的古寺
添了一线绵延不绝的生机。

"腰章非达士，闭阁是潜夫。匣剑宁求试，笼禽但自拘。
江清牛渚镇，酒熟步兵厨。唯此前贤意，风流似不孤。"羊
士谔《资阳郡中咏怀》。不能放弃官职者，就学阮籍那样喝喝
酒，发发牢骚，自许隐于朝市，聊以自慰吧。

/ 568 /

羊士谔《乱后曲江》："忆昔曾游曲水滨,春来长有探春人。游春人静空地在,直至春深不似春。"这首绝句反映了三个情况:其一,乱后长安人口锐减;其二,乱后民众惶恐,都无心赏春;其三,乱后曲江沿岸因受到破坏而凋敝,游春时节少了往年春天的景致。诗写得直白,四句用了五个"春"字,重复已甚。然而,诗贵乎写照现实境遇与人生感受,不贵乎辞藻格律、雕龙雕虫。

/ 569 /

羊士谔《寻山家》(一作长孙佐辅诗):"独访山家歇还涉,茅屋斜连隔松叶。主人闻语未开门,绕篱野菜飞黄蝶。"野趣丛生,像出自乡村秀才之手。

/ 570 /

杨巨源《月宫词》有句云"珠帘欲卷畏成水,瑶席初陈惊似空",状月色清虚;《杨花落》有句云"宝环纤手捧更飞,翠羽轻裾承不著",状柳絮轻盈。笔触精微细致,皆能曲尽其妙。

/ 571 /

"明朝晴暖即相随,肯信春光被雨欺。且任文书堆案上,免令杯酒负花时。马蹄经历须应遍，莺语叮咛已怪迟。更待杂芳成艳锦，邺中争唱仲宣诗。"杨巨源《早春即事呈刘员外》，是答应赏春邀请之作，承诺友人明日即撇开公务，也不处理文件了，喝酒去，骑马领略鸟语花香的大好春光去。官员能有这分洒脱襟怀，便有一分可交了。

／ 572 ／

从《酬崔博士》一首可知，杨巨源见称于当时诗坛，经常被朋友邀请唱和，以至于疲于应酬。亦可想见唐代文人间酬唱之盛。诗云："自知顽叟更何能，唯学雕虫谬见称。长被有情邀唱和，近来无力更祗承。青松树杪三千鹤，白玉壶中一片冰。今日为君书壁右，孤城莫怕世人憎。"

／ 573 ／

杨巨源《重送胡大夫赴振武》颈联云："人间文武能双捷，天下安危待一论。"对仗工整，吹捧之至。呵呵，难怪"长被有情邀唱和，近来无力更祗承"！

／ 574 ／

"心源邀得闲诗证，肺气宜将慢酒扶。"颇喜杨巨源《和元员外题升平里新斋》中这一联。以诗证心，以酒养气，诗酒人生中有不平、有坚持，不失态度。

"世上无穷事，生涯莫废诗。何曾好风月，不是忆君时。"杨巨源《寄薛侍御》。每逢月朗风清，总会心生思念。尽管世事纷繁，再忙也要问候一声。

杨巨源《题五老峰下费君书院》云："解向花间栽碧松，门前不负老人峰。已将心事随身隐，认得溪云第几重。"最后一句实非问句，而是以问句形式肯定他深爱溪山，安于隐居。

"诗家清景在新春，绿柳才黄半未匀。若待上林花似锦，出门俱是看花人。"杨巨源《城东早春》，说诗人赏春须趁早，如果等到花团锦簇时，随大溜儿去看热闹，就俗了。

杨巨源《美人春怨》："妾家巫峡阳，罗帏寝兰堂。晓日临窗久，春风引梦长。落钗仍挂鬓，微汗欲销黄。纵便朦胧觉，魂犹逐楚王。"此篇应是实写，是以巫山神女比喻所咏美人，非真写神女。五、六句描述美人一场春梦后的状态，颇有"咸湿"感。这便是艳情诗了。

"少小边州惯放狂，骣骑蕃马射黄羊。如今年老无筋力，犹倚营门数雁行。"令狐楚这首诗是《年少行四首》首篇，落脚点不在少年，而在"如今"，在后两句老年身上。是老年心事亦挈云，以老年折射少年。

令狐楚《九日言怀》如话家常，娓娓道来，虽无甚新意，却有一分可亲的气质。云："二九即重阳，天清野菊黄。近来逢此日，多是在他乡。晚色霞千片，秋声雁一行。不能高处望，恐断老人肠。"

干旱夏日，遍地尘土飞扬，又热又脏，谁不烦躁？雷雨忽尔降临，万物一洗，岂不快哉！裴度《夏日对雨》即是抒发这种心情，云："登楼逃盛夏，万象正埃尘。对面雷嗔树，当街雨趁人。檐疏蛛网重，地湿燕泥新。吟罢清风起，荷香满四邻。"后四句以沾雨的蛛网、湿润新鲜的土地和吹来荷花香的悠悠清风来铺陈，将雨后爽悦的情绪表达得很充分。第三、四句最好，让我们看到一个生动的场面：雷电像发怒，呵斥着低垂的树丛，街上的人被雨阵赶得乱跑。"嗔""趁"两个字，都用得极好。

裴度《中书即事》一首是自述，亦内心表白，颇显这位中唐柱国名相的襟怀与气度。诗云："有意效承平，无功答圣明。灰心缘忍事，霜鬓为论兵。道直身还在，恩深命转轻。盐梅非拟议，葵藿是平生。白日长悬照，苍蝇谩发声。高阳旧田里，终使谢归耕。"裴度另有一首自道，云："尔才不长，尔貌不扬。胡为将？胡为相？一片灵台，丹青莫状。"说他的内心是笔墨丹青描画不出来的。其所谓"丹青莫状"者，正在《中书即事》篇中。

韩愈《秋怀诗十一首》屡有论调似陶潜者。如第一首云："羲和驱日月，疾急不可恃。浮生虽多涂，趋死惟一轨。胡为浪自苦，得酒且欢喜。"第二首云："白露下百草，萧兰共雕悴。青青四墙下，已复生满地。寒蝉暂寂寞，蟋蟀鸣自恣。运行无穷期，禀受气苦异。适时各得所，松柏不必贵。"第十一首云："鲜鲜霜中菊，既晚何用好。扬扬弄芳蝶，尔生还不早。运穷两值遇，婉娈死相保。西风蛰龙蛇，众木日凋槁。由来命分尔，泯灭岂足道。"这些诗与老陶诗共同的特点是：散文化、语言质朴。

韩愈《江汉答孟郊》:"江汉虽云广,乘舟渡无艰。流沙信难行,马足常往还。凄风结冲波,狐裘能御寒。终宵处幽室,华烛光烂烂。苟能行忠信,可以居夷蛮。嗟余与夫子,此义每所敦。何为复见赠,缱绻在不谖。"这首诗大部分篇幅铺张衍义《论语·卫灵公》一节,即:"子张问行。子曰:'言忠信,行笃敬,虽蛮貊之邦行矣。'"可以说是一首说教诗。

韩愈《县斋有怀》起首几句云:"少小尚奇伟,平生足悲吒。犹嫌子夏儒,肯学樊迟稼。事业窥皋稷,文章蔑曹谢。"少年轻狂,韩夫子亦甚矣。

韩愈《出门》:"长安百万家,出门无所之。岂敢尚幽独,与世实参差。古人虽已死,书上有其辞。开卷读且想,千载若相期。出门各有道,我道方未夷。且于此中息,天命不吾欺。"好书之人恒栖心于精神的国度,沉潜于遐思冥想,故虽不尚幽独,却与世参差,与物多忤。奈何,奈何!且安心读书,修身以俟,外面的世界由它去好了。

/ 587 /

前人评韩愈诗最大特点是"以文为诗",将古文文法、句法、章法引入诗歌写作,开宋人诗先河。但吾观韩愈诗,其"以文为诗"力度之大,恐非宋人所能及。且看《嗟哉董生行》这一节:"寿州属县有安丰,唐贞元时县人董生召南隐居行义于其中。刺史不能荐,天子不闻名声。爵禄不及门,门外惟有吏。日来征租更索钱,嗟哉董生朝出耕。夜归读古人书,尽日不得息。"把诗写成这样的,没有先例,宋人中也未见。

/ 588 /

《山石》通篇按时间先后逐一记录游山经历与见闻,于末尾处粗发感慨。该篇编入《唐诗三百首》,被认为是韩愈之佳构。以吾观之,不过似作流水账,絮絮叨叨,只文句通顺、语汇富丽耳。诗云:"山石荦确行径微,黄昏到寺蝙蝠飞。升堂坐阶新雨足,芭蕉叶大支子肥。僧言古壁佛画好,以火来照所见稀。铺床拂席置羹饭,疏粝亦足饱我饥。夜深静卧百虫绝,清月出岭光入扉。天明独去无道路,出入高下穷烟霏。山红涧碧纷烂漫,时见松枥皆十围。当流赤足蹋涧石,水声激激风吹衣。人生如此自可乐,岂必局束为人靰。嗟哉吾党二三子,安得至老不更归。"

/ 589 /

韩愈《李花赠张十一署》写李花怒放盛况，规模宏大，气势磅礴，竟把一场花事描绘得翻江倒海一般雄壮，此正是韩退之这等辣手擅场也。诗云："江陵城西二月尾，花不见桃惟见李。风揉雨练雪羞比，波涛翻空杳无涘。君知此处花何似，白花倒烛天夜明，群鸡惊鸣官吏起。金乌海底初飞来，朱辉散射青霞开。迷魂乱眼看不得，照耀万树繁如堆。"

/ 590 /

韩愈《寒食日出游》有一联云："饮酒宁嫌盏底深，题诗尚倚笔锋劲。"道出他的诗歌美学：尚笔力，贵雄劲。

/ 591 /

"人生一世间，不自张与弛。譬如浮江木，纵横岂自知。"韩愈《送李翱》，用漂浮江流中的木头作比，把人生在世身不由己、漂泊不定之状况，说得又形象又明白。

/ 592 /

"白帝盛羽卫，鬖影振裳衣。白霓先启途，从以万玉妃。"韩愈《辛卯年雪》这几句写大雪弥漫貌，取譬奇特，势极雄壮。

/ 593 /

韩夫子《醉留东野》是戏作，一味浮夸，极尽戏谑，但表现出了他与孟郊之间哥们儿一样的亲密关系。云："昔年因读李白杜甫诗，长恨二人不相从。吾与东野生并世，如何复蹑二子踪。东野不得官，白首夸龙钟。韩子稍奸黠，自惭青蒿倚长松。低头拜东野，原得终始如駏蛩。东野不回头，有如寸莛撞巨钟。我愿身为云，东野变为龙。四方上下逐东野，虽有离别无由逢。"

/ 594 /

韩愈有诗《谁氏子》，盖于河南令任上，特为训诫抛弃老母新妻上王屋山当道士的青年而作。吾读此诗得三见：一、见识韩愈同情妇女之心。二、见识他对仙道与博出位当名士者的态度，诗中云："神仙虽然有传说，知者尽知其妄矣。圣君贤相安可欺，干死穷山竟何俟"。三、见识他为官之仁心仁术，他在诗中说得明白，先让人抄这首诗给出家青年看，若不听教诲，将再加严惩。其御民方法体现夫子书生本色。

/ 595 /

三读韩退之《双鸟诗》，终不能解。双鸟何指？若是戏笔，所戏何物？怪之又怪！

韩愈《听颖师弹琴》摹写琴声低昂刚柔夷险变化及听者感受，比喻精当，情境毕现，允为赏乐诗之妙品。诗云："昵昵儿女语，恩怨相尔汝。划然变轩昂，勇士赴敌场。浮云柳絮无根蒂，天地阔远随飞扬。喧啾百鸟群，忽见孤凤凰。跻攀分寸不可上，失势一落千丈强。嗟余有两耳，未省听丝篁。自闻颖师弹，起坐在一旁。推手遽止之，湿衣泪滂滂。颖乎尔诚能，无以冰炭置我肠。"

韩愈《调张籍》前六句云："李杜文章在，光焰万丈长。不知群儿愚，那用故谤伤。蚍蜉撼大树，可笑不自量。"盖当时李白、杜甫诗颇受毁谤，韩愈逆流力挺。韩愈将李、杜并举并赞，屡屡有之。"李杜"成为一文学专指，其肇自愈乎？我以为即使不是始于韩愈，这个专称的固化、发扬，及被后代遵承，韩愈亦厥功至伟。

韩愈有一首稍长的五言诗《符读书城南》，是写给儿子的劝学篇。符，是他儿子的名。这首诗明显集中了韩夫子的人文思想。其思想可归纳为：一、人之为人，在于文化；二、人生而平等，不分贤愚贵贱；三、人类的阶级分化由是否接受文化教育造成；四、人的命运并非其出身所能决定；五、人生的真正财富是学问才能，不是金银珠宝。这些具有现代性的认识，出现在生活在一千多年前的韩愈的诗里，令人大为惊叹。当然，你可以说这是唐代科举制度刺激出来的功利主义意识，但你看看当时的世界，看看当时东西方全人类的意识形态，就不能不承认韩愈这些认识的思想性。他太超前了，他的有些认识，直到20世纪才成为人类的共识。

《符读书城南》诗全文如下："木之就规矩，在梓匠轮舆。人之能为人，由腹有诗书。诗书勤乃有，不勤腹空虚。欲知学之力，贤愚同一初。由其不能学，所入遂异闾。两家各生子，提孩巧相如。少长聚嬉戏，不殊同队鱼。年至十二三，头角稍相疏。二十渐乖张，清沟映污渠。三十骨骼成，乃一龙一猪。飞黄腾踏去，不能顾蟾蜍。一为马前卒，鞭背生虫蛆。一为公与相，潭潭府中居。问之何因尔，学与不学欤。金璧虽重宝，费用难贮储。学问藏之身，身在则有馀。君子与小人，不系父母且。不见公与相，起身自犁锄。不见三公后，寒饥出无驴。文章岂不贵，经训乃菑畬。潢潦无根源，朝满夕已除。人不通古今，马牛而襟裾。行身陷不义，况望多名誉。时秋积雨霁，新凉入郊墟。灯火稍可亲，简编可卷舒。岂不旦夕念，为尔惜居诸。恩义有相夺，作诗劝踌躇。"

韩愈贬潮州时，柳宗元已谪柳州数年。同放蛮荒，惺惺相惜。柳宗元寄诗韩愈，介绍南味食蛙，愈作《答柳柳州食虾蟆》以酬。此事在元和十四年（公元819年）。从韩诗看，柳宗元颇喜食蛙，韩初不接受，后渐稍食，盖忧食之染疾也。韩诗中亦诫柳宗元慎食，保重为好。不意同年十一月，柳宗元竟在柳州病亡。斯亦近乎诗谶，悲夫！

今吾读韩诗述虾蟆一段，又复哑然而笑，为其所状蛙者，活似今日网上群氓也。诗云："虾蟆虽水居，水特变形貌。强号为蛙蛤，于实无所校。虽然两股长，其奈脊皴皰。跳踯虽云高，意不离污淖。鸣声相呼和，无理只取闹……巨堪朋类多，沸耳作惊爆。端能败笙磬，仍工乱学校。"噫嘻，何其相似乃尔！

韩愈《感春三首》第三章云："晨游百花林，朱朱兼白白。柳枝弱而细，悬树垂百尺。左右同来人，金紫贵显剧。娇童为我歌，哀响跨筝笛。艳姬踏筵舞，清眸刺剑戟。心怀平生友，莫一在燕席。死者长眇芒，生者困乖隔。少年真可喜，老大百无益。"百花斗彩，春柳绵绵，娇童放歌，艳姬热舞，同行游春者亦金紫显贵，而这一切皆不足观，不慰心，唯念念牵挂一生中那些生离死别的好友。韩夫子此篇语虽直白，情意自是深沉厚重。

韩愈《与张十八同效阮步兵一日复一夕》，书写老大后的人生困境：生活变得单调重复，每天都同昨天一样，昨天又同前天一样。人非但不能有所超越，反而比往常犹有不如。贫贱时，颠沛熬煎于贫穷与卑微；富贵了，被财富和地位所束缚。一生遑遑求索，还未找到归宿，已走到生命之路的尽头。如此人生如何消受？这种对生存的焦虑和厌倦，从古到今困扰着人类。诗云："一日复一日，一朝复一朝。只见有不如，不见有所超。食作前日味，事作前日调。不知久不死，悯悯尚谁要。富贵自縶拘，贫贱亦煎焦。俯仰未得所，一世已解镳。譬如笼中鹤，六翮无所摇。譬如兔得蹄，安用东西跳。还看古人书，复举前人瓢。未知所穷竟，且作新诗谣。"

韩愈尚古，作近体律诗较少，七律仅存十首，《答张十一功曹》乃其一。程学恂《韩诗臆说》云："退之七律只十首，吾独取此篇，为能真得杜意。"诗云："山净江空水见沙，哀猿啼处两三家。筼筜竞长纤纤笋，踯躅闲开艳艳花。未报恩波知死所，莫令炎瘴送生涯。吟君诗罢看双鬓，斗觉霜毛一半加。"诗前半章写出一片明净、美艳的境地，寂静中生机勃勃；后半章写君恩未报，不敢终老炎方。所谓"得杜意"者，除娴熟诗句外，大概更重要的是那份不敢忘国的忠心。

／ 603 ／

韩愈《峡石西泉》："居然鳞介不能容，石眼环环水一钟。闻说旱时求得雨，只疑科斗是蛟龙。"写泉眼之细，只有钟水之量，小鱼都不能养，仅生蝌蚪。传闻这里也是求雨灵验之所，莫非那几只蝌蚪就是能兴风作雨的蛟龙？此绝句幽默，辛辣。若以讥讽诗视之，以钟水之量比人的器量，以蝌蚪之躯比人的本事，真是把人骂死了。

／ 604 ／

"丘坟满目衣冠尽，城阙连云草树荒。犹有国人怀旧德，一间茅屋祭昭王。"韩愈《题楚昭王庙》。楚国当年何其繁盛，衣冠如云，城阙巍峨，而今还有什么？只剩下荒坟累累、衰草枯杨了。楚昭王是中兴之主，生前威武显赫，如今还有人记得他，可是，奉祭他的庙也只是一间破茅屋。

／ 605 ／

韩愈有一首《学诸进士作精卫衔石填海》。"精卫衔石填海"应是当时进士考试诗题，韩愈依题命篇，虽是闲笔，亦不无比试或示范之意。其诗释"精卫填海"成语含义，甚完足。

诗云："鸟有偿冤者，终年抱寸诚。口衔山石细，心望海波平。渺渺功难见，区区命已轻。人皆讥造次，我独赏专精。岂计休无日，惟应尽此生。何惭刺客传，不著报雠名。"

韩愈以上承孔孟、接续儒学道统自任，屡屡公开排斥佛老，有名句云"欲为圣明除弊事，肯将衰朽惜残年"（《左迁至蓝关示侄孙湘》），大张积极入世、鞠躬尽瘁之气节。然而《游城南十六首·遣兴》一章，意思如出老庄，亦近释氏，显露韩夫子复杂内心，云："断送一生惟有酒，寻思百计不如闲。莫忧世事兼身事，须著人间比梦间"。

"暖风抽宿麦，清雨卷归旗。"读退之《奉和兵部张侍郎酬郓州马尚书祗召途中见寄开缄之日马帅已再领郓州之作》，至此二句，但觉和风拂面，细雨清尘，如共使者行于初夏青青麦田间，闻路上马蹄得得，见马背上人儿悠悠。

韩愈《早春呈水部张十八员外二首》之一名气甚大，妇孺皆知。云："天街小雨润如酥，草色遥看近却无。最是一年春好处，绝胜烟柳满皇都。"早春草色似有还无，是一年中最好春色，胜过杨柳如烟吗？未必。诗人不过是以此表达乍见春色来临的喜悦。这是作诗手段，是抒情的伎俩，不能只照字面去理会。

╱ 609 ╱

韩愈《送汴州监军俱文珍》有"冲天鹏翅阔，报国剑铓寒"句，气势极威猛。

╱ 610 ╱

韩愈有《嘲鼾睡》二章，写澹师惊天骇地之鼾声，首篇十五韵三十句，次篇十二韵二十四句，极排比铺陈之能，大肆渲染，读之如五言汉赋。呵呵，想先生当时必是受尽鼾声迫害之苦！

╱ 611 ╱

韩愈有《赠译经僧》云："万里休言道路赊，有谁教汝度流沙。只今中国方多事，不用无端更乱华。"此译经僧人来自西域无疑。诗题曰"赠"，实则训斥，是夫子排佛又一显例。这也是十足的文化排外主义。

╱ 612 ╱

陈羽名列贞元龙虎榜，存诗六十余首，多七绝，独占《全唐诗》第三百四十八卷。其才在平常之下，全卷仅二三可观，唯《过栎阳山谿》一首可取，云："众草穿沙芳色齐，蹋莎行草过春谿。闲云相引上山去，人到山头云却低。"

/ 613 /

欧阳詹《寓兴》："桃李有奇质，樗栎无妙姿。皆承庆云沃，一种春风吹。美恶苟同归，喧嚣徒尔为。相将任玄造，聊醉手中卮。"老庄论调，自然淳朴，有古乐府风味。

/ 614 /

欧阳詹《永安寺照上人房》："草席蒲团不扫尘，松闲石上似无人。群阴欲午钟声动，自煮溪蔬养幻身。"房屋虽不事扫除，任由家什蒙尘，但入诗中一并看来，却教人觉得是清净之所。

/ 615 /

欧阳詹《秋夜寄僧》（一作《秋夜寄弘济上人》）反省自身，向往超越，意境深远旷朗。云："尚被浮名诱此身，今时谁与德为邻。遥知是夜檀溪上，月照千峰为一人。"末句明心见性。

柳宗元《初秋夜坐赠吴武陵》末尾两句云："希声闷大朴，聋俗何由聪。"有解者解此处"希声"为"细微的声音"，解"希声闷大朴"句为"细微的声音被封闭在心里"，大谬不然。诗中前有"清商激西颢，泛滟凌长空"句，若声音微细，如何能激颢天、凌长空？老子曰"大音希声"，此处"希声"当指大音无疑，应予纠正。柳诗末两句正解应是：这不寻常的大音里蕴藏着不寻常的朴真情性，那些庸俗愚钝之人是听不懂的。

《初秋夜坐赠吴武陵》全诗云："稍稍雨侵竹，翻翻鹊惊丛。美人隔湘浦，一夕生秋风。积雾杳难极，沧波浩无穷。相思岂云远，即席莫与同。若人抱奇音，朱弦缇枯桐。清商激西颢，泛滟凌长空。自得本无作，天成谅非功。希声闷大朴，聋俗何由聪。"

苏轼论柳宗元诗，曰"外枯而中膏，似淡而实美"，与陶潜同流，信矣。苏子聪敏，得柳州"希声"者也。

读柳宗元《晨诣超师院读禅经》，至末二句"澹然离言说，悟悦心自足"，想到陶渊明《饮酒》篇"此中有真意，欲辨已忘言"两句。觉得二人虽各作各诗，一个作于夕，一个作于晨，又相差几百年，但二子妙悟愉悦的精神状态极相近，两诗粲然之美亦大可一比。柳诗云："汲井漱寒齿，清心拂尘服。闲持贝叶书，步出东斋读。真源了无取，妄迹世所逐。遗言冀可冥，缮性何由熟。道人庭宇静，苔色连深竹。日出雾露馀，青松如膏沐。澹然离言说，悟悦心自足。"

/ 618 /

柳宗元《与浩初上人同看山寄京华亲故》是写乡愁的名诗，把乡愁写得如刀割一样痛彻心扉，又像山野一样苍茫宏远。将尖山尖峰比作刀剑，很刺目，造语甚奇。诗云："海畔尖山似剑铓，秋来处处割愁肠。若为化得身千亿，散上峰头望故乡。"为什么看山竟引起乡愁呢？一、古人称家乡有家山之谓，看山难免想起家园。二、山可资登高，秋日登高远眺，在古时是寄托对亲友故人的思念。

/ 619 /

柳宗元《柳州寄丈人周韶州》："越绝孤城千万峰，空斋不语坐高春。印文生绿经旬合，砚匣留尘尽日封。梅岭寒烟藏翡翠，桂江秋水露鰅鳙。丈人本自忘机事，为想年来憔悴容。"关于此诗颈联，《东岩草堂评订唐诗鼓吹》曰"五、六言韶之瘴疠不减于柳"，《瀛奎律髓汇评》有云"五、六自比，空喻文彩不得飞跃也"，皆误解。依愚之见，第五句是写丈人，以美玉藏于深山赞誉之。第六句写自己，以秋江水落后困于浅滩的鱼自比，让人想到涸辙之鱼。纪昀评："'梅岭'二句指周一边说，然突入觉无头绪，又领不起第七句，殊不妥适。"纪氏亦不得要领。诗题已言明寄韶州丈人，写到"梅岭"再自然不过，不知何突兀之有？

/ 620 /

《岭南江行》是柳宗元乘船赴柳州途中写的，这时他刚离开潇湘进入岭南。瘴江云烟，荒茅海疆，雨山兽迹，热水毒虫，射工伺人，飓风惊船，他把眼见的和心中想的叠加在一起，让读者看到一片怪异险恶之域，也让读者感受到他充满忧惧的内心。诗云："瘴江南去入云烟，望尽黄茆是海边。山腹雨晴添象迹，潭心日暖长蛟涎。射工巧伺游人影，飓母偏惊旅客船。从此忧来非一事，岂容华发待流年。"

/ 621 /

柳宗元七律《柳州峒氓》第二句"异服殊音不可亲"，疑其中"不"字应为"亦"字。作"亦可亲"，语气上承接首句"接通津"方觉自然，且意思上与末句"欲投章甫作文身"通融。否则，按现行文本，前后失洽。诗云："郡城南下接通津，异服殊音不可亲。青箬裹盐归峒客，绿荷包饭趁虚人。鹅毛御腊缝山罽，鸡骨占年拜水神。愁向公庭问重译，欲投章甫作文身。"

诗是柳宗元作于柳州刺史任上，写当地峒民生活简单、衣食无忧，引起他想弃官去追随的冲动。如果"不可亲"，赞赏峒民，以至于想追随他们，就说不通了。

／ 622 ／

"柳州柳刺史，种柳柳江边。"柳宗元五律《种柳戏题》首联，两句五言四个"柳"字。柳地、柳人、柳水、柳木，此番巧合简直比戏还巧。这首诗语调轻松，情绪愉悦，见得子厚谪居岭南并非日日忧悲。

／ 623 ／

柳宗元七绝《叠后》中，有句"事业无成耻艺成"，道出他内心的凄凉。君子志于道，游于艺。若道不行，艺有成，何足以为荣！

／ 624 ／

柳宗元《独觉》写早晨睡醒后的反省。面临又一日来临，思老之将至，世事飘零，心头颇有不甘。诗云："觉来窗牖空，寥落雨声晓。良游怨迟暮，末事惊纷扰。为问经世心，古人难尽了。"他在"事业未成耻艺成"一句中所说的"事业"，大概就是这首《独觉》中所说的"经世"。

/ 625 /

"千山鸟飞绝，万径人踪灭。孤舟蓑笠翁，独钓寒江雪。"柳宗元《江雪》是一首诗中有画的杰作，古往今来屡有画家将它形诸画卷。然而，须知柳宗元写的峭寒孤寂之境乃心境，非实境。

/ 626 /

古诗中写岭南惊风飘雨景象的，柳宗元《登柳州城楼寄漳汀封连四州》属第一。

/ 627 /

柳宗元在永州、柳州两地，都甚爱种花木。自诗集中看，所植花木有数十种之多。仅从咏题亦可窥其规模。如《酬贾鹏山人郡内新栽松寓兴见赠二首》《种柳戏题》《柳州城西北隅种柑树》《种木槲花》《茅檐下始栽竹》《种仙灵毗》《种尤》《种白蘘荷》《新植海石榴》《植灵寿木》《自衡阳移桂十馀本植零陵所住精舍》《湘岸移木芙蓉植龙兴精舍》《戏题阶前芍药》。子厚栽花植树，一为消遣谪官闲暇，二为观赏自娱，三为寄托情怀，激励志气。

/ 628 /

柳宗元《巽公院五咏》是一组精妙绝伦的诗，精于阐理，妙于咏物，绝非凡手可以偶得，亦非一般粗通禅理的诗家可为之。只有深切佛的智慧，又才华出众、诗艺纯熟之人，方可觊觎。五咏中，《禅堂》《芙蓉亭》二首尤佳。

《禅堂》云："发地结菁茅，团团抱虚白。山花落幽户，中有忘机客。涉有本非取，照空不待析。万籁俱缘生，窅然喧中寂。心境本洞如，鸟飞无遗迹。"

《芙蓉亭》云："新亭俯朱槛，嘉木开芙蓉。清香晨风远，溽彩寒露浓。潇洒出人世，低昂多异容。尝闻色空喻，造物谁为工。留连秋月晏，迢递来山钟。"

《禅堂》尾联"心境"二字，不同于今"心境"一词单指内心，而是并指人心与外在两个世界。此联大意为：人心与外物都是空的，你对世界的认识与思考，和眼前看似存在着的世界，在佛的观照里都不过是一晃而过，像鸟飞过天空，不留一丝痕迹。这是佛家的"空观"。

/ 629 /

"凄风淅沥飞严霜，苍鹰上击翻曙光。云披雾裂虹蜺断，霹雳掣电捎平冈。砉然劲翮剪荆棘，下攫狐兔腾苍茫。爪毛吻血百鸟逝，独立四顾时激昂。"柳宗元《笼鹰词》这八句，像摄影跟拍，镜头由远及近，直到特写，把迅疾凶猛、令人惊骇的鹰击过程表现得活灵活现。

"渔翁夜傍西岩宿，晓汲清湘燃楚竹。烟销日出不见人，欸乃一声山水绿。回看天际下中流，岩上无心云相逐。"这是柳宗元名篇《渔翁》全文。大多数读者只知道前四句，原因在于苏东坡。苏轼《书柳子厚〈渔翁〉诗》云："诗以奇趣为宗，反常合道为趣。熟味此诗有奇趣。然其尾两句，虽不必亦可。"受他的影响，这首诗大概在宋代开始出现删节版，后来删节版流行，原作后二句渐被遗弃。严羽《沧浪诗话》云："东坡删去后二句，使子厚复生，亦必心服。"从这句话推断，严羽时，删节版已被普遍接受了。

刘禹锡《抛球乐词》第二章云："春早见花枝，朝朝恨发迟。及看花落后，却忆未开时。幸有抛球乐，一杯君莫辞。"删掉结尾二句，前四句是一首很好的五绝，但因为是酒席上行令的唱词，须满六句，不得不画蛇添足。

刘禹锡《送春曲三首》其一："春向晚，春晚思悠哉。风云日已改，花叶自相催。漠漠空中去，何时天际来。"其二："春已暮，冉冉如人老。映叶见残花，连天是青草。可怜桃与李，从此同桑枣。"其三："春景去，此去何时回。游人千万恨，落日上高台。寂寞繁花尽，流莺归莫来。"向晚、已暮、春去，是三个不同的时间点，惜春、悲春，送了又送，依依不舍。三首中第二首最酷。春暮，桃李鲜艳尽失，都换了绿装，容色已同桑树、枣树无别了。这对比里含着多少红颜的无奈与哀伤！

/ 633 /

刘禹锡《养鸷词》批评少年不懂事理，把捕兔的鸷鸟养成宠物，不思捕兔了。云："饮啄既已盈，安能劳羽翼。"这首诗是有所讽喻的。大概是讽刺国之爪牙吧。

/ 634 /

"终朝对尊酒，嗜兴非嗜甘。终日偶众人，纵言不纵谈。世情闲静见，药性病多谙。寄谢嵇中散，予无甚不堪。""万卷堆床书，学者识其真。万里长江水，征夫渡要津。养生非但药，悟佛不因人。燕石何须辨，逢时即至珍。"玩味刘禹锡《偶作二首》，但觉刘郎胸中块垒嶙峋，其间不平之气铿铿作鸣。第一首冷言冷语，反话正说，大翻白眼，一身不屑、不服。

/ 635 /

刘禹锡《有僧言罗浮事因为诗以写之》下半首依据僧人

所言和想象，叙写早晨在罗浮山顶的见闻与所思。云："咿喔天鸡鸣，扶桑色昕昕。赤波千万里，涌出黄金轮。下视生物息，霏如隙中尘。醯鸡仰瓮口，亦谓云汉津。世人信耳目，方寸度大钧。安知视听外，怪愕不可陈。悠悠想大方，此乃杯水滨。知小天地大，安能识其真。"其大意是：眺望远方，旭日从海面上升起，把万里波涛染得赤红。俯视山下，万物微若缝隙中的尘埃。这番天地委实恢宏壮观，但人类不过是凭自己的感官认知世界，却不能知悉所感知的世界之外还有不可言说的更广大存在。我们要认识小，才能得知大。比如醋瓮里滋生的那些微虫（醯鸡），因为它们小，所以在它们眼中，瓮口或许大得就像我们人类眼中的银河。就此去推论，去扩展对于大的想象，那么我们在罗浮山顶望万里波涛，放在浩大的参照系中看，可能就像微小生物站在一杯水的边沿。宇宙之大是超越人类的感官，难以为人类所认知的。这一段诗充满庄子式的相对论和不可知论，包含着对无限性的猜想与敬畏。当然，这也是刘禹锡的宇宙观。

/ 636 /

刘禹锡《月夜忆乐天兼寄微之》："今宵帝城月，一望雪相似。遥想洛阳城，清光正如此。知君当此夕，亦望镜湖水。展转相忆心，月明千万里。"四韵八句短章，写三地三人月夜相思。第一、二句写在长安的自己，第三、四句写在洛阳的白居易，第五、六句写在会稽的元稹，第七、八句写明月千里，把之前的三处收进同一个背景下，像一组蒙太奇镜头切换交替。

/ 637 /

刘禹锡、白居易同龄，都生于公元772年，同长寿，都活过了七十岁。在古时，这是高寿。二子是诗友，又皆当代巨擘，晚年俱择居洛阳，宴饮游乐，酬唱殊多。诗坛称"刘白"。

六十四岁上，白居易感于年迈身衰，写了一首五古送给刘禹锡，即《咏老赠梦得》。云："与君俱老也，自问老何如？眼涩夜先卧，头慵朝未梳。有时扶杖出，尽日闭门居。懒照新磨镜，休看小字书。情于故人重，迹共少年疏。唯是闲谈兴，相逢尚有馀。"

刘禹锡获赠后，写了《酬乐天咏老见示》。云："人谁不顾老，老去有谁怜。身瘦带频减，发稀冠自偏。废书缘惜眼，多灸为随年。经事还谙事，阅人如阅川。细思皆幸矣，下此便翛然。莫道桑榆晚，微（一作为）霞尚满天。"

两首诗，刘酬唱的结句"莫道桑榆晚，微（一作为）霞尚满天"最有名。然而，细嚼深味之，便觉白居易那篇，不但状老迈起居形态更真实细致，写老来心事尤为贴切。"情于故人重，迹共少年疏"一句，不是要写"代沟"，却带出了"代沟"；不是特意写老年孤独，却显示了老年孤独。更令人感怀的是，它道出同辈旧人之间不可替代的情谊。人到暮年，故交如秋叶凋零，幸存者惺惺相惜就仿佛余火相拥，虽终将熄灭，却是最后的温暖，弥足珍贵。

／ 638 ／

刘禹锡《海阳十咏·飞练瀑》云："晶晶掷岩端，洁光如可把。琼枝曲不折，云片晴犹下。石坚激清响，叶动承馀洒。前时明月中，见是银河泻。"结句"银河泻"，意象来自李白"疑是银河落九天"句。因前边以"如可把"来形容，又取"琼枝"比喻，后来说到"银河"，就让人感觉比例失当，很不对称。

／ 639 ／

刘禹锡《城西行》记述一次政府平叛行动。记平叛过程仅二句，对叛者行刑却写得详细。刑前先请吃肉喝酒，然后以"点天灯"极刑处置，即利用人体肚腩上的油脂将人烧死，并放任恶鸟啄食。诗尾结句言尽意不尽，看似平静，读来令人心跳。想必诗人在刑场大受惊骇，才使此诗成此章法。诗云："城西簇簇三叛族，叛者为谁蔡吴蜀。中使提刀出禁来，九衢车马轰如雷。临刑与酒杯未覆，雏家白官先请肉。守吏能然董卓脐，饥乌来觇桓玄目。城西人散泰阶平，雨洗血痕春草生。"

刘禹锡七古《伤秦姝行》十八韵，可能是以假托自述。南宫郎是他自己，秦姝是他的一个妾，曾为艺妓。刘禹锡贬官到朗州时，秦姝一路随侍，后不久病逝。诗即为此而作。

刘禹锡《春有情篇》："为问游春侣，春情何处寻。花含欲语意，草有斗生心。雨频催发色，云轻不作阴。纵令无月夜，芳兴暗中深。"颔联云花苞始绽，似要张口说话，小草摇曳生长，像是比赛谁长得更快。这个拟人化描写新鲜又精辟，让人感到春天仿佛满怀抑制不住的生命冲动，勃勃不能自持。

《宿诚禅师山房题赠二首》之二云："不出孤峰上，人间四十秋。视身如传舍，阅世似东流。法为因缘立，心从次第修。中宵问真偈，有住是吾忧。"人生若寄，时间如流，万法皆不过是一时因缘际会，心不可住。刘禹锡亦修禅，且深得个中三昧。

刘禹锡《曲江春望》有"花时天似醉"句，将开花时节比作天醉了，烂漫恣放，极妙。全诗云："凤城烟雨歇，万象含佳气。酒后人倒狂，花时天似醉。三春车马客，一代繁华地。何事独伤怀，少年曾得意。"

/ 644 /

刘禹锡《酬乐天闲卧见寄》中说，他和白居易同岁，却不能像白居易那样辞官归隐，原因是缺钱。他是否真缺钱？难说，没有白家富则是实情。诗中能看出白居易活得有多舒服，每天睡懒觉，喝茶，吟诗，饮酒，吃丹药修仙。诗云："散诞向阳眠，将闲敌地仙。诗情茶助爽，药力酒能宣。风碎竹间日，露明池底天。同年未同隐，缘欠买山钱。"第五句"风碎竹间日"，是说风摇动竹林，将投射的阳光剪成碎影，很精妙。

/ 645 /

刘禹锡《送春词》："昨来楼上迎春处，今日登楼又送归。兰蕊残妆含露泣，柳条长袖向风挥。佳人对镜容颜改，楚客临江心事违。万古至今同此恨，无如一醉尽忘机。"读颔联感觉像送葬。伤逝是唐诗，是中国文学乃至世界文学的一个永恒的主题。

/ 646 /

刘禹锡吟秋有"马思边草拳毛动，雕眄青云睡眼开"（《始闻秋风》），又有"一卷素书消永日，数茎斑发对秋风"

（《和苏十郎中谢病闲居时严常侍萧给事同过访叹初有二毛之作》），两联对照，可称文武。前者马奋鹰扬，是武句；后者书静风闲，是文句。

/ 647 /

刘禹锡《赠日本僧智藏》："浮杯万里过沧溟，遍礼名山适性灵。深夜降龙潭水黑，新秋放鹤野田青。身无彼我那怀土，心会真如不读经。为问中华学道者，几人雄猛得宁馨。"尾联这一问既是对日本僧智藏的赞赏，也是对中国学道者的质问和批评。中国学者早就有不认真、不精进的毛病。

/ 648 /

缩写刘禹锡《同白二十二赠王山人》："爱名之世忘名客，多事之时无事身。笑听咚咚朝暮鼓，只能催得市朝人。"

/ 649 /

"吟君叹逝双绝句，使我伤怀奏短歌。世上空惊故人少，集中惟觉祭文多。芳林新叶催陈叶，流水前波让后波。万古到今同此恨，闻琴泪尽欲如何。"刘禹锡《乐天见示伤微之敦诗晦叔三君子皆有深分因成是诗以寄》。新叶旧枝，芳林郁郁；前波后浪，流水潺潺。惟人耿耿然，对新旧交替的自然演进不能释怀。"世上空惊故人少，集中惟觉祭文多"一句，把人生晚年的经历写得真切、明白，触目惊心。

/ 650 /

刘禹锡《和仆射牛相公春日闲坐见怀》颔联"阶蚁相逢如偶语，园蜂速去恐违程"，写阶上蚂蚁相逢，就像街上行人相遇，驻足交语，而花园里的蜜蜂匆匆飞去，像怕耽误行程。这等玩赏蜂蚁的事正是闲人的心思。

/ 651 /

刘禹锡《望夫山》："何代提戈去不还，独留形影白云间。肌肤销尽雪霜色，罗绮点成苔藓斑。江燕不能传远信，野花空解妒愁颜。近来岂少征人妇，笑采蘼芜上北山。"此诗若只像前六句那样一路写来，始终附会于一岩石，写得再花哨，也不过是一首普通咏物诗，然有了结尾讽世两句，就别开生面、不同凡响了。诗豪高于诗匠、诗奴之处就在这里。

/ 652 /

刘禹锡《送曹璩归越中旧隐诗》颔联"数间茅屋闲临水，一盏秋灯夜读书"，教人想到他的《和苏十郎中谢病闲居时严常侍萧给事同过访叹初有二毛之作》颔联"一卷素书消永日，数茎斑发对秋风"，都是在秋天里读书。是不是秋天读书最美？

"八关斋适罢，三雅兴尤偏。"刘禹锡《酬乐天醉后狂吟十韵》句。"八关斋"为佛门居士修身戒条：一、不杀生；二、不偷盗；三、不邪淫；四、不妄语；五、不饮酒；六、不著花鬟璎珞、不歌舞观听；七、不坐高广大床；八、不非时食。以上八戒，称"八关"。"三雅"故实出自《典论》，云："刘表有酒爵三，大曰伯雅，次曰仲雅，小曰季雅。伯雅容七升，仲雅六升，季雅五升。"后以"三雅"泛指酒器。"八关"和"三雅"本相左，白居易却兼之，刚刚修完八关，结束斋戒，就酒兴大发了。

《西游记》里猪八戒，他的名字即来自"八关斋"。呵呵，莫不成修八关斋的居士里多有浑不吝者？

"常恨言语浅，不如人意深。今朝两相视，脉脉万重心。"刘禹锡《视刀环歌》。情到深处，心思万重，言辞浅陋不能及。小小篇幅，分量沉沉。这意思、这感觉，用极简的五绝体再合适不过了。

"巫峡苍苍烟雨时，清猿啼在最高枝。个里愁人肠自断，由来不是此声悲。"刘禹锡《竹枝词九首》其八。古谚有云：

"巴东三峡巫峡长，猿鸣三声泪沾裳。"此诗反其意，以为猿啼不足悲，烟雨苍苍不足凄，从来都是人愁肠自断。

/ 656 /

"九曲黄河万里沙，浪淘风簸自天涯。如今直上银河去，同到牵牛织女家。"刘禹锡《浪淘沙九首》之一，写黄河雄浑悠远。将地上黄河与天上银河接通，植入牛郎织女爱情传说，给这首诗打开无限开阔和浪漫的想象空间。后二句嵌入张骞受遣寻黄河源头的典故，不露痕迹。

/ 657 /

刘禹锡《韩信庙》："将略兵机命世雄，苍黄钟室叹良弓。遂令后代登坛者，每一寻思怕立功。"前两句概括韩信一生，后两句写他留下的教训：高鸟尽，良弓藏；狡兔死，走狗烹。重点在后边。

/ 658 /

刘禹锡《伤桃源薛道士》："坛边松在鹤巢空，白鹿闲行旧径中。手植红桃千树发，满山无主任春风。"虽人去山空，但触目皆逝者之遗泽遗韵。薛道士风姿宛然如睹。

刘禹锡《赠李司空妓》一首很有名，云："高髻云鬟宫样妆，春风一曲杜韦娘。司空见惯浑闲事，断尽苏州刺史肠。"后人解此诗，多以为暗讽李司空及官家奢靡，其实不然。一、唐代官僚蓄养家伎是时代风气，很普遍，刘禹锡本人亦未免；二、宴请贵宾，出家伎奏乐，歌舞助兴，是一种常见场面，也是朋友间、同僚间送往迎来的礼遇，在唐宋都很流行；三、李司空设家宴盛情款待，这种场合刘禹锡反唇相讥不合情理；四、诗题标示明确，是赠给司空家乐伎的，不是赠李大人。所以，这首诗绝非意在讥讽。

诗的真正用意是什么呢？是对李家歌妓的赞美。她的梳妆高贵时尚，她的歌喉宛若春风。她的演唱李司空见惯了，以为稀松平常，但一曲歌罢，却听得诗人柔肠寸断。正由于这场感动，诗人写了这首赠给歌者的诗。把这首诗解作讽刺主人，不厚道。

"春江一曲柳千条，二十年前旧板桥。曾与美人桥上别，恨无消息到今朝。"刘禹锡这首《杨柳枝》，被明代杨慎、胡应麟誉为神品。据说，这首诗系由白居易的《板桥路》改编而来，其诗云："梁苑城西二十里，一渠春水柳千条。若为此路今重过，十五年前旧板桥。曾共玉颜桥上别，不知消息到今朝。"

刘禹锡改得太好了，难怪白居易要称他为"诗豪"。

/ 661 /

张仲素《春闺思》："袅袅城边柳，青青陌上桑。提笼忘采叶，昨夜梦渔阳。"好在后两句，以一个走神的细节刻画思妇的心理活动。

/ 662 /

"乘晓南湖去，参差叠浪横。前洲在何处，霜里雁嘤嘤。"张仲素这首诗题曰《春江曲二首》之二，写的像秋日水上光景。乘舟朝发南湖，但见波浪连天，浩渺无涯，不知前方将停靠何处，只能听见霜天里归雁急切的叫声。境界寥廓。

/ 663 /

"去年今日此门中，人面桃花相映红。人面不知何处在，桃花依旧笑春风。"崔护《题都城南庄》之所以备受人喜爱，在于它简约地道出了一种可能人人都有过的情感经历，极容易触发读者的记忆，引起代入感和感情的共鸣。诗作是怀人，也蕴含对无常的哀婉。人事脆弱易逝竟不如草木！

/ 664 /

李翱《赠药山高僧惟俨二首》之一云："练得身形似鹤形，

千株松下两函经。我来问道无馀说，云在青霄水在瓶。"诗末句是惟俨对李翱问道的回答，惟俨只说了这一句，更无二话。这句寓意何谓？"云在青霄水在瓶"，云飘在天空，水储存在瓶中（大概当时惟俨座旁放着水瓶），即是说事物各自依照它们的本性存在，人对它们的认识应顺其自然。此亦"看山是山，看水是水"之意。何为道？这就是道，它摆在眼前，简单易得。但是，求道众生往往刻意穿凿，以为道藏在诸种事物之后，因而忽略甚至否定眼前的世界，看山非山，见水非水，坠入妄想。

╱ 665 ╱

"选得幽居惬野情，终年无送亦无迎。有时直上孤峰顶，月下披云啸一声。"李翱《赠药山高僧惟俨二首》之二。脱略凡尘，独来独往，峰顶月下，任情一啸，何其快哉！

╱ 666 ╱

"旦旦狎玉皇，夜夜御天姝。当御者几人，百千为番，宛宛舒舒，忽不自知。支消体化膏露明，湛然无色茵席濡。"读皇甫湜《出世篇》，觉此老既是狂夫，亦一淫徒，心性十分变态。

"船动湖光滟滟秋，贪看年少信船流。无端隔水抛莲子，遥被人知半日羞。"皇甫松《采莲子二首》之二。"莲"者，"怜"也，爱也。"莲子"者，"怜子"也，爱你也。借谐音造双关语，以替代直说，是古诗、古民歌中常见的把戏。这首诗描写了一个俏皮的少女，她划船到湖上玩，喜欢上遇见的一名少年郎，是对"怜子"的生动演绎。

吕温于贞元二十年（公元804年）五月至次年七月出使吐蕃，曾在逻些（今拉萨）长期居留。其五古《吐蕃别馆和周十一郎中杨七录事望白水山作》作于拉萨，描写雪山之瑰丽及高原清透明澈的景象，都是写实。唐代边塞诗甚多，由于受地域和交通条件的限制，许多篇章是诗人根据耳闻加想象写的，其中写到拉萨者少之又少。吕温此篇堪称珍稀。诗云："纯精结奇状，皎皎天一涯。玉嶂拥清气，莲峰开白花。半岩晦云雪，高顶澄烟霞。朝昏对宾馆，隐映如仙家。凤闻蕴孤尚，终欲穷幽遐。暂因行役暇，偶得志所嘉。明时无外户，胜境即中华。况今舅甥国，谁道隔流沙。"

"万物自身化，一夫何驱驰。不如任行止，委命安所宜。"

（《同舍弟恭岁暮寄晋州李六协律三十韵》）吕温诗句，出自陶潜。

/ 670 /

吕温绝句《吐蕃别馆卧病寄朝中诸友》："星汉纵横车马喧，风摇玉佩烛花繁。岂知赢卧穷荒外，日满深山犹闭门。"前两句写想望中的朝中诸友，后两句写在拉萨客馆里卧病的自己，一喧一寂，一动一静，用对比衬托自己滞留在吐蕃的孤寂和忧惧，意在提醒朝廷，别忘记像苏武一样身陷绝域的使臣。

/ 671 /

"息驾非穷途，未济岂迷津。独立大河上，北风来吹人。雪霜自兹始，草木当更新。严冬不肃杀，何以见阳春。"吕温《孟冬蒲津关河亭作》，很励志，隐忍，坚毅。尾联译成现代汉语，几乎就是西人雪莱《西风颂》那句名诗："如果冬天来了，春天还会远吗？"反过来，如果用中国古诗体翻译雪莱的名句，吕温这联是现成的。

/ 672 /

"马嘶白日暮，剑鸣秋气来。我心浩无际，河上空徘徊。"白日落山，暮色四合，奔走的骏马向空嘶鸣，秋风吹得腰间长剑铮铮作响。马上人抚剑来到黄河边大原之上，心思浩荡，却徘徊不知向何处去。吕温《巩路感怀》写无限壮怀、一身英武无所寄托，充满欲罢不能的张力。

/ 673 /

《道州途中即事》有云："叠嶂青时合，澄湘漫处空。舟移明镜里，路入画屏中。岩壑千家接，松萝一径通。渔烟生缥缈，犬吠隔笼葱。戏鸟留馀翠，幽花吝晚红。光翻沙濑日，香散橘园风。"这是吕温贬道州（今湖南道县），乘舟行潇湘上所见到的沿岸景色。原始生态里的那片林壑如此幽美丰饶，岂今日残山败水可以遥想！

/ 674 /

吕温《衡州早春二首》之二："病肺不饮酒，伤心不看花。惟惊望乡处，犹自隔长沙。"暗用贾谊谪长沙典故。古人认为长沙卑湿蛮远，而衡阳更在长沙之南。

/ 675 /

读孟郊《古薄命妾》，想到今日电视上《我是歌手》一类节目。这首诗是写艺妾、艺人，又何尝不是喻示普遍的人生？谁没有被淘汰、被捐弃的忧惧呢？且听这人性的脆弱、不甘和幽怨。云："不惜十指弦，为君千万弹。常恐新声至，坐使故声残。弃置今日悲，即是昨日欢。将新变故易，持故为新难。青山有蘼芜，泪叶长不干。空令后代人，采掇幽思攒。"

"慈母手中线，游子身上衣。临行密密缝，意恐迟迟归。谁言寸草心，报得三春晖。"孟郊《游子吟》这首歌颂伟大母爱的诗，之所以感动天下、流传极广，大概由于三点：一、选取的细节很典型，母亲为即将远行的儿子缝补衣裳，尽力缝得结结实实，不忍停手，因为担心儿子一去很久不能回来，这个细节被聚焦，放大成一个特写画面，给人深刻的印象；二、末二句自比小草，以春日阳光比喻母爱，意思是母亲的爱像整整一个春天的阳光，而我只不过是株细弱的小草，如何报答得了，这反差强烈的比喻，充满感人肺腑的力量；三、篇幅精短，易记易传诵。

"谁言寸草心，报得三春晖"两句，除了表达对母亲的敬爱，也包含着对母亲的歉意。孟郊四十一岁才在故乡湖州举乡贡，获得考进士资格，后进京两次应试均不第。四十六岁时，孟郊奉母命第三次应试，终于登榜，但未获授官。五十一岁，又是受母亲督促，他到洛阳应铨选，才被授溧阳县尉。《游子吟》这首诗即他任职后接母亲来溧阳时所作。县尉是一个卑微的职位，孟郊自己是不满意的。韩愈送他赴任作的《送孟东野序》说："东野之役于江南也，有若不释然者。"以这样的成绩酬报母亲多年的栽培，孟郊心里揣着深深的愧意。应该是这份惭愧，甚至还有自责，使他写出了"谁言寸草心，报得三春晖"这感动千古的诗句。

/ 677 /

孟郊《卧病》云："春色烧肌肤，时餐苦咽喉。倦寝意蒙昧，强言声幽柔。承颜自俯仰，有泪不敢流。"《路病》云："人子不言苦，归书但云安。"在家病，强颜奉老，不敢流露痛苦；在旅中病，报喜不报忧。真是个大孝子。

/ 678 /

美色固难抵挡，而孟东野以利刃比之亦妙矣。噫，想来他这只苦瓜也被美人伤过！《偶作》一首云："利剑不可近，美人不可亲。利剑近伤手，美人近伤身。道险不在广，十步能摧轮。情爱不在多，一夕能伤神。"

/ 679 /

孟郊《长安早春》："旭日朱楼光，东风不惊尘。公子醉未起，美人争探春。探春不为桑，探春不为麦。日日出西园，只望花柳色。乃知田家春，不入五侯宅。"人的身份地位和生活境地不同，关心世界的角度亦不同。开春了，豪门中人关心花红柳绿，农家关心桑垄麦田。农民的春天和公子小姐的是不一样的。孟郊看到这种差别，把它写成诗，讽刺了一番豪门。唐人咏春诗很多，这样写的不多。

／ 680 ／

孟郊作诗，好求新立异，有时用力极猛，硬来。《罪松》即一例。青松岁寒而不凋，是君子处艰不易节的象征，受人敬重。孟郊偏要问罪于松，云："天令设四时，荣衰有常期。荣合随时荣，衰合随时衰。天令既不从，甚不敬天时。松乃不臣木，青青独何为。"他说天有四时，四时即天令。松不随四时荣衰变化，是不遵天令，是对天意的大不敬，其罪就像为臣而不臣服于君。这不臣之罪可就大了，在古代是死罪。为标新立异，东野先生把杀招都使出来了。

／ 681 ／

孟郊《伤春》有句云："两河春草海水清，十年征战城郭腥。乱兵杀儿将女去，二月三月花冥冥。""腥"字用得实在好。一个字放在这里，带来多年杀戮留下的浓重血腥气。

／ 682 ／

"兽中有人性，形异遭人隔。人中有兽心，几人能真识。古人形似兽，皆有大圣德。今人表似人，兽心安可测。"孟郊《择友》诗句。不知交哪个朋友交错了，给他如此深刻的痛悟。兽类身上有人性，只因其形貌与人不同而遭人排斥。人类身上也有兽性，而识得此真相者几稀。古人形貌野蛮，却有朴实纯真之德。今天的人外表是人形，却藏着险恶的兽心。想想，对人性与兽性的这种批判性认识，产生在差不多一千二百年前，多么超前！真是令人绝倒！

/ 683 /

孟郊《叹命》有云："三十年来命，唯藏一卦中。题诗还问易，问易蒙复蒙。本望文字达，今因文字穷。影孤别离月，衣破道路风。"夫子自道，画出一个落拓文人相，这就是他。

/ 684 /

孟郊《再下第》："一夕九起嗟，梦短不到家。两度长安陌，空将泪见花。"写于第二次到长安考进士落第后。《登科后》："昔日龌龊不足夸，今朝放荡思无涯。春风得意马蹄疾，一日看尽长安花。"写于登进士后。一个孟郊，前后像两个人。一样的长安街道，一样的春日春花，前后是两重天。

/ 685 /

《秋怀》组诗是孟郊暮年作，炼字锻句，仍然用力狠猛，最能体现"语不惊人死不休"的苦吟劲。譬如以下诸句："冷露滴梦破，峭风梳骨寒"；"秋草瘦如发，贞芳缀疏金"；"棘枝风哭酸，桐叶霜颜高"。

"青发如秋园，一剪不复生。少年如饿花，瞥见不复明。"这四句以秋日荒园衰草喻失去的乌发，以营养不良刚开就萎的花朵比青春少年，取譬都煞费苦心。

╱ 686 ╱

"长安落花飞上天，南风引至三殿前。可怜春物亦朝谒，唯我孤吟渭水边。"孟郊《济源寒食》句。看见落花随风飘扬，被吹到皇宫，想到自己沉沦下僚，不能致身青云，可是想升官想到家了。然而，身在济源，哪里看得到长安的落花。应是有所讽喻。

╱ 687 ╱

"市井不容义，义归山谷中。夫君宅松桂，招我栖蒙笼。人朴情虑肃，境闲视听空。清溪宛转水，修竹徘徊风。木倦采樵子，土劳稼穑翁。读书业虽异，敦本志亦同。蓝岸青漠漠，蓝峰碧崇崇。日昏各命酒，寒蛩鸣蕙丛。"孟郊作诗好炼字铸句，刻意求惊人语，但这首《蓝溪元居士草堂》简素自然，境界平淡有情致，近陶潜风貌，是东野先生诗歌的另一面相。

/ 688 /

"以兵为仁义，仁义生刀头。刀头仁义腥，君子不可求。"意谓用杀伐或战争来推行仁义，是残暴的、血腥的，真正的仁人志士不可这样做。战争，即使是有仁爱和正义的名义，也是非人道的、不正义的。这根本就是非暴力主义。这诗句出自孟郊《寒溪》，和他对人性、兽性的认识一样，也超越时代，直抵人类的现代思想。在唐代诗坛，孟郊表现出来的思想的锐度和高度，鲜有与之伯仲者。

/ 689 /

孟郊《赠郑夫子鲂》："天地入胸臆，吁嗟生风雷。文章得其微，物象由我裁。宋玉逞大句，李白飞狂才。苟非圣贤心，孰与造化该。勉矣郑夫子，骊珠今始胎。"言诗人的襟怀和道德乃伟大作品之关键。作者心中有天地一样广大的世界，其谈吐才能生出风云雷电的气象。理解诗文至精微之境，万象万物皆由自己裁夺。宋玉、李白这些巨擘雄才即是榜样。但是，要有一颗圣贤心，方能不悖于自然之道，免于荒唐。这应该是东野先生的文学创作观吧。

/ 690 /

"日月不同光，昼夜各有宜。贤哲不苟合，出处亦待时。而我独迷见，意求异士知。如将舞鹤管，误向惊凫吹。"从这首《答姚怤见寄》看，孟郊对自己不合时宜的格调和因此受冷落的命运，有相当清醒的认识。他常哀怨不遇，自怜自悲，但也很自负。

/ 691 /

孟郊《送淡公》之十二有句云：“一步一步乞，半片半片衣。倚诗为活计，从古多无肥。”让人想到“诗丐”一词，真是把潦倒诗人生存之艰写到极致。

/ 692 /

孟郊《闻夜啼赠刘正元》：“寄泣须寄黄河泉，此中怨声流彻天。愁人独有夜灯见，一纸乡书泪滴穿。”苏东坡论孟郊、贾岛曰“郊寒岛瘦”，信矣！读此诗，但觉凄寒逼人。

/ 693 /

《峡哀》是孟郊写三峡的组诗，共十首，造语奇崛，想象诡异，气氛魔幻，具有十足的孟郊特色。在《全唐诗》所有表现三峡凶险恐怖的作品中，这组诗给人的印象尤为强烈。

写三峡波涛险恶，云：“斋粉一闪间，春涛百丈雷……沙棱箭箭急，波齿断断开。”危波露出噬人的利齿。

写船在狭隘激流中沉浮，云：“上天下天水，出地入地舟。石剑相劈斫，石波怒蛟虬。”死的石头竟能搏杀。

"三峡一线天，三峡万绳泉。上仄碎日月，下掣狂漪涟。""一线"是状峡道之窄，"万绳"是写两岸悬泉。窄到什么程度呢？日月从峡口上过都要挤碎了。

"峡乱鸣清磬，产石为鲜鳞。喷为腥雨涎，吹作黑井身。怪光闪众异，饿剑唯待人。老肠未曾饱，古齿嶭岩嗔。"写峡中水石相激、阴险不测的恶劣氛围。把飞溅的水星水沫比作喷出的带腥气的涎水，人船行其中便如入巨兽口中。"饿剑"造语甚奇。

"峡螭老解语，百丈潭底闻。毒波为计校，饮血养子孙。"写深潭之阴郁凶恶，想象能听懂人话的老螭就潜伏在潭底，以毒波诱杀人类，喂养子孙。

孟郊这些章句，让人想到稍晚于他的"诗鬼"李贺。有他在，便知李贺并非平地起高楼。

/ 694 /

张籍《寄衣曲》像是一封典型的平民家书，是妻子写给戍边丈夫的。大意是：我辛苦缝好了衣服，让回去的差使捎给你。官家也给你衣服了，我捎来的也许没那么好，但贵在是我亲手做的。家里父母没别人侍奉，所以我不能来边城，不能亲眼看看你穿上我做的衣服合不合身。这些话，每一句都耳熟、亲切。诗云："织素缝衣独苦辛，远因回使寄征人。官家亦自寄衣去，贵从妾手著君身。高堂姑老无侍子，不得自到边城里。殷勤为看初著时，征夫身上宜不宜。"

/ 695 /

张籍《节妇吟寄东平李司空师道》："君知妾有夫，赠妾双明珠。感君缠绵意，系在红罗襦。妾家高楼连苑起，良人执戟明光里。知君用心如日月，事夫誓拟同生死。还君明珠双泪垂，恨不相逢未嫁时。"诗以通篇比喻诉说拒聘心曲。撇开史实不论，把它当作咏男女情事，也是一首感人肺腑的好诗。诗的创意取自乐府《陌上桑》，但比照《陌》篇，此中女子不仅决绝，也满怀对知己的感念和恨不能报答的无奈，多了一层欲尽不尽的委婉深情。

/ 696 /

张籍有一首《伤歌行》，题下自注"元和中，杨凭贬临贺尉"。元和元年（公元806年），籍补太常寺太祝，元和十一年（公元816年）转任国子监助教；杨凭元和四年（公元809年）拜京兆尹（京城长安的首长），两个人是同朝作官。据此看，《伤歌行》应是杨凭遭御史府弹劾，被缉捕审查，然后被放岭南这个事件的原记录。诗中细节真实，场面生动，过程完足，语言也简练晓畅，很像一段京剧唱词。诗云："黄门诏下促收捕，京兆尹系御史府。出门无复部曲随，亲戚相逢不容语。辞成谪尉南海州，受命不得须臾留。身着青衫骑恶马，中门之外无送者。邮夫防吏急喧驱，往往惊堕马蹄下。长安里中荒大宅，朱门已除十二载。高堂舞榭锁管弦，美人遥望西南天。"

古人上山砍柴原是讲规矩的。找枯树和被野火烧死的树砍，不轻易砍松柏，因为松柏可留作房屋建材。是可谓"樵德"也。请读张籍《樵客吟》："上山采樵选枯树，深处樵多出辛苦。秋来野火烧栎林，枝柯已枯堪采取。斧声坎坎在幽谷，采得齐梢青葛束。日西待伴同下山，竹担弯弯向身曲。共知路傍多虎窟，未出深林不敢歇。村西地暗狐兔行，稚子叫时相应声。采樵客，莫采松与柏。松柏生枝直且坚，与君作屋成家宅。"

"青山无逸人，忽觉大国贫。"张籍《哭于鹄》首联，其意近似于"某某去世是重大损失"，但他说得好，真实表达出痛惜的感觉。此外，还似有一层意思：一个国家野有逸人才是富足，如果逸人都没有了，这个国家该多么的贫乏。

张籍《祭退之》，共一百六十六句，叙述与韩愈相识、交往及死别历程。记相识，一语带过；记受韩公提拔、存恤诸事，富且周致，足见张子感戴之情。记韩愈从病重、垂危、临终到亡逝，极详细，且皆病榻前亲历，是弥足珍贵的记录。而韩愈欲立遗书，请张籍署名为证，亦见韩公对籍信任之深。

/ 700 /

张籍《送朱庆馀及第归越》："东南归路远，几日到乡中。有寺山皆遍，无家水不通。湖声莲叶雨，野气稻花风。州县知名久，争邀与客同。"朱庆馀是越州（绍兴）人，诗中颔、颈两联是写彼地物色风情：山多寺庙，人家皆傍水居，湖中多莲藕，湖外广稻田。描写简练又特色鲜明。"湖声莲叶雨"一句极好，淋漓尽致。

/ 701 /

张籍《赠王司马》："白笏朱衫年少时，久登班列会朝仪。贮财不省关身用，行义唯愁被众知。藏得宝刀求主带，调成骏马乞人骑。未曾相识多闻说，遥望长如白玉枝。"或曰诗所赠王司马，是和张籍并以乐府诗著名的王建。但王建出身贫寒，四十岁后才"初为吏"，也基本上一生做小官，沉沦下僚。比照朱衫少年、久登朝班、仗义疏财这番描写，相去甚远。或王司马另有其人，存疑。

231

/ 702 /

《书怀》是一次内心忧苦的自我审查，反映张籍委屈做官，不能施展抱负，因此陷入人生危机。诗云："自小信成疏懒性，人间事事总无功。别从仙客求方法，时到僧家问苦空。老大登朝如梦里，贫穷作活似村中。未能即便休官去，惭愧南山采药翁。"又求仙，又问佛，一副病急乱投医的样子。

/ 703 /

"转转无成到白头，人间举眼尽堪愁。此生已是蹉跎去，每事应从卤莽休。虽作闲官少拘束，难逢胜景可淹留。君归与访移家处，若个峰头最较幽。"张籍《胡山人归王屋因有赠》，可与《书怀》篇相参照。诗中第四句"卤莽"一词在此不是指莽撞冒失，是指马虎、得过且过。

/ 704 /

张籍《和韦开州盛山十二首》中，《梅溪》一首最好。不让人扫落花，恐致损污，爱梅、惜梅之情何其深！诗云："自爱新梅好，行寻一径斜。不教人扫石，恐损落来花。"

/ 705 /

品味张籍七绝，想到沈德潜《说诗晬语》中的评论："七言绝句以语近情遥、含吐不露为主。只眼前景、口头语，而有弦外音、味外味，使人神远，太白有焉。"不必李白专美，张司业也与有荣焉。《逢故人》云："山东一十馀年别，今日相逢在上都。说尽向来无限事，相看摩挲白髭须。"《秋思》云："洛阳城里见秋风，欲作家书意万重。复恐匆匆说不尽，行人临发又开封。"

卢仝《白鹭鸶》："刻成片玉白鹭鸶，欲捉纤鳞心自急。翘足沙头不得时，傍人不知谓闲立。"在中国古典文学里，白鹭象征栖居泽野、散淡自适的隐逸人格，如成语"鸥鹭忘机""闲鸥野鹭"云云。玉川子此篇乃真知白鹭也，却也是白鹭之祛魅者。

/ 707 /

卢仝《走笔谢孟谏议寄新茶》，也称《七碗茶歌》，自宋以降备受称赏，名气很大。此诗一口气道来，笔走龙蛇，酣畅恣肆，令人称快。只是定下神回味，觉得它颇不似吟茶歌，倒像是醉酒狂歌。如此李代桃僵，竟赢得一代又一代的喝彩声，不亦乐乎！

/ 708 /

卢仝《叹昨日三首》之一云："昨日之日不可追，今日之日须臾期。如此如此复如此，壮心死尽生鬓丝。秋风落叶客肠断，不办斗酒开愁眉。"词句与情意都教人想到李白《宣州谢朓楼饯别校书叔云》："弃我去者昨日之日不可留，乱我心者今日之日多烦忧。长风万里送秋雁，对此可以酣高楼。"两者相似乃尔。卢仝诗放情驰骋的能耐，大概都是从李白歌行体诗学来的。

/ 709 /

"蛇毒毒有形，药毒毒有名。人毒毒在心，对面如弟兄。美言不可听，深于千丈坑。不如掩关坐，幽鸟时一声。"卢仝《掩关铭》。"掩关"就是关门，即杜门不出。这首诗显示了卢仝对人性的疑惧。人心阴毒，毒过蛇蝎，知之者当远离以避害。以"铭"命之，意在时时自警，永不忘记。

/ 710 /

李贺《雁门太守行》云："黑云压城城欲摧，甲光向日金鳞开。"读之心生疑窦。上句言乌云密布，下句言阳光照耀，若所言是在同一个时间和地点，岂非矛盾？查阅资料，才发现古人早已为此打过笔墨官司。

官司是王安石挑起的。他发现这两句诗之间的不谐，评云："是儿言不相副也。方黑云如此，安待向日之甲光乎？"王荆公是何等人物，影响力太大，不可轻言。而李贺也非凡人，拥戴者甚众。故荆公一言出，引来连连反驳。杨慎《升庵诗话》批："宋老头巾不知诗，凡兵围城，必有怪云变气，昔人赋鸿门有'东龙白日西龙雨'之句，解此意矣。予在滇，值安凤之变，居围城中，见日晕两重，黑云如蛟在其侧，始信贺之诗善状物也。"薛雪《一瓢诗话》批："李奉礼'黑云压城城欲摧，甲光向日金鳞开'，是阵前实事，千古妙语。王荆公訾之，岂疑其黑云、甲光不相属耶？儒者不知兵，乃一大患。"沈德潜《唐诗别裁》反驳较温和，云："阴云蔽天，忽露赤日，实有此景。"杨慎、薛雪两人话里都带气，大概为王安石说了"是儿言不相副也"这句话。把李贺声震八方的诗句视为小孩子编瞎话，伤人也甚。

如此，王安石错了吗？如雁门当年那场战事发生时，正当一方阴一方晴，东边日出西边雨，则王安石错。如战事来临时阴云密布，战斗开始后云开日出，则王安石错。但王安石显然未虑及巧合，其质疑乃是基于一般现象和文本的呈现。从一般现象看，你眼见黑云压城，就不可能同时看到阳光闪耀。从李贺诗的叙述看，没有交代时空转移，呈现的是同一时同一地之场面，而此场面即阴云笼罩下，士兵的盔甲被太阳照得金光闪闪。王安石据逻辑而诘难，并没有错。

倒是辩驳者以巧合、以偶然的天气现象来附会，曲折地为两句诗周全，显得太勉强。天气巧合固然有，但它就恰恰与雁门那场战事同时发生，又刚好被李贺碰见吗？再者，李贺是亲

235

历那场战事，还是凭想象书写？若凭想象写，他能想到写这些巧合吗？

王安石质疑，不妨碍"黑云压城城欲摧，甲光向日金鳞开"两句仍是好诗。诗非文论，非史记，它不只反映，也幻想，不只写形，也写神，不只再现，也表现。这是诗的特性，也是李贺这两句诗不管怎么说还是好诗句的原因。

╱ 711 ╱

李贺《苏小小墓》："幽兰露，如啼眼。无物结同心，烟花不堪剪。草如茵，松如盖。风为裳，水为佩。油壁车，夕相待。冷翠烛，劳光彩。西陵下，风吹雨。"语言简约，色调冷艳，气氛阴森，情节凄凉，是写女鬼悲情之绝唱。

╱ 712 ╱

"黄尘清水三山下，更变千年如走马。遥望齐州九点烟，一泓海水杯中泻。"李贺《梦天》句。前两句写时间，后边两句写空间。写时间是说，从神的世界（三山，不受时间限制的永恒之所）来看，凡俗世界（黄尘清水，被时间主宰的地方）千年桑田沧海的变移，都是一眨眼工夫，快得如同白驹过隙。写空间是说，从宇宙的维度（即诗题所示的"天"）看，中国泱泱九州小得就像看不清楚的小点儿，汪洋大海也不过是杯水之量。每次看到古人有这样的时空观，都令我惊叹。古人无太空经验，也无近现代宇宙物理学启蒙，他们超绝的时空观从何而来呢？

/ 713 /

李贺《天上谣》以想象写天上神仙的生活。"呼龙耕烟种瑶草"一句，将龙当牛使，烟云作泥土，奇绝。

/ 714 /

逢立秋日，读李贺《秋来》，想此诗应是此日所作。诗云："桐风惊心壮士苦，衰灯络纬啼寒素。谁看青简一编书，不遣花虫粉空蠹。思牵今夜肠应直，雨冷香魂吊书客。秋坟鬼唱鲍家诗，恨血千年土中碧。"

中国古典诗文里，悲秋之作极多，都是写人悲秋，李贺这首写鬼悲秋，实为罕见。诗的结句云，坟中鬼每到秋日都出来吟唱鲍照的悲歌，他们心里滴出的恼恨的血凝结如黑玉，即使过了千年，也不能消解。此悲此恨，真是痛彻千古。人何以悲秋？因秋一到，一年又过大半，岁云暮矣，时光逝矣。悲秋，就是伤逝，悲人生短促。既生予，何亡予？悲秋也是人类对天道的怨愤。这个意思，李贺借鬼表达到极致。

/ 715 /

"蛇毒浓凝（一作毒蛇浓吁）洞堂湿，江鱼不食衔沙立。"李贺《罗浮山父与葛篇》这两句写岭南炎暑，说夏日那里山洞中的蛇热得喘息滞重，喷出的毒气把洞穴都濡湿了；江中的鱼也热得吃不下食，不愿游动，个个嘴含泥沙立着发呆。李贺一生未到过岭南，他这番杜撰，夸张怪诞像达利的绘画，但确实把南方酷暑给人的感觉形象地表达出来了。

／ 716 ／

李贺《三月过行宫》："渠水红繁拥御墙，风娇小叶学娥妆。垂帘几度青春老，堪锁千年白日长。"前两句清丽，轻松，后两句陡然转折，凄悲阴郁。这种变换给诗增添了况味。第二句"学"字用得好。小，所以学，合理。小而学扮美人妆，俏娇。这个"学"字像一粒兴奋剂，让整个句子精神焕发。

／ 717 ／

李贺《高轩过（韩员外愈、皇甫侍御湜见过，因而命作）》中"笔补造化天无功"一句，意谓：天之缺陷，天之所不能，文人志士以笔补救之。这句诗自然让人联想到女娲补天的神话，不仅有崇高的道德内涵，还连带宏伟的意象。它虽是赞美韩愈和皇甫湜的，又何尝不是李贺自期。

《高轩过》全诗云："华裾织翠青如葱，金环压辔摇玲珑。马蹄隐耳声隆隆，入门下马气如虹。云是东京才子，文章钜公。二十八宿罗心胸，九精照耀贯当中。殿前作赋声摩空，

238

笔补造化天无功。庞眉书客感秋蓬，谁知死草生华风。我今垂翅附冥鸿，他日不羞蛇作龙。"

/ 718 /

刘叉五绝《代牛言》讽黄金奴，即今所谓拜金主义者、经济动物也。黄金奴古来不缺，于今蔚为盛观。诗云："渴饮颍水流，饿喘吴门月。黄金如可种，我力终不竭。"

/ 719 /

"君莫嫌丑妇，丑妇死守贞。山头一怪石，长作望夫名。鸟有并翼飞，兽有比肩行。丈夫不立义，岂如鸟兽情。"刘叉既有《代牛言》，这首《古怨》诗大可题作"代丑妇言"。

/ 720 /

"日出扶桑一丈高，人间万事细如毛。野夫怒见不平处，磨损胸中万古刀。"刘叉七绝《偶书》。人间万事琐屑，不足挂齿，然每遇不平之事，仍怒火中烧，欲罢不能。语甚激愤。"万古刀"，老刀也，喻侠义肝胆。

/ 721 /

刘叉《答孟东野》云："酸寒孟夫子，苦爱老叉诗。生涩有百篇，谓是琼瑶辞。百篇非所长，忧来豁穷悲。唯有刚肠铁，百炼不柔亏。退之何可骂，东野何可欺。文王已云没，谁顾好爵縻。生死守一丘，宁计饱与饥。万事付杯酒，从人笑狂痴。"呵呵，这个刘叉是牛叉。孟郊喜爱他的诗，誉其诗美如琼玉，他却说那些东西很生涩，写诗非他所长，他的长处是不屈不挠的刚强人格。诗中他对韩愈、孟郊不恭维，不认同，甚或不无轻慢的态度，显而易见。

刘叉称"狂徒"，谅非虚言。据传他早年任侠，曾杀人逃匿，后遇赦复出。投韩愈后，以《冰柱》《雪车》两首诗名噪一时。今观其《冰》《雪》二篇，虽寄同情于黎民，却放纵口舌，恣意特求，毕竟算不上佳作。其所以暴得大名，盖唐元和文坛尚怪风气使然。

他还作过《勿执古寄韩潮州》，直言"请君勿执古，执古徒自隳"，对韩愈复古的文学主张提出警告，亦逞自负。

刘叉后因与韩门其他宾客不和，弃韩愈而走。据说他离去时窃去韩愈"金数斤"，还留言："此谀墓中人得耳，不若与刘君为寿。"意为这些钱是韩愈给人写墓志铭、阿谀死人得到的，不如给我刘某养生。刘自夸侠义，后来行径如盗贼，犹强作辩白，猥琐又刻薄，失节亦甚矣。

/ 722 /

从元稹《估客乐》看，在唐代，商人已是造假售奸成风了，商贾之家甚至拿"求利无不营""卖假莫卖诚"教育子弟。

《估客乐》有云："估客无住著，有利身则（一作即）行。出门求火伴，入户辞父兄。父兄相教示，求利莫求名。求名有所避，求利无不营。火伴相勒缚，卖假莫卖诚……自兹相将去，誓死意不更。亦（一作一）解市头语，便无乡里情。鍮石打臂钏，糯米吹项璎。归来村中卖，敲作金玉声……"

/ 723 /

元稹《四皓庙》抨击商山四皓，是一篇"檄四皓文"。云：秦王暴虐，赵高无道，四皓不闻不问；刘邦、项羽争天下，打了八年内战，他们避乱自全；但是，四海平定后，他们却为汉家储君的事出山斡旋，扶立孝惠帝，导致吕氏之祸，危及刘氏。他们舍大而谋小，屈伸无度，道义何在？

四皓是遁世派的传统偶像，历来多获谀美，少见非难。元稹此诗揭竿攻之，引述史实，讲得句句有理，令人折节。

节选《四皓庙》如次。云："秦政虐天下，黩武穷生民。先生相将去，不复婴世尘。秦王转无道，谏者鼎镬亲。茅焦脱衣谏，先生无一言。赵高杀二世，先生如不闻。刘项取天下，先生游白云。海内八年战，先生全一身。汉业日已定，先生名亦振。不得为济世，宜哉为隐沦。如何一朝起，屈作储贰宾。安存孝惠帝，摧悴戚夫人。舍大以谋细，虬盘而蠖伸。惠帝竟不嗣，吕氏祸有因。虽怀安刘志，未若周与陈。皆落子房术，先生道何屯。"

元稹《遣兴十首》之五结句云："寄言抱志士，日月东西跳。""跳"，古汉语通"逃"。"日月东西跳"即光阴流逝的意思。抱志之士，最忧时不我待。

"爱直莫爱夸，爱疾莫爱斜。爱谟莫爱诈，爱施莫爱奢。择才不求备，任物不过涯。用人如用己，理国如理家。"元稹这首《遣兴》是给治国者和掌权的人看的，而那群人通常是爱夸者、爱斜者、爱诈者、爱奢者。

元稹《遣病》作于病中，表达豁达的生死观，不贪生，不惧死，生死两由之，臻于超脱。元稹能至此，是因为相信肉体只是躯壳，身可死而我不灭。诗中云："况我早师佛，屋宅此身形。舍彼复就此，去留何所萦。前身为过迹，来世即前程。但念行不息，岂忧无路行。"此即神不灭论。持此论者应没有毁灭的恐怖，没有虚无的谵妄，是有福的。

元稹《夜闲》："感极都无梦，魂销转易惊。风帘半钩落，秋月满床明。怅望临阶坐，沉吟绕树行。孤琴在幽匣，时迸断弦声。"无聊赖之际，又值秋夜，有感而作。幽匣孤琴，闲置之器，暗喻闲居孤寂之人。匣中琴弦迸断之吟，乃伤寂寥中人生凋残也。

/ 728 /

元稹《夜雨》前半章云："水怪潜幽草，江云拥废居。雷惊空屋柱，电照满床书。"读这番描写，感觉如暗室中看鬼片，气氛惊悚。

/ 729 /

"故乡千里梦，往事万重悲。"元稹《雪天》句。故乡和往事这两件，人老后想得最多。故乡遥远渺茫，似存在于梦中；往事消散如烟，留下无尽伤感。

/ 730 /

"惨切风雨夕，沉吟离别情。燕辞前日社，蝉是每年声。暗泪深相感，危心亦自惊。不如元不识，俱作路人行。"结句意谓两人相识不如不识，各为路人才好。依此看，元稹这首《遣行》是写给一个相识者，二人之间有一段情缘。从题目看，相识者被遣行，身份当然比他低，也意味着是他不满意。这个相识者是谁？一个妾，一个歌伎，还是薛涛？

243

/ 731 /

"秋丛绕舍似陶家，遍绕篱边日渐斜。不是花中偏爱菊，此花开后更无花。"诗人咏菊，自陶渊明后渐多，咏菊诗中，元稹《菊花》亦一名篇。百花之中，菊花深秋开放，来得最迟，这场花事后，严冬杀到，一年的繁华便收场了。元稹此篇动人之处，就是把这一点说透了。

/ 732 /

元稹《独醉》："一树芳菲也当春，漫随车马拥行尘。桃花解笑莺能语，自醉自眠那藉人。"是所谓独乐乐者。

/ 733 /

元稹《靖安穷居》："喧静不由居远近，大都车马就权门。野人住处无名利，草满空阶树满园。"大意是：人的生活，喧闹或宁静，并不由居住地在哪儿决定。权贵所在，无论哪里都是车水马龙、门庭若市。如果你是个闲人，别人不需要找你求名求利，你在哪儿，哪儿都荒草生阶，门可罗雀。

初读，以为近似陶潜"心远地自偏"之意，其实境界相差很远。老陶是自得其乐，精神上主动疏远了身外的世界。元稹不是，他是被动的，有些不情愿。

/ 734 /

"近来逢酒便高歌，醉舞诗狂渐欲魔。五斗解酲犹恨少，十分飞盏未嫌多。眼前仇敌都休问，身外功名一任他。死是等闲生也得，拟将何事奈吾何。"元稹《放言五首》之一。《放言》组诗为贬武昌后不久作，多激愤语。之二有云："莫将心事厌长沙，云到何方不是家。酒熟馌糟学渔父，饭来开口似神鸦。"之三有云："霆轰电烻数声频，不奈狂夫不藉身。纵使被雷烧作烬，宁殊埋骨扬为尘。"之五有云："他时定葬烧缸地，卖与人家得酒盛。"牢骚之盛如决河，一发不可收。

/ 735 /

"莫笑风尘满病颜，此生元在有无间。卷舒莲叶终难湿，去住云心一种闲。"元稹《酬孝甫见赠十首》之六，表达他对生命的态度。这种不执不住、不染不滞的精神境界显然来自禅修。

/ 736 /

元稹《闻乐天授江州司马》："残灯无焰影幢幢，此夕闻君谪九江。垂死病中惊坐起，暗风吹雨入寒窗。"聚焦于闻得恶讯那一刹那，情景如舞台一幕，气氛惨淡，感染力很强。

据传这首诗寄到江州，白居易读后非常感动。后来他在《与元微之书》中谈及此诗，说："此句他人尚不可闻，况仆心哉！至今每吟，犹恻恻耳。"

"远信入门先有泪，妻惊女哭问何如。寻常不省曾如此，应是江州司马书。"元稹《得乐天书》，作于《闻乐天授江州司马》后，两篇可参看。收到白居易来信，尚未展读已不禁泪崩，妻子惊惧，女儿也吓哭了。此篇与《闻乐天授江州司马》同样极具戏剧性，但教人感觉过于夸张。这应与元稹这个时期身患重病、情感脆弱有关。据记，元稹到通州谪所后染上疟疾，几乎不治。

元稹《有酒十章》是一首歌行体长诗，句法放任，章法随意，堪称一篇自由体古诗。十章皆以酒起兴，借酒抒发，纵谈世界起源、历史发展及现实人生，最后表达对美好社会的愿望。然而，每章都长呼奈何，奈何奈何复奈何，一切终归莫之奈何，有强烈的人生卑微感和强烈的宿命感。据诗中思想与情绪看，当为元稹晚年作。

十章中首章最好。写中国人的创世说，读来很有些像《旧约》中的"创世纪"。云："有酒有酒鸡初鸣，夜长睡足神虑清。悄然危坐心不平，浩思一气初彭亨。颎洞浩汗真无名，胡不终浑成。胡为沉浊以升清，矗然分画高下程。天蒸地郁群动萌，毛鳞裸介如拏挐，呜呼万物纷已生，我可奈何兮杯一倾。"

元稹《南家桃》："南家桃树深红色，日照露光看不得。树小花狂风易吹，一夜风吹满墙北。离人自有经时别，眼前落花心叹息。更待明年花满枝，一年迢递空相忆。"这首四韵诗乍看似平常，再看则令人惊艳。它把春朝含露绽开的桃花写得艳丽娇媚，美得教人不敢看，但转眼间又让这番绝色一败涂地。诗中回荡着怀人怀春、伤物亦自伤的情衷，宛转动人。

简编元稹《辛夷花（问韩员外）》："韩员外家好辛夷，开时乞取三两枝。折枝为赠君莫惜，纵君不折风亦吹。"

元稹《舞腰》："裙裾旋旋手迢迢，不趁音声自趁娇。未必诸郎知曲误，一时偷眼为回腰。"女妓载歌载舞，一群男人都忍不住看她，不管歌唱得好不好，她的腰肢太迷人了。腰肢之妙，自不必待杨柳袅娜为比也。

/ 742 /

元稹《白衣裳二首》之一云："雨湿轻尘隔院香，玉人初著白衣裳。半含惆怅闲看绣，一朵梨花压象床。"末句以一朵梨花比白衣玉人，清妙之极，娇美明艳之极。此盖苏轼戏张先句"一树梨花压海棠"之所自，不过，苏东坡是反其意而用之。

/ 743 /

"嫁得浮云婿，相随即是家。"元稹《赠柔之》诗结句。柔之即其继妻裴淑。这句意思接近"嫁鸡随鸡，嫁狗随狗"的俚语，只是俚语核心在夫婿的身份，而此句核心是追随。卿家何在？漂泊无定，老公在哪儿，哪儿就是家，跟随老公便是了。元稹是才子诗人，所以话说得雅，又有诗意。

/ 744 /

白居易《梦仙》云："人有梦仙者，梦身升上清……半空直下视，人世尘冥冥。渐失乡国处，才分山水形。东海一片白，列岳五点青。"这种像是来自太空视点的描述，与李贺所写"遥望齐州九点烟，一泓海水杯中泻"极似。

/ 745 /

白居易有《丘中有一士》二首，诗题、诗体皆仿陶渊明

248

《拟古》"东方有一士"。所吟"一士"，亦指陶渊明无疑。陶有自述诗句："少无适俗韵，性本爱丘山。"再看白诗二首，每首十六句，句数也都与老陶《拟古》"东方有一士"同。

╱ 746 ╱

元稹人格多遭后人诟病，被指薄情、奸巧。陈寅恪先生批评他"巧婚""巧宦"。巧婚，指他攀结京兆尹韦夏卿，娶韦氏女，以婚姻为进身之阶。巧宦，是说他依附权贵，甚至交结宦官，钻营谋位。然而，在白居易眼里，元稹不是机巧之人，而是品德高洁、正直不阿的君子。

白居易《赠元稹》云："自我从宦游，七年在长安。所得惟元君，乃知定交难。岂无山上苗，径寸无岁寒。岂无要津水，咫尺有波澜。之子异于是，久处誓不谖。无波古井水，有节秋竹竿。一为同心友，三及芳岁阑。"此诗是白居易结交元稹三年后作，说元稹诚实坚贞，有秋竹岁寒之节。白居易与元稹交游十年后，又作过一首《酬元九对新栽竹有怀见寄》，坚持多年前对元的评价，云："昔我十年前，与君始相识。曾将秋竹竿，比君孤且直。中心一以合，外事纷无极。共保秋竹心，风霜侵不得。始嫌梧桐树，秋至先改色。不爱杨柳枝，春来软无力。"这里夸赞元稹正直忠贞，也批判没有操守、随机变易的品行，而元稹显然是被拿来和要批判的品行作对比的。

上述二首是白居易写给元稹本人的，或可说赞许是出于礼貌，但白居易在给别人的诗里也大赞元稹，如《赠樊著作》一首，云："元稹为御史，以直立其身。其心如肺石，动必达穷民。东川八十家，冤愤一言伸。"倘使白居易视元稹不像他赠元稹诗所言，又何必对别人也那样说？

为何元稹在白居易眼里正直、有节操，在后人看来却薄情寡义、奸巧投机？这或许是后人的道德观念与唐人的不同造成的，更可能是宋代以降理学的发展和影响所致。

白居易之称赞固然不免掺杂友情的成分，但后人的攻击未免苛求，未免道学家式的虚张。

/ 747 /

白居易《寄唐生》篇，言说他写乐府诗的志向。"非求宫律高，不务文字奇。惟歌生民病，愿得天子知。"他不是将诗歌当艺术对待，而是将其当媒体强调报告的功用，即采写民情民声，上达天听。这是要诗人来干记者的活儿。写此篇时，白居易身居言官，职责所在，不足奇。可奇的是他坚持以诗为媒的态度，云："未得天子知，甘受时人嗤。药良气味苦，琴澹音声稀。不惧权豪怒，亦任亲朋讥。人竟无奈何，呼作狂男儿。"这就不是塞职了，是令人肃然起敬的道义担当。

　　白居易有首《太行路》，自注是"借夫妇以讽君臣之不终也"。写君王心反复无常，比太行路、巫峡水都凶险百倍，难以应对。身为臣仆，"朝承恩，暮赐死"，危在旦夕。从诗中怨情看，此篇盖作于贬江州司马后。白诗传播速且广，敢在诗中如此讽刺国君，当然要有胆量，却也要朝廷有度量，皇帝有雅量。由此可知，中唐之后尽管政治恶化，言论仍相当开放。诗云：

　　"太行之路能摧车，若比人心是坦途。巫峡之水能覆舟，若比人心是安流。人心好恶苦不常，好生毛羽恶生疮。与君结发未五载，岂期牛女为参商。古称色衰相弃背，当时美人犹怨悔。何况如今鸾镜中，妾颜未改君心改。为君熏衣裳，君闻兰麝不馨香。为君盛容饰，君看金翠无颜色。行路难，难重陈。人生莫作妇人身，百年苦乐由他人。行路难，难于山，险于水。不独人间夫与妻，近代君臣亦如此。君不见左纳言，右纳史，朝承恩，暮赐死。行路难，不在水，不在山，只在人情反覆间。"

　　白居易《西凉伎》云："自从天宝兵戈起，犬戎日夜吞西鄙。凉州陷来四十年，河陇侵将七千里。平时安西万里疆，今日边防在凤翔。"反映了安史之乱后大唐势力衰微的状况。贞观至开元、天宝，大唐统辖安西，安西都护府所在地龟兹（今新疆库车）距长安有三千多公里之遥。到白居易入朝为官时，即元和年间，西部边防退缩至离京城只二百公里的凤翔，大唐已不能言大了。

/ 750 /

白居易《黑潭龙》有句云："龙不能神人神之。"意为龙自己并不能成为神，是人把它变成神的，可谓一语戳破民间对龙的迷信，也说破了迷信的本质。人类认知能力的局限性导致迷信，但固执于迷信，不加反思，则陷入愚昧。《黑潭龙》一首即是对从迷信走向愚昧的批判，云："黑潭水深黑如墨，传有神龙人不识。潭上架屋官立祠，龙不能神人神之。丰凶水旱与疾疫，乡里皆言龙所为。家家养豚滤清酒，朝祈暮赛依巫口。神之来兮风飘飘，纸钱动兮锦伞摇。神之去兮风亦静，香火灭兮杯盘冷。肉堆潭岸石，酒泼庙前草。不知龙神享几多，林鼠山狐长醉饱。狐何幸，豚何辜，年年杀豚将喂狐。狐假龙神食豚尽，九重泉底龙知无。"

/ 751 /

"亭上独吟罢，眼前无事时。数峰太白雪，一卷陶潜诗。"白居易《官舍小亭闲望》作于任盩厔县尉时，自得之情悠然纸上。"数峰"一联巧用谐音对，很妙。"太白"实指太白山，也是李白的字，这一关联，使得诗句更有味道了。

／ 752 ／

"心足即为富，身闲乃当贵。富贵在此中，何必居高位。"白居易《闲居》篇中心四句，也是这首诗的中心思想。此篇共十八句，前八句以己身正面证之，后六句以裴相国反证之，一正一反，逻辑性强，有说服力。可备作说理诗之一例。

全诗云："空腹一盏粥，饥食有馀味。南檐半床日，暖卧因成睡。绵袍拥两膝，竹几支双臂。从旦直至昏，身心一无事。心足即为富，身闲乃当贵。富贵在此中，何必居高位。君看裴相国，金紫光照地。心苦头尽白，才年四十四。乃知高盖车，乘者多忧畏。"

呵呵，对相国大人也奚落了一下。

／ 753 ／

白居易《读谢灵运诗》云："谢公才廓落，与世不相遇。壮志郁不用，须有所泄处。泄为山水诗，逸韵谐奇趣。"乐天知康乐亦深矣。

／ 754 ／

坐禅是佛家修行法门，坐忘是道家无为化境。白居易《睡起晏坐》统摄道释两端，体认同工异曲之妙。云："后亭昼眠

253

足，起坐春景暮。新觉眼犹昏，无思心正住。澹寂归一性，虚闲遗万虑。了然此时心，无物可譬喻。本是无有乡，亦名不用处。行禅与坐忘，同归无异路。"

／ 755 ／

简编白居易《答崔侍郎钱舍人书问因继以诗》，云："心不择时适，足不拣地安。穷通与远近，一贯无两端。泥泉乐者鱼，云路游者鸾。勿言云泥异，同在逍遥间。"

／ 756 ／

"门前车马路，奔走无昏晓。名利驱人心，贤愚同扰扰。"白居易《过骆山人野居小池》诗句，写的是人类社会的常态。无旧常态，亦无新常态，千年前如是，千年后亦如是。

／ 757 ／

白居易《赠卖松者》："一束苍苍色，知从涧底来。劚掘经几日，枝叶满尘埃。不买非他意，城中无地栽。"好诗，好诗！松树青青，本属于苍山绿水、白云秋风，城中浊秽拥挤，哪里有地方配得上种它呢！此诗当然是以松喻人。考虑到写作时间是在作者离开螯座入朝做官后不久，可能此诗隐含自拟之意，也隐含对长安官场的不满。

世言白居易诗直白，自不尽然。《感镜》一首甚含而不吐，云："美人与我别，留镜在匣中。自从花颜去，秋水无芙蓉。经年不开匣，红埃覆青铜。今朝一拂拭，自照憔悴容。照罢重惆怅，背有双盘龙。"睹物怀亡，形影相吊，黯然隐忍，摩挲徘徊，颇觉言辞尽处余音不绝。

白居易《送客回晚兴》："城上云雾开，沙头风浪定。参差乱山出，澹泞平江净。行客舟已远，居人酒初醒。袅袅秋竹梢，巴蝉声似磬。"风停了，浪平了，江城上云开雾散，城边层层叠叠的峰峦又显露出来。可是，天气好转了，客人也开船走了。从别筵的酒醉中醒来，行舟已远，此时，江岸一片寂寥，只听见秋日竹丛里传来悠悠的蝉声。这首诗在宁静淡远的气氛里，藏了一缕掩不住的离愁。

白居易《负冬日》，写冬日在南墙根晒太阳，即所谓"负暄"，把这个经验写得舒服、美妙之极，还赋予它和坐禅一样的宗教境界。这样，晒太阳也有了禅意，有了诗意，当然也有名士风度。诗云："杲杲冬日出，照我屋南隅。负暄闭目坐，和气生肌肤。初似饮醇醪，又如蛰者苏。外融百骸畅，中适一念无。旷然忘所在，心与虚空俱。"

／ 761 ／

白居易《逍遥咏》："亦莫恋此身，亦莫厌此身。此身何足恋，万劫烦恼根。此身何足厌，一聚虚空尘。无恋亦无厌，始是逍遥人。"逍遥是庄子的境界，老子说过"吾所以有大患者，为吾有身"，但这整首诗的论调显然出自释氏。

／ 762 ／

白居易《花非花》："花非花，雾非雾。夜半来，天明去。来如春梦几多时，去似朝云无觅处。"此诗像一谜面，不知所云何物。

／ 763 ／

"岁去年来尘土中，眼看变作白头翁。如何办得归山计，两顷村田一亩宫。"白居易《咏怀》，作于四十岁前。白氏早年即有归隐之愿，竟终未归去。

／ 764 ／

"灯尽梦初罢，月斜天未明。"白居易《凉夜有怀》句。白居易可能怕黑，喜欢夜里点着灯睡觉。他的诗屡屡写到灯尽梦醒。"灯尽"，是灯耗干油后熄灭，旧时使用油灯的人常见。生在电灯时代里，没有用过油灯的人，可以看蜡烛燃尽去想象。

白居易七绝《闻虫》："暗虫唧唧夜绵绵，况是秋阴欲雨天。犹恐愁人暂得睡，声声移近卧床前。"是写卧者悲秋，夜不成眠，并非责怪蛩鸣扰人。

／ 766 ／

白居易《燕子楼三首》之三："今春有客洛阳回，曾到尚书墓上来。见说白杨堪作柱，争教红粉不成灰。"是"树犹如此"又一例。故人的墓上树已长大，能当柱子了，想想他当年的红粉知己吧！

／ 767 ／

"万物秋霜能坏色，四时冬日最凋年。"白居易《岁晚旅望》句。秋霜严肃凶狠，能毁掉万物的缤纷色彩。继之冬日到来，这是一年中最凋残的季节。此诗作于贬谪江州首冬，反映出作者之阴寒心境。

／ 768 ／

"若不坐禅销妄想，即须行醉放狂歌。不然秋月春风夜，争那闲思往事何。"《强酒》这首绝句，接连三句使用连词，显然是白居易故意为之。这使此诗极口语化，也别具一格。

/ 769 /

白居易《放言五首》，分别议论真伪、福祸、是非、贫富、寿夭，不从概念到概念，不抽象言理，而每汲取自然与人事之启示，多加比兴，以事喻理，故虽好辩而不讨厌，虽说教而亦可闻，是唐代议论诗佳作。且看其三、其五。

其三云："赠君一法决狐疑，不用钻龟与祝蓍。试玉要烧三日满，辨材须待七年期。周公恐惧流言后，王莽谦恭未篡时。向使当初身便死，一生真伪复谁知。"

其五云："泰山不要欺毫末，颜子无心羡老彭。松树千年终是朽，槿花一日自为荣。何须恋世常忧死，亦莫嫌身漫厌生。生去死来都是幻，幻人哀乐系何情。"

/ 770 /

白居易做江州司马时，写过一首《秋热》七绝："西江风候接南威，暑气常多秋气微。犹道江州最凉冷，至今九月著生衣。"诗中"西江"指江西，"南威"指南方炎热暑气，"江州"即九江，"九月"是阴历九月，阳历就进十月了，"生衣"指夏衣。十月还穿着夏天的衣服，可见那时长江中下游地区气候和当今差不多。

白居易《百花亭晚望夜归》："百花亭上晚裴回，云影阴晴掩复开。日色悠扬映山尽，雨声萧飒渡江来。鬓毛遇病双如雪，心绪逢秋一似灰。向夜欲归愁未了，满湖明月小船回。"从日色悠扬，到雨声萧飒，到满湖明月，云开云合，阴晴不定。他把这些变化反复的现象装进八句诗里，一点儿不吃力，还让人感觉游刃有余，真是妙手。

白居易任江州司马时，虽是谪居，生活倒闲适。谪居后期，他可能觉得年事渐长，开始利用闲暇，着手将自己写的诗编成诗集。他应该是中国最早自己给自己编集的诗人。诗集编成后，他特别作七律一首，题在卷末，即《编集拙诗成一十五卷因题卷末戏赠元九李二十》，云："一篇长恨有风情，十首秦吟近正声。每被老元偷格律，苦教短李伏歌行。世间富贵应无分，身后文章合有名。莫怪气粗言语大，新排十五卷诗成。"

这首七律除了表达结集后的得意心情外，有两层重要的意思。一是作者对自己作品的品鉴，首尊《长恨歌》，再举《秦中吟十首》。这个品鉴显示了他对诗歌价值的判断，他的好诗标准。二是对自己文学影响的评估，他预估自己的名声将于后世光大。这不仅显现他的自信，更重要的是表明他已清楚认识到自己在诗人序列中的地位了。

/ 773 /

"春生何处暗周游，海角天涯遍始休。先遣和风报消息，续教啼鸟说来由。展张草色长河畔，点缀花房小树头。若到故园应觅我，为传沦落在江州。"白居易《浔阳春三首·春生》，把春天比作一位有浪漫情怀又尊贵的旅人，通篇拟人化，构思精妙。诗里尽情铺陈春天来临的欢愉，但是，春天既要走遍天涯海角，自然也会到诗人的故乡，一念及此，诗人的欣欣语调陡然低沉。春天带来的广大喜悦，也没抹掉流离的乡愁。

/ 774 /

"壹明自燕缘多事，雁默先烹为不才。祸福细寻无会处，不如且进手中杯。"白居易七律《岁暮》下半章。有才招祸，无才也招祸；语招祸，默亦不免。在是非不明、没有规则、反复无常的社会里，人进退失据。

/ 775 /

以贬谪江州为标志，白居易诗风前后发生了明显的转变。他曾将自己的诗分为四类：讽谕诗、闲适诗、感伤诗、杂律诗。依此划分，贬谪前其诗"开讽刺之道，察其得失之政，通其上下之情"（《策林六十九·采诗》）、"唯歌生民病，愿得天子知"(《寄唐生》),多有揭露黑暗现实、批评政治和社会弊端的讽谕诗;贬谪后,讽谕篇目大减,而多闲适、感伤之作。

在《与元九书》中,白居易云:"谓之讽谕诗,兼济之志也;谓之闲适诗,独善之义也。"据此可知,大量创作讽谕诗阶段,是他兼济之志张扬时期;遭挫折贬斥后,他转向独善其身的保守道路。诗风变化,从根本上看,是其对待政治和人生的态度发生转变所致。在到江州后的诗里,他对自己的改变屡有述及。从他的自述看,其转变乃是自觉行为。

《端居咏怀》云:"贾生俟罪心相似,张翰思归事不如。斜日早知惊鹏鸟,秋风悔不忆鲈鱼。胸襟曾贮匡时策,怀袖犹残谏猎书。从此万缘都摆落,欲携妻子买山居。""匡时"自然是兼济,"谏猎"当然是讽谕,但他说这些都是曾经的往事了,从此后要摆脱世事,买山隐居。《重题》之四更明言:"宦途自此心长别,世事从今口不言。"

《江州赴忠州至江陵已来舟中示舍弟五十韵》是写给弟白行简的,不必装样子,所言自然是实话。谈及"前非"(以前的错误),他说教训就是耿直能言,不知避险,与人争先。以后如何避开祸患呢?他给出的方法是不争、少语、韬光养晦、随大溜。其诗云:"险路应须避,迷途莫共争。此心知止足,何物要经营。玉向泥中洁,松经雪后贞。无妨隐朝市,不必谢寰瀛。但在前非悟,期无后患婴。多知非景福,少语是元亨。晦即全身药，明为伐性兵。昏昏随世俗，蠢蠢学黎甿。鸟以能言缚，龟缘入梦烹。知之一何晚，犹足保余生。"这些诗句，可以说是他人生经验的总结吧。这个总结显露了他转变的逻辑与轨迹。

/ 776 /

白居易迁忠州刺史后，平生首次吃到新鲜荔枝。所作绝句《荔枝楼对酒》，以鸡冠色比新熟荔枝皮颜色，十分精准。若不到忠州，未曾亲目，难有此比。诗云："荔枝新熟鸡冠色，烧酒初开琥珀香。欲摘一枝倾一盏，西楼无客共谁尝。"

/ 777 /

白居易《独眠吟二首》当作于未婚时期，表现光棍之烦恼，为青年性苦闷之写照。其一云："夜长无睡起阶前，寥落星河欲曙天。十五年来明月夜，何曾一夜不孤眠。"其二："独眠客，夜夜可怜长寂寂。就中今夜最愁人，凉月清风满床席。"

/ 778 /

"酒后高歌且放狂，门前闲事莫思量。犹嫌小户长先醒，不得多时住醉乡。"白居易七绝《醉后》。古人称酒量小为"小户"，又如黄庭坚《南康席上赠刘李二君》诗句："浪许薄才酬大雅，长愁小户对洪钟。"白公此处是说自己酒量小，因而醉得轻浅，容易醒来，恨不能醉中长留。亦世事不足为，但愿长醉不愿醒之意。

"游宦京都二十春，贫中无处可安贫。长羡蜗牛犹有舍，不如硕鼠解藏身。且求容立锥头地，免似漂流木偶人。但道吾庐心便足，敢辞湫隘与嚣尘。"白居易这首《卜居》作于从忠州回长安后，此时他已年届半百。自考中进士，进京做官，至此已二十年，还未谋得一宅安身，这让他非常沮丧，竟然羡慕起蜗壳、鼠洞，说只要能弄个房子，哪怕吵，哪怕阴湿狭隘，他也满足了。真是应了早年顾况戏他所言"长安米贵，居大不易"一语。如今到北京混的，读此诗必感触尤深也。

／ 780 ／

读白居易《新秋早起有怀元少尹》颔联对句"铜瓶水冷齿先知"，即想到苏轼名句"春江水暖鸭先知"。二句冷暖虽别，而句法结构与句中同位置的词性、平仄俱同。

／ 781 ／

白居易五律《寄远》固怀人之作，又何尝不是写人生困境？云："欲忘忘未得，欲去去无由。两腋不生翅，二毛

263

空满头。坐看新落叶，行上最高楼。暝色无边际，茫茫尽眼愁。"

"寒月沉沉洞房静，真珠帘外梧桐影。秋霜欲下手先知，灯底裁缝剪刀冷。"白居易《空闺怨》。秋后降温，严寒临近，要焚膏继晷，为家人赶制冬衣。深夜，剪刀变得冰手，知道气温又降，要下霜了，做衣的心情更加急切。旧时家家妇人都有的这个生活经历，现在已成为奶奶辈的记忆了。

窜改白居易《小岁日对酒吟钱湖州所寄诗》，寄远方兄弟。云："独酌无多兴，闲吟有所思。一杯异国酒，两句古人诗。草木残黄日，髭须半白时。蹉跎秋气味，彼此老心知。"

"两鬓苍然心浩然，松窗深处药炉前。携将道士通宵语，忘却花时尽日眠。明镜懒开长在匣，素琴欲弄半无弦。犹嫌庄子多词句，只读逍遥六七篇。"白居易《赠苏炼师》，作于杭州刺史任上，知天命之年后，入萧淡散漫之境。只见苍然，无复浩然，与作《秦中吟十首》时判若两人。

/ 785 /

柳永长调《望海潮》是写杭州名篇，开篇云"东南形胜，三吴都会，钱塘自古繁华"，下阕有倾国名句"三秋桂子，十里荷花"。这两种描写在白居易七律《馀杭形胜》中都已有了，云："馀杭形胜四方无，州傍青山县枕湖。绕郭荷花三十里，拂城松树一千株。"只是白诗风情不足，下半篇也显得简陋，致失流播。然而，柳三变写杭州或是受到过它的启发。

/ 786 /

"耳里频闻故人死，眼前唯觉少年多。"白居易七律《悲歌》颔联。人生五十岁以后，交游消息大概如此。这联和刘禹锡七律《乐天见示伤微之敦诗晦叔三君子皆有深分因成是诗以寄》颔联"世上空惊故人少，集中惟觉祭文多"相似。刘禹锡这联从白居易的诗句化来，比白的诗句含蕴，也更耐人寻味。

/ 787 /

有评家把白居易《啄木曲》解作女主人公之沉吟，真是妄自多情了。乐天多有悲老之作，一读便知此乃夫子自道。诗云："莫买宝剪刀，虚费千金直。我有心中愁，知君剪不得。莫磨解结锥，徒劳人气力。我有肠中结，知君解不得。莫染红丝线，徒夸好颜色。我有双泪珠，知君穿不得。莫近红炉

265

火，炎气徒相逼。我有两鬓霜，知君销不得。刀不能剪心愁，锥不能解肠结。线不能穿泪珠，火不能销鬓雪。不如饮此神圣杯，万念千忧一时歇。"

此诗是乐府歌体，比兴、排比用得都好。可惜后六句感觉是叠床架屋，似大可不必。从整体看，删去后边六句才好。

"新篇日日成，不是爱声名。旧句时时改，无妨悦性情。但令长守郡，不觉却归城。只拟江湖上，吟哦过一生。"白居易《诗解》。天天有新篇，时时改旧句，诗上用功之勤，极矣。常常翻检旧章修改，尤见责己之深。

／ 789 ／

"汴河无景思，秋日又凄凄。地薄桑麻瘦，村贫屋舍低。早苗多间草，浊水半和泥。最是萧条处，茅城驿向西。"白居易《茅城驿》，作于卸杭州刺史任回京途中，中间四句写汴水两岸乡村贫瘠凋敝之状，语浅白简单，提纲挈领，颇传形神。这首记叙惨淡现实的诗作，是他早期诗歌主张的余响。他的后半生里，这样的声音越来越少。

／ 790 ／

白居易《问杨琼》七绝："古人唱歌兼唱情，今人唱歌唯唱声。欲说向君君不会，试将此语问杨琼。"疑是对歌妓杨琼的批评。白公认为唱歌不光要把声调唱好，还要唱出感情。此论没错，却非要拉出古人说事。中国传统文化尚古，白居易也不能外。古人道德高尚，连唱歌都比今人唱得好。

/ 791 /

"阊门曙色欲苍苍，星月高低宿水光。棹举影摇灯烛动，舟移声拽管弦长。渐看海树红生日，遥见包山白带霜。出郭已行十五里，唯消一曲慢霓裳。"白居易《早发赴洞庭舟中作》，作于苏州刺史上，记叙某秋日天未亮，乘舟启程赴游太湖。朦胧世界中光影浮摇、舟移景换，兼之声响，仿佛一段有配乐的电影画面。

/ 792 /

白居易秋日游太湖，连续五夜宿湖中，是一次畅游。其逍遥得意，记入《泛太湖书事寄微之》一首。此诗有一联，极精练："黄夹缬林寒有叶，碧琉璃水净无风。""夹缬"是古代一种双面印染技术，用镂空雕版加持织物印染，可留白和染制出双面对称图案。用黄夹缬形容疏落变黄的秋林，以绿琉璃比喻沉静清透的湖水，烘托出一片色彩明朗的秋日湖山。

/ 793 /

戏裁白居易七律《想归田园》为折腰绝句，云："千首恶诗吟过日，一壶好酒醉消春。快活不知如我者，人间能有几多人。"

/ 794 /

"临高始见人寰小，对远方知色界空。回首却归朝市去，一稊米落太仓中。"白居易《登灵应台北望》。灵应台是终南山一座山峰，形势峭拔，立台顶可俯视长安，鸟瞰渭水。古人之太空视象乃通过登临高山获得。

/ 795 /

《病假中庞少尹携鱼酒相过》颔联"被老相催虽白首，与春无分未甘心"，写出白居易晚年心态。虽慕道修佛，他也不能超脱生老病死之念。老而不甘，眷顾春华，终究是人情之常。

/ 796 /

白居易《对酒五首》之五："昨日低眉问疾来，今朝收泪吊人回。眼前流例君看取，且遣琵琶送一杯。"可当作曹孟德《短歌行》"对酒当歌，人生几何"一句的注解。

"去年八月哭微之，今年八月哭敦诗。何堪老泪交流日，多是秋风摇落时。泣罢几回深自念，情来一倍苦相思。同年同病同心事，除却苏州更是谁。"白居易这首《寄刘苏州》，作于六十一岁，写出了长寿者的阅世之痛。长寿而看同辈故交相继亡逝，是惨淡的。所幸他此时还有好友刘禹锡在。刘和他同庚，所以说"同年同病同心事，除却苏州更是谁"。有个同龄故旧，是一大慰藉。

刘、白二人都活过了七十岁，在古代乃是高龄。七十一岁上，刘禹锡死，白居易又活了四年。这四年，唯一的同龄好友"刘苏州"也凋零了，那份暮年的孤独与凄凉又向谁诉说，又如何消受？

白居易七律《不出门》自述晚年幽居独处法门，亦养老延寿之道也。云："不出门来又数旬，将何销日与谁亲。鹤笼开处见君子，书卷展时逢古人。自静其心延寿命，无求于物长精神。能行便是真修道，何必降魔调伏身。"

白居易《弹秋思》云："信意闲弹秋思时，调清声直韵疏迟。近来渐喜无人听，琴格高低心自知。"此篇作于晚年分司洛阳后。晚年白居易弹琴任意，写诗也随性，松弛淡泊。这与其晚年生活态度是一致的。此态度，同时期作品《自咏》写得分明，云："随宜饮食聊充腹，取次衣裘亦暖身。未必得年非瘦薄，无妨长福是单贫。老龟岂羡牺牲饱，蟠木宁争桃李春。随分自安心自断，是非何用问闲人。"

/ 800 /

"鹿疑郑相终难辨，蝶化庄生讵可知。假使如今不是梦，能长于梦几多时。"白居易《疑梦二首》其二。人生就像一场梦。真的是一场梦吗？人生的本质是什么？白居易思考了一生，到了也没有解决这个问题。

/ 801 /

白居易《咏兴五首》"解印出公府""出府归吾庐"云云，作于晚年罢河南尹后，叙解职归洛阳履道宅闲居，颇呈欣然自适之状，是他的归去来歌。作这些诗时，他脑子里一定想到了陶渊明。其首章《解印出公府》云："解印出公府，斗薮尘土衣。百吏放尔散，双鹤随我归。归来履道宅，下马入柴扉。马嘶返旧枥，鹤舞还故池。鸡犬何忻忻，邻里亦依依。年颜老去日，生计胜前时。有帛御冬寒，有谷防岁饥。饱于东方朔，乐于荣启期。人生且如此，此外吾不知。"

"萧疏秋竹篱，清浅秋风池。一只短舫艇，一张斑鹿皮。皮上有野叟，手中持酒卮。半酣箕踞坐，自问身为谁。严子垂钓日，苏门长啸时。悠然意自得，意外何人知。"此白乐天五古《秋池独泛》，大有追陶渊明东篱下的意味。

白居易有《北窗三友》篇，作于晚年。"三友"者，琴、酒、诗。诗友爱陶渊明，琴友爱荣启期，酒友爱刘伶，皆旷达之士。《北窗三友》前半首云："今日北窗下，自问何所为。欣然得三友，三友者为谁。琴罢辄举酒，酒罢辄吟诗。三友递相引，循环无已时。一弹惬中心，一咏畅四肢。犹恐中有间，以酒弥缝之。岂独吾拙好，古人多若斯。嗜诗有渊明，嗜琴有启期。嗜酒有伯伦，三人皆吾师。"

白居易五古《东归》有云："始悟有营者，居家如在途。方知无系者，在道如安居。"有营者汲汲于世，寝食难安，居家像住店；无系者似不系舟，以四海为家，随遇而安。其揭示两种不同的人生，很有启发性。栖惶如是，容与如是，在于一个执于求，一个不执不求。

全诗云："翩翩平肩舆，中有醉老夫。膝上展诗卷，竿头悬酒壶。食宿无定程，仆马多缓驱。临水歇半日，望山倾一盂。藉草坐嵬峨，攀花行踟蹰。风将景共暖，体与心同舒。始悟有营者，居家如在途。方知无系者，在道如安居。前夕宿三堂，今旦游申湖。残春三百里，送我归东都。”

/ 805 /

白居易七绝《闻歌者唱微之诗》，作于元稹亡故多年后，云：“新诗绝笔声名歇，旧卷生尘箧笥深。时向歌中闻一句，未容倾耳已伤心。”得见三：一、元稹诗当时也流行于歌筵酒肆；二、白居易非常熟悉元稹的诗，有些诗长久记着；三、对亡友深情历久不衰。

/ 806 /

“眼昏灯最觉，腰瘦带先知。”白居易《答梦得秋日书怀见寄》句，写老年眼昏体枯。夜灯下最能觉出视力衰弱，每着衣感受衣带变宽，乃知身体又瘦了。诗句却反过来说，似灯盏、衣带一类都是有情物，能感知，便增添一些趣味。

/ 807 /

白乐天诗至少有数十篇写到早晨饮酒。此公喜早饮，年老后早饮益频。《桥亭卯饮》云：“卯时偶饮斋时卧，林下高桥桥上亭。松影过窗眠始觉，竹风吹雨醉初醒。”《早饮醉中除河南尹敕到》，是记录他在早晨喝醉后，接到任命敕书，云："雪拥衡门水满池，温炉卯后暖寒时。绿醅新酎尝初醉，黄纸除书到不知。"

有时他起床还未梳洗就开始喝早酒。《初冬早起寄梦得》云："起戴乌纱帽，行披白布裘。炉温先暖酒，手冷未梳头。"有时很早，天未全亮，掌灯开喝。《和梦得冬日晨兴》云："漏传初五点，鸡报第三声。帐下从容起，窗间昽昒明。照书灯未灭，暖酒火重生。"

甚至行旅中早起上路，他也要喝。《途中作》云："早起上肩舁，一杯平旦醉。"

更有趣的是，他自己喜欢早饮，还能一大早找来好友同饮，且一气喝到醉。《蓝田刘明府携酌相过与皇甫郎中卯时同饮醉后赠之》云："腊月九日暖寒客，卯时十分空腹杯。玄晏舞狂乌帽落，蓝田醉倒玉山颓。貌偷花色老暂去，歌蹋柳枝春暗来。不为刘家贤圣物，愁翁笑口大难开。"

早酒，亦称"卯酒"或"卯时酒"，即在一天十二时辰之卯时饮酒。按今小时计，卯时相当于早晨五点至七点。喝这种酒的人，今少见，大概古时也不多。即如陶渊明、李白等特别嗜酒者，也罕见他们从事于此。由此可见，白居易嗜卯酒之癖足当奇观。

此公专作过一首五言《卯时酒》，叙他此饮之奇感妙觉，令人读来亦称一快。云："佛法赞醍醐，仙方夸沆瀣。未如卯时酒，神速功力倍。一杯置掌上，三咽入腹内。煦若春贯肠，暄如日炙背。岂独肢体畅，仍加志气大。当时遗形骸，竟日忘冠带。似游华胥国，疑反混元代。一性既完全，万机皆破碎。半醒思往来，往来吁可怪。宠辱忧喜间，惶惶二十载。前年辞紫闼，今岁抛皂盖。去矣鱼返泉，超然蝉离蜕。是非莫分别，行止无疑碍。浩气贮胸中，青云委身外。扪心私自语，自语谁能会。五十年来心，未如今日泰。况兹杯中物，行坐长相对。"也许嗜喝卯时酒与他修仙有关。

／ 808 ／

"水色晴来嫩似烟"，白居易《早春忆苏州寄梦得》颔联对句。"嫩"是一笔，"似烟"是又一笔，以此两笔形容江南早春雨晴后清新空灵的水色，精妙之极。

／ 809 ／

"晓服云英漱井华，寥然身若在烟霞。药销日晏三匙饭，酒渴春深一碗茶。每夜坐禅观水月，有时行醉玩风花。净名事理人难解，身不出家心出家。"白居易七律《早服云母散》。且服散，且坐禅，且养生，且读经，兼修释老，亦道亦僧。

／ 810 ／

"权门要路是身灾，散地闲居少祸胎。今日怜君岭南去，当时笑我洛中来。虫全性命缘无毒，木尽天年为不才。大抵吉凶多自致，李斯一去二疏回。"白居易《闲卧有所思二首》之二，与其同时期作的《感兴二首》之二意思雷同，皆讲权势名利乃灾祸之门，能藏、知退、善隐方是明哲保身之举。《感兴二首》之二云："鱼能深入宁忧钓，鸟解高飞岂触罗。热处先争炙手去，悔时其奈噬脐何。尊前诱得猩猩血，幕上偷安燕燕窠。我有一言君记取，世间自取苦人多。"

╱ 811 ╱

白居易《小宅》："小宅里间接，疏篱鸡犬通。渠分南巷水，窗借北家风。庾信园殊小，陶潜屋不丰。何劳问宽窄，宽窄在心中。"呵呵，好个宽窄在心中！如今房价高昂，蜗居者读之聊以自慰。

╱ 812 ╱

"今日看嵩洛，回头叹世间。荣华急如水，忧患大于山。见苦方知乐，经忙始爱闲。未闻笼里鸟，飞出肯飞还。"白居易《看嵩洛有叹》。白公晚年生活悠闲舒适，精神上也摆脱羁绊，进入自由之境。人只有经验过自由，才知道自由的价值。

白居易《赠谈客》："上客清谈何亹亹，幽人闲思自寥寥。请君休说长安事，膝上风清琴正调。"您就不要喋喋不休说京城的那些事了，污人耳朵，不如来听一段清雅的琴曲吧！白公晚年似颇厌倦官场政治。

白居易《早夏晓兴赠梦得》："窗明帘薄透朝光，卧整巾簪起下床。背壁灯残经宿焰，开箱衣带隔年香。无情亦任他春去，不醉争销得昼长。一部清商一壶酒，与君明日暖新堂。"从第三句看，他又是点灯睡了一夜。颈联读如"无情／亦任他／春去，不醉／争销得／昼长"，造句别致。末句云与君暖新堂，盖作此诗时刘禹锡刚新购一宅或新构一堂。

"贤愚共在浮生内，贵贱同趋群动间。多见忙时已衰病，少闻健日肯休闲。"白居易《题谢公东山障子》句。贵贱贤愚皆忙忙碌碌，活到死，忙到死，谁肯稍闲！

"梁王捐馆后，枚叟过门时。有泪人还泣，无情雪不知。台亭留尽在，宾客散何之。唯有萧条雁，时来下故池。"白居易《雪后过集贤裴令公旧宅有感》，作于裴度亡后有年。裴度大白居易七岁，亦先白七年去世。裴生前居洛阳后，常于故宅举办雅集，白居易、刘禹锡等屡受邀。一众名士时常赏乐观舞，饮酒赋诗，成一时之盛。此诗写裴公宅人亡事息之沉寂萧条境况，抚今追昔，唏嘘不已。

╱ 817 ╱

"烟霞偷眼窥来久，富贵黏身摆得无。"吟赏烟霞的隐逸生活令人艳羡，但忙于生计的人只能忙中偷眼看看，升官发财、贪图富贵乃人之大欲，你能摆脱吗？白居易《近见慕巢尚书诗中屡有叹老思退之意又于洛下新置郊居然宠寄方深归心大速因以长句戏而谕之》这两句，亦可谓古来士人内心的纠结，不只问人，也是自省。

╱ 818 ╱

"衣食支吾婚嫁毕，从今家事不相仍。夜眠身是投林鸟，朝饭心同乞食僧。清唳数声松下鹤，寒光一点竹间灯。中宵入定跏趺坐，女唤妻呼多不应。"白居易《在家出家》作于七十岁后，记录他暮年在家却如同出家的生活起居及态度。颈联上句写寥落声响，下句写斑驳光影，都是低温，一片清寒幽寂。这反映的不仅是其所居之境，也是他的心境。

"若论尘事何由了，但问云心自在无。"白居易七律《杨
六尚书频寄新诗诗中多有思闲相就之志因书鄙意报而谕之》颈
联。尘缘深重宽广，如何才能了却？但得心如闲云，自由自在
便是。

白居易《首夏南池独酌》："春尽杂英歇，夏初芳草深。
薰风自南至，吹我池上林。绿蘋散还合，赪鲤跳复沉。新叶
有佳色，残莺犹好音。依然谢家物，池酌对风琴。惭无康乐
作，秉笔思沈吟。境胜才思劣，诗成不称心。"前八句欣欣
然有生气，其后不能继，坠入老套，黯然失色。结句云"境胜
才思劣，诗成不称心"，说明诗人对此诗也不满意，是实在语。

白居易《闲居偶吟招郑庶子皇甫郎中》率真洒落，自然有
趣，有老陶风致，云："自哂此迂叟，少迂老更迂。家计不一
问，园林聊自娱。竹间琴一张，池上酒一壶。更无俗物到，
但与秋光俱。古石苍错落，新泉碧萦纡。焉用车马客，即此
是吾徒。犹有所思人，各在城一隅。杳然爱不见，搔首方踟
蹰。玄晏风韵远，子真云貌孤。诚知厌朝市，何必忆江湖。
能来小涧上，一听潺湲无。"

/ 822 /

白居易《达哉乐天行》（一作《健哉乐天行》），作于他七十一岁时，诗中对以后家产处置的意见，显示他预感自己将不久于人世，筹划未来，相当理性。云："起来与尔画生计，薄产处置有后先。先卖南坊十亩园，次卖东都五顷田。然后兼卖所居宅，仿佛获缗二三千。半与尔充衣食费，半与吾供酒肉钱。吾今已年七十一，眼昏须白头风眩。但恐此钱用不尽，即先朝露归夜泉。"整首诗一五一十交代家事，安排人生残年，不矫情，不动情，却自有打动人处。

/ 823 /

白居易《池上寓兴二绝》，当得起"大杀风景"二绝句。其一云："濠梁庄惠谩相争，未必人情知物情。獭捕鱼来鱼跃出，此非鱼乐是鱼惊。"绝杀庄周、惠施濠上"安知鱼乐"之风雅。其二云："水浅鱼稀白鹭饥，劳心瞪目待鱼时。外容闲暇中心苦，似是而非谁得知。"绝杀文人骚客"鸥鹭忘机"之逸想。鱼儿欢跃快游，可能是逃命；鹭鸶久久伫立水边，是为伺机捕食。说破两段风流。

/ 824 /

"馆娃宫畔千年寺，水阔云多客到稀。闻说春来更惆怅，百花深处一僧归。"白居易七绝《灵岩寺》，意象特别，意味隽永。馆娃宫，吴王为西施建造，是豪贵欢娱之所。写灵岩古寺，诗人拉出附近的馆娃宫来，就自然形成对比。那里，春天百花盛开，一片艳美景象。但是，在那本是美人们嬉戏游春之地，不见美人，只看见孤单的僧人踽踽独行。这首诗好在场景与人物的编排上，含蓄蕴藉，引而不发，却能触发读者丰富的想象。

/ 825 /

白居易《寄韬光禅师》："一山门作两山门，两寺原从一寺分。东涧水流西涧水，南山云起北山云。前台花发后台见，上界钟声下界闻。遥想吾师行道处，天香桂子落纷纷。"首联一而二，二而一。颔联、颈联四句，囊括东西南北前后上下各个方位，各个方位虽有区分却又都连在一起，构成一个环环相扣的立体空间。此诗意在向韬光显示诗人的佛学造诣，即他对因缘奥义之领会。将之呈现在诗句上，亦颇炫技。

/ 826 /

"白鸡黄犬不将去，寂寞空馀葬时路。草死花开年复年，后人知是何人墓。忆君思君独不眠，夜寒月照青枫树。"杨衡《哭李象》。送葬归来，念及亡者入土，忙碌一生什么都没带走，两手空空而去，随后被人遗忘，于是乎夜不能寐。是哭李象，亦哭自己，哭众生也。诗虽短，悲情十足。"草死花开年复年"句，教人触目伤怀。

杨衡七律《伤蔡处士》（见《全唐诗》卷八八三）感伤亡故的文友，颔联"三径尚疑行迹在，数萤犹自映书残"，哀情低回，文气萧然，对仗虽欠工整，不掩璧玉之质。全诗云："箧中遗草是琅玕，对此令人洒泪看。三径尚疑行迹在，数萤犹自映书残。晨光不借泉门晓，暝色空添陇树寒。欲问皇天天更远，有才无命说应难。"

古人真有聚萤读书的么？刘言史有《放萤怨》一首，云："放萤去，不须留，聚时年少今白头。架中科斗万馀卷，一字千回重照见。青云杳渺不可亲，开囊欲放增馀怨。且逍遥，还酩酊，仲舒漫不窥园井。那将寂寞老病身，更就微虫借光影。欲放时，泪沾裳。冲篱落，千点光。"读"聚时年少今白头"句，甚觉妄诞，萤虫安能活数十年不死？读到"冲篱落，千点光"，眼前烂漫飞舞，又觉得十分写实。

"碛净山高见极边，孤烽引上一条烟。蕃落多晴尘扰扰，天军猎到鹴鹈泉。"刘言史《赋蕃子牧马》。前两句高远静谧，后两句甚嚣尘上，有电影远镜头似的画面感，对比中彰显天军威势。

/ 830 /

"晚来林沼静，独坐间瓢尊。向已非前迹，齐心欲不言。微凉生乱筱，轻馥起孤萱。未得浑无事，瓜田草正繁。"刘言史五律《林中独醒》，写诗人归隐林下的生活和情思，结尾两句似农家自话，平添真实感，是一首有风味的田园诗。诗中多见陶潜影响。"向已非前迹"，叫人想到《归去来兮辞》之"觉今是而昨非"句。"齐心欲不言"，叫人想到《饮酒》之"欲辨已忘言"句。"瓜田草正繁"，叫人想到《归园田居》之"草盛豆苗稀"。

/ 831 /

庄南杰《伤歌行》："兔走乌飞不相见，人事依稀速如电。王母夭桃一度开，玉楼红粉千回变。车驰马走咸阳道，石家旧宅空荒草。秋雨无情不惜花，芙蓉一一惊香倒。劝君莫谩栽荆棘，秦皇虚费驱山力。英风一去更无言，白骨沉埋暮山碧。"读之想到《金刚经》中"六如"句："如梦幻泡影，如露亦如电。"

王鲁复《故白岩禅师院》："能师还世名还在，空闲禅堂满院苔。花树不随人寂寞，数枝犹自出墙来。"此处"还世"意为转世、转生。白岩禅师去了，留下空空的禅院，长满苍苔，一片荒寂，但春天里花树依旧繁荣，展现出遮不住的生机。这首诗以人类情感与花木生态对照，揭示人物之别，发人省思。

雍裕之《游丝》云："游丝何所似，应最似春心。一向风前乱，千条不可寻。"春心何物？无色无形，看不见，摸不着，但人人皆知春心一乱便不可收拾。以游丝之难缠喻此抽象物，十分别致。

徐凝《独住僧》："百补袈裟一比丘，数茎长睫覆青眸。多应独住山林惯，唯照寒泉自剃头。"照山泉自剃，妙。一句写足山僧孤单简朴的生活，亦极美。

李德裕《长安秋夜》写身为朝廷大臣效力之苦，云："内宫传诏问戎机，载笔金銮夜始归。万户千门皆寂寂，月中清露点朝衣。"被传入宫讨论军机大事，夜深方归。劳苦不待言，仔细品味，其中亦隐隐有自得意。

/ 836 /

"水国逾千里，风帆过万艘。阅川终古恨，惟见暮滔滔。"李德裕《述梦诗四十韵》末尾二韵，宏阔沉雄，合了一句俗话："宰相肚里能撑船。"

/ 837 /

"松倚苍崖老，兰临碧洞衰。不劳邻舍笛，吹起旧时悲。"李德裕《无题》绝句。老残之年，往事萦怀，旧愁深深，何劳弹吹！具足饱经风霜之味。

/ 838 /

李德裕《怀山居邀松阳子同作》作于当朝之时，彼爱山居生活之心不可谓不真切，但引羊叔子为例，以功业未就，要尽臣节，不忍归去。《到恶溪夜泊芦岛》作于因党争被贬谪潮州途中，心情沉痛，以临刑李斯悔不当初自比，其意更真切。比读此二首，可以警心。

《怀山居》云："我有爱山心，如饥复如渴。出谷一年馀，常疑十年别。春思岩花烂，夏忆寒泉冽。秋忆泛兰厄，冬思玩松雪。晨思小山桂，暝忆深潭月。醉忆剖红梨，饭思食紫蕨。坐思藤萝密，步忆莓苔滑。昼夜百刻中，愁肠几回绝。每念羊叔子，言之岂常辍。人生不如意，十乃居七八。我未及悬舆，今犹佩朝绂。焉能逐麋鹿，便得游林樾。范恋沧波舟，张怀赤松列。惟应讵身恤，岂敢忘臣节。器满自当欹，物盈终有缺。从兹返樵径，庶可希前哲。"

《到恶溪》云："甘露花香不再持，远公应怪负前期。青蝇岂独悲虞氏，黄犬应闻笑李斯。风雨瘴昏蛮日月，烟波魂断恶溪时。岭头无限相思泪，泣向寒梅近北枝。"

/ 839 /

李德裕《登崖州城作》："独上高楼望帝京，鸟飞犹是半年程。青山似欲留人住，百匝千遭绕郡城。"李相公终死崖州，这首绝句成了谶语。

/ 840 /

李德裕《思山居一十首·清明后忆山中》颔联云："月照一山明，风吹百花气。"忆春夜气象，高远，盛大，清透，浓郁，是大手笔。

/ 841 /

"远谪南荒一病身，停舟暂吊汨罗人。都缘靳尚图专国，岂是怀王厌直臣。万里碧潭秋景静，四时愁色野花新。不劳渔父重相问，自有招魂拭泪巾。"李德裕七律《汨罗》，南放途中经汨罗作。此篇托古讽今，自比屈平，攻击政敌，却为君王讳，回护宣宗皇帝李忱。其实李忱素来厌恨李德裕，李德裕岂不知？只是为君王讳是臣子义，他不好直说。

/ 842 /

"绮罗香风翡翠车，清明独傍芙蓉渠。上有云鬟洞仙女，垂罗掩縠烟中语。风月频惊桃李时，沧波久别鸳鸿侣。欲传一札孤飞翼，山长水远无消息。却锁重门一院深，半夜空庭明月色。"李涉《六叹》有鬼气，清幽冷艳似李贺。

/ 843 /

"君不见昔时槐柳八百里，路傍五月清阴起。只今零落几株残，枯根半死黄河水。"李涉《寄河阳从事杨潜》结尾。昔时沿河槐柳成荫，绵延八百里（极言其长），说的是开元年间，到他的时代，黄河两岸连残株枯根都所剩无几了。从盛唐到晚唐，国家的衰败，他用这四句便说尽了。

/ 844 /

李涉《竹里》云："竹里编茅倚石根，竹茎疏处见前村。闲眠尽日无人到，自有春风为扫门。"何必"见前村"？春风又为谁扫门？若非不甘寂寞，实在不必。读这首诗，感觉作者矫情。选择幽居，住到山脚竹林里去了，却还挂怀人寰，想着别人造访。

/ 845 /

李涉《题宇文秀才樱桃》云："风光莫占少年家，白发殷勤最恋花。今日颠狂任君笑，趁愁得醉眼麻茶。"末句"麻茶"即模糊的意思，尚存于今人口语中。"眼麻茶"是写醉后眼花看不清楚的样子。

/ 846 /

李涉尝过九江，至皖口遇盗。盗问何人，从者答是李博士。盗首曰："若是李涉博士，不用剽夺，久闻诗名，愿题一篇足矣。"涉乃赠一绝《井栏砂宿遇夜客》，云："暮雨潇潇江上村，绿林豪客夜知闻。他时不用逃名姓，世上于今半是君。"李涉跟盗人讲，将来平定了，你不用隐名埋姓，现在天下有一半人像你一样，法不责众。一半，可能夸张了，但肯定当时遍地都有盗贼。如今盗贼不见得少，只是像唐代盗贼那样喜欢诗的，怕打着灯笼也找不到了。

/ 847 /

李涉有首绝句《送妻入道》。他的妻子出家为尼，意甚决绝；诗人情有依依，试图劝留，临别为之弹琴赋诗。他们夫妇间发生了什么？到这步田地，着实令人唏嘘。诗云："人无回意似波澜，琴有离声为一弹。纵使空门再相见，还如秋月水中看。"唐人每将出家为僧为尼称作"入道"。

／ 848 ／

杨敬之的文才为韩愈、刘禹锡、柳宗元、李德裕等所称赏，但其诗文佚失几绝，《全唐诗》仅录完诗二首，一曰《客思吟》，一曰《赠项斯》。凭《赠项斯》一首，他得以被时人与后人记住，也因之造就了"逢人说项"这个成语。诗云："几度见诗诗总好，及观标格过于诗。平生不解藏人善，到处逢人说项斯。"其实这首诗，杨敬之主要不是夸项斯诗好，而是夸他有范儿、有风度。

／ 849 ／

张又新《帆游山》云："涨海尝从此地流，千帆飞过碧山头。君看深谷为陵后，翻覆人间未肯休。""帆游山"是一山名。作者由山名想象此山曾在海底，多少帆船从山头上漂过，借"高岸为谷，深谷为陵"的地理现象，演绎令人惊心动魄的巨大变迁。然而，这并非作者主旨。主旨在最后一句"翻覆人间未肯休"。自然世界经历巨变，犹有停歇，人间的翻覆却扰扰不休。人事翻覆，比深谷为陵更加令人惊骇。此诗也好在有了这一句，如果只顾名思义，写一写帆游山引起的沧桑想象，就平常了。

／ 850 ／

"镜听"是古人一种占卜方法，亦称"耳卜"。《月令萃编》对此有介绍，云："元旦之夕，洒扫，置香灯于灶门，注水满铛，置勺于水，虔礼拜祝。拨勺使旋，随柄所指之方，抱镜出门，密听人言，第一句便是卜者之兆。"

镜听占卜法在唐代已流行，王建和其后李廓写的《镜听词》可以为证。王建《镜听词》云："重重摩挲嫁时镜，夫婿远行凭镜听。回身不遣别人知，人意丁宁镜神圣。怀中收拾双锦带，恐畏街头见惊怪。嗟嗟嚓嚓下堂阶，独自灶前来跪拜。出门愿不闻悲哀，郎在任郎回未回。月明地上人过尽，好语多同皆道来。卷帷上床喜不定，与郎裁衣失翻正。可中三日得相见，重绣锦囊磨镜面。"李廓《镜听词》云："匣中取镜辞灶王，罗衣掩尽明月光。昔时长著照容色，今夜潜将听消息。门前地黑人来稀，无人错道朝夕归。更深弱体冷如铁，绣带菱花怀里热。铜片铜片如有灵，愿照得见行人千里形。"

两诗所记镜听占卜的方法大致相同，主角都是女性。鉴于女性与镜子关系更密切，或可推断镜听占卜主要流行于女性中。

/ 851 /

李廓《落第》写考试失败后自卑自弃自哀情状，云："榜前潜制泪，众里自嫌身。气味如中酒，情怀似别人。暖风张乐席，晴日看花尘。尽是添愁处，深居乞过春"。自己觉得面目可憎，躲起来不愿见人，把落榜者的心态刻画得入木三分。

/ 852 /

李廓《赠商山东于岭僧》："商岭东西路欲分，两间茅屋一溪云。师言耳重知师意，人是人非不欲闻。"此诗是赠别山里的一位和尚。后二句借和尚的话发挥，既说禅，亦恭维。大意是：师父您说自己耳背，听觉迟钝，但我知道您的意思，您是不想听人间的是是非非罢了！

/ 853 /

"孤棹自迟从蹭蹬，乱帆争疾竞浮沉。"李绅《溯西江》颔联。处乱流中，任他人驰逐，自己不争不竞，甘为人后。可为警句。

/ 854 /

李绅《却过淮阴吊韩信庙》有句云："贱能忍耻卑狂少，贵乏怀忠近佞人。"以此论韩信或有失当，但以此概括古往今来官场中惯常所见，可称精辟。

李绅有《题白乐天文集》一首："寄玉莲花藏，缄珠贝叶扃。院闲容客读，讲倦许僧听。部列雕金榜，题存刻石铭。永添鸿宝集，莫杂小乘经。"诗题下有注云："乐天藏书东都圣善寺，号《百氏文集》，绅作诗以美之。"

"鸿宝"一词，有四层含义：一、指道教修仙炼丹之书。杜甫《赠特进汝阳王》诗："鸿宝宁全秘，丹梯庶可凌。"陆游《夜读隐书有感》诗："力探鸿宝寻奇诀，剩采青精试秘方。"二、指珍贵书籍。柳亚子《题〈太平天国战史〉》诗："成王败寇漫相呼，直笔何人继董狐。鸿宝一编珍贮袭，他年同调岂终孤？"三、指大宝，稀世珍宝。章炳麟《驳康有为论革命书》："种种缪戾，由其高官厚禄之性素已养成，由是引犬羊为同种，奉豭尾为鸿宝。"四、指帝位。《易·系辞下》："圣人之大宝曰位。"后来"大宝"或"鸿宝"常指帝位。

"远道在天际，客行如浮云。浮云不知归，似我长望君。"我心耿耿，望眼欲穿；伊人悠悠，淡如浮云。鲍溶《怀远人》这几句是写单相思式的眷怀。以一方深情，一方无感，反衬出思念者之痴情。

/ 857 /

鲍溶诗古意苍苍，有汉魏风气，注重炼句和经营奇特意象，见中唐诗人情性，殊可观。且看摘句："山河一易姓，万事随人去"（《经秦皇墓》）；"今来千里外，我心不在身"（《将归旧山留别孟郊》）；"秋风萧飒醉中别，白马嘶霜雁叫烟"（《蔡平喜遇河阳马判官宽话别》）；"黄金买性命，白刃酬一言"（《悲哉行》）；"金气白日来，疏黄满河关"（《秋怀五首》之四）；"春光如不至，幽兰含香死"（《山中怀刘修》）；"咸阳三千里，驿马如饥鹰"（《塞下》）。

/ 858 /

鲍溶写怀人是妙手。《山中怀刘修》写秋夕相思至夜半不眠，起吟低回，思念愈加浓烈，及更残入睡，想念的人又出现在梦中，宛转清绝。云："松老秋意孤，夜凉吟风水。山人在远道，相忆中夜起。春光如不至，幽兰含香死。响象离鹤情，念来一相似。月斜掩扉卧，又在梦魂里。"

/ 859 /

鲍溶《旧镜》有句云："华发一欺人，青铜化为鬼……侍儿不遣照，恐学孤鸾死。"写对年老色衰的恼恨，遣词怪险，出语惊人，与孟郊、李贺同调。

"雪壮冰亦坚，冻涧如平地。幽人毛褐暖，笑就糟床醉。唤人空谷应，开火寒猿至。拾薪煮秋栗，看鼎书古字。忽忆南涧游，衣巾多云气。露脚寻逸僧，谂量意中事。"鲍溶《山中冬思二首》之二，唐人冬咏之佳篇。拾薪煮栗，看鼎摹书，披毛褐烤火饮酒，纵处严冬雪谷冰涧中，旷寒无人，乐在其中矣！"拾薪煮秋栗，看鼎书古字"两句，美极！

鲍溶《襄阳怀古》："襄阳太守沈碑意，身后身前几年事。湘江千岁未为陵，水底鱼龙应识字。"写杜预沉碑故事。从杜预到鲍溶五百多年而已，不知何以言千年。

鲍溶《南塘二首》其一云："南塘旅舍秋浅清，夜深绿蘋风不生。莲花受露重如睡，斜月起动鸳鸯声。"其二云："塘东白日驻红雾，早鱼翻光落碧浔。画舟兰棹欲破浪，恐畏惊动莲花心。"两首写南塘静谧的夜晚和早晨，前一首有莲花如睡句，后一首有恐惊莲花句，表现出作者对这片静谧光景的无限怜惜。

/ 863 /

"十万人家火烛光，门门开处见红妆。歌钟喧夜更漏暗，罗绮满街尘土香。星宿别从天畔出，莲花不向水中芳。宝钗骤马多遗落，依旧明朝在路傍。"张萧远《观灯》写元宵灯会盛况，场景大，气氛热烈。结句宕开一笔，以明日一早将看到众多遗落在路上的女性饰物，反过来说今晚女观众之多和她们高昂的玩乐兴致，别添一道风景。张萧远是著名诗人张籍弟，亦有诗名，可惜保存下来的完诗仅三首。

/ 864 /

王初《舟次汴堤》："曲岸兰丛雁飞起，野客维舟碧烟里。竿头五两转天风，白日杨花满流水。"汴堤以柳著称，此诗中心是写沿堤春柳盛景。次句"碧烟"一词，有双重义，在这里主要指袅若云烟的柳丝。

/ 865 /

滕倪《留别吉州太守宗人迈》："秋初江上别旌旗，故国无家泪欲垂。千里未知投足处，前程便是听猿时。误攻文字身空老，却返渔樵计已迟。羽翼凋零飞不得，丹霄无路接差池。"秋来本是愁人，却要此时作别宗亲。别后去哪里呢？故乡已无家可归，漫漫旅程中不知投身于何处，沿途只会不断听到凄厉的猿鸣。此身致力于读书科举，老而无成，误了一生，现在想回去老老实实过打鱼砍柴的生活，却也迟了。只落得像只羽翼凋残的鸟，连飞都飞不起来了。这首诗真乃哭穷之极品。哭穷当然还是希冀怜悯，寄望援手，这个意思表现在结尾两句里。

好一句"眼前谁悟先天理，去后还知今日非"！只顾眼前利益和一己之私，常使人置天理、公理于不顾，等到自食其果，为时已晚。尽管历史屡屡喻示这个道理，但几人肯认今日非呢？故历史一再重演。殷尧藩《寄许浑秀才》云："万木惊秋叶渐稀，静探造化见玄机。眼前谁悟先天理，去后还知今日非。树拥秣陵千嶂合，云开萧寺一僧归。汉廷累下征贤诏，未许严陵老钓矶。"

沈亚之《春色满皇州》有句云："风软游丝重。"游丝已是极轻之物，在风中竟显得沉重，以此来写风力之微，匠心独运。

"一斗之胆撑脏腑，如磊之筋碍臂骨。有时误入千人丛，自觉一身横突兀。当今四海无烟尘，胸襟被压不得伸。冻枭残蛋我不取，污我匣里青蛇鳞。"施肩吾《壮士行》。胆大，力大、材大、志大，却无所措用，又不屑于对肮脏小人动手。

／ 869 ／

"大堤女儿郎莫寻，三三五五结同心。清晨对镜理（一作冶）容色，意欲取郎千万金。"见施肩吾《襄阳曲》。女人以色博富贵，古今中外多矣，不可独独冤枉了襄阳女儿。

／ 870 ／

施肩吾《春日美新绿词》："前日萌芽小于粟，今朝草树色已足。天公不语能运为，驱遣羲和染新绿。"早春树木刚露出比小米粒还小的芽，就被注意到了。人类就是这样依靠细致观察和思考，积累对自然的知识，去探知天意天理。孔子曰："天何言哉？四时行焉，百物生焉。"庄子曰："天地有大美而不言，四时有明法而不议，万物有成理而不说。"

／ 871 ／

施肩吾《夜笛词》："皎洁西楼月未斜，笛声寥亮入东家。却令灯下裁衣妇，误剪同心一半花。"妇人闻笛起思，走神儿剪错了手中衣物。以这个细节写笛声之动听，含蓄委婉。

/ 872 /

正月初八，立春次日，喜见新春首雨。雨窗前读施肩吾佚诗，至"烟黏薜荔龙须软，雨压芭蕉凤翅垂"，为之拍案。"软""垂"二字得其神，状岭南烟雨风物绝妙！

/ 873 /

"好异嫌山浅，寻幽喜径生。"姚合《送王嗣之典仪城》句。好奇者爱大山深邃，惟嫌低浅；探幽者讨厌走大路、熟路，而喜取陌生小径。

/ 874 /

读姚合七律《惜别》《欲别》二首，感觉如读宋词，情调近似柳永。《惜别》云："酒阑歌罢更迟留，携手思量凭翠楼。桃李容华犹叹月，风流才器亦悲秋。光阴不觉朝昏过，岐路无穷早晚休。似把剪刀裁别恨，两人分得一般愁。"《欲别》云："山川重叠远茫茫，欲别先忧别恨长。红芍药花虽共醉，绿蘼芜影又分将。鸳鸯有路高低去，鸿雁南飞一两行。惆怅与君烟景迥，不知何日到潇湘。"

/ 875 /

"终日自缠绕，此身无适缘。万愁生雨夜，百病凑衰年。多睡憎明屋，慵行待暖天。疮头梳有虱，风耳乱无蝉。"姚合《病中书事寄友人》用这些句子写年迈病中感受，衰残烦恼，万般无适，表达了对老朽不可收拾状的怨愁，让人读来感同身受，心中凄怆。

／ 876 ／

姚合《秋日寄李支使》颔、颈二联分别从温度和视觉上写新秋来临，云："晓眠离北户，午饭尚生衣。山静云初白，枝高果渐稀。"有删繁就简的感觉。

／ 877 ／

姚合《寄狄拾遗时为魏州从事》有云："人生须气健，饥冻缚不得。睡当一席宽，觉乃千里窄。古人不惧死，所惧死无益。"是励志壮句。"睡当"两句很精彩，是写睡与觉，亦比喻死与生；是写鲲鹏壮志，也是描述实际的身心体验，蕴含人生哲理。人生在世所需无多，微不足道，但一旦人的功德意识觉醒，天地为之变窄。

／ 878 ／

"万事徒纷扰，难关枕上身。朗吟销白日，沈醉度青春。演步怜山近，闲眠厌客频。市朝曾不到，长免满衣尘。"姚合《闲居遣怀十首》之七，看似此公有四种症状：一、嗜睡；二、贪诗酒；三、自闭；四、洁癖。呵呵，有此四疾，不亦乐乎！

298

／ 879 ／

"微官如马足，只是在泥尘。到处贫随我，终年老趁人。簿书销眼力，杯酒耗心神。早作归休计，深居养此身。"姚合《武功县中作三十首》之三。以马蹄比低级小官，落在泥土里，任踢任踩，卑污不能自洁，很精辟。

／ 880 ／

今日农民弃农从工从商之众，前所未有。殊不知中唐时期至少关中地区，也发生过较大规模的农民弃农风潮，原因是农民赋税过重。事见姚合五言古诗《庄居野行》。云："客行野田间，比屋皆闭户。借问屋中人，尽去作商贾。官家不税商，税农服作苦。居人尽东西，道路侵垄亩。采玉上山颠，探珠入水府。边兵索衣食，此物同泥土。古来一人耕，三人食犹饥。如今千万家，无一把锄犁。我仓常空虚，我田生蒺藜。上天不雨粟，何由活烝黎。"

／ 881 ／

姚合七律《将归山》："野人惯去山中住，自到城来闷不胜。宫树蝉声多却乐，侯门月色少于灯。饥来唯拟重餐药，归去还应只别僧。闻道旧溪茆屋畔，春风新上数枝藤。"写住在城中的郁闷不适和对山野生活的向往。颔联对句"侯门月色少于灯"妙。字面上是说侯门家家灯火明亮，都遮盖了月色，字面下包含着对豪奢生活的讽刺，寄托了自己敬爱自然事物的思想。

/ 882 /

在中国文化里，"晦日"指农历每月最后一天。每年最重要的晦日是正月晦日，此晦日古时亦称"晦节"，是与三月三、九月九同样重要的一个节日。节日活动的主要内容是送穷。后来送穷仪式移至正月初五，即"破五"，晦节遂息。有唐一代，晦日还是送穷的节日。姚合有《晦日送穷三首》，一云："年年到此日，沥酒拜街中。万户千门看，无人不送穷。"二云："送穷穷不去，相泥欲何为。今日官家宅，淹留又几时。"三云："古人皆恨别，此别恨消魂。只是空相送，年年不出门。"这三首诗堪当黑色幽默，是几千年中国老百姓脱贫梦想的真实写照。

/ 883 /

姚合《咏盆池》："浮萍重叠水团圆，客绕千遭屐齿痕。莫惊池里寻常满，一井清泉是上源。"读至后两句，想到朱熹《观书有感二首》其一："半亩方塘一鉴开，天光云影共徘徊。问渠那得清如许？为有源头活水来。"朱熹那首第三四句，和姚合这首的后两句如出一辙。再看姚首句说"水团圆"，朱首句云"一鉴开"，姚次句说"客绕"，朱次句云"徘徊"，更感觉两首诗仿佛一对儿孪生兄弟，太像了。

／ 884 ／

姚合《游天台上方》（一作《游天长寺上方》）云："晓上上方高处立，路人羡我此时身。白云向我头上过，我更羡他云路人。"表面上看是这山看那山高，比较高低上下，其实是讲因缘。因缘合则生，散则灭，本质是空。看透这一点，了解一切都是因缘和合，就无所谓高低上下了。这首诗也可看作姚合特意为之的一首佛偈。

／ 885 ／

姚合五律《酬光禄田卿末伏见寄》颔联："惊飙坠邻果，暴雨落江鱼。"视听效果强烈，不亚于英文俚语 rain cats and dogs。

／ 886 ／

姚合逸句："天遥来雁小，江阔去帆孤。"有悠远的空间感和透视效果。这个效果得自"遥"与"小"、"阔"与"孤"两组比衬。"小""孤"二字苦心孤诣，很显功夫。

／ 887 ／

姚合生前与贾岛齐名，时称"姚贾"，身后亦同贾岛一样，受到诗坛追捧，其诗被奉为"武功体"。更有意思的是，姚、贾同岁，都擅长写五言律诗，且友情甚笃，一生交往频密。二人存世诗作也相差不远，贾近四百首，姚四百余首。姚合四百余首诗里，至少有十三首是写给贾岛的，这些作品是友谊的吟唱，也是世人了解他们的关系和认识性情乖僻的贾岛的珍贵资料。

姚诗题"送贾岛""别贾岛""寄贾岛""喜贾岛""哭贾岛"者，计十三首，抄录如次：

《送贾岛及钟浑》："日日攻诗亦自强，年年供应在名场。春风驿路归何处，紫阁山边是草堂。"

《别贾岛》："懒作住山人，贫家日赁身。书多笔渐重，睡少枕长新。野客狂无过，诗仙瘦始真。秋风千里去，谁与我相亲。"

《寄贾岛》："漫向城中住，儿童不识钱。瓮头寒绝酒，灶额晓无烟。狂发吟如哭，愁来坐似禅。新诗有几首，旋被世人传。"

《寄贾岛时任普州司仓》："长沙事可悲，普掾罪谁知。千载人空尽，一家冤不移。吟寒应齿落，才峭自名垂。地远山重叠，难传相忆词。"

《寄贾岛》："寂寞荒原下，南山只隔篱。家贫唯我并，诗好复谁知。草色无穷处，虫声少尽时。朝昏鼓不到，闲卧益相宜。"

《洛下夜会寄贾岛》："洛下攻诗客，相逢只是吟。夜筋欢稍静，寒屋坐多深。乌府偶为吏，沧江长在心。忆君难就寝，烛灭复星沉。"

《寄贾岛浪仙》："悄悄掩门扉，穷窘自维絷。世途已昧履，生计复乖缉。疏我非常性，端峭尔孤立。往还纵云久，贫蹇岂自习。所居率荒野，宁似在京邑。院落夕弥空，虫声雁相及。衣巾半僧施，蔬药常自拾。凛凛寝席单，翳翳灶烟湿。颓篱里人度，败壁邻灯入。晓思已暂舒，暮愁还更集。风凄林叶萎，苔糁行径涩。海峤誓同归，橡栗充朝给。"

《寄贾岛》："疏拙只如此，此身谁与同。高情向酒上，无事在山中。渐老病难理，久贫吟益空。赖君时访宿，不避北斋风。"

《喜贾岛至》："布囊悬蹇驴，千里到贫居。饮酒谁堪伴，留诗自与书。爱眠知不醉，省语似相疏。军吏衣裳窄，还应暗笑余。"

《喜贾岛雨中访宿》："雨里难逢客，闲吟不复眠。虫声秋并起，林色夜相连。爱酒此生里，趋朝未老前。终须携手去，沧海棹鱼船。"

《闻蝉寄贾岛》："秋来吟更苦，半咽半随风。禅客心应乱，愁人耳愿聋。雨晴烟树里，日晚古城中。远思应难尽，谁当与我同。"

《哭贾岛二首》其一："白日西边没，沧波东去流。名虽千古在，身已一生休。岂料文章远，那知瑞草秋。曾闻有书剑，应是别人收。"其二："杳杳黄泉下，嗟君向此行。有名传后世，无子过今生。新墓松三尺，空阶月二更。从今旧诗卷，人觅写应争。"

／ 888 ／

读周贺五律《送康绍归建业》颔联"帝业空城在，民田坏冢多"，脑子里忽然幻化出"帝业空臣在，民间坏种多"两句，一时怔怔然，不明所以。呵呵！

／ 889 ／

周贺《山居秋思》："一从云水住，曾不下西岑。落木孤猿在，秋庭积雾深。泉流通井脉，虫响出墙阴。夜静溪声彻，寒灯尚独吟。"此山居处幽暗潮湿，荒寒孤寂，居者来此安身，非苦行而何？寒夜听溪吟诗，亦苦中自乐。

／ 890 ／

"道从会解唯求静，诗造玄微不趁新。"周贺七律《赠姚合郎中》颔联评赞姚合的德行与诗作，堪称得当。悟道者好静，写诗写到高超的境界不会去追新求异。

／ 891 ／

崔郊《赠去婢》："公子王孙逐后尘，绿珠垂泪滴罗巾。

侯门一入深如海，从此萧郎是路人。"诗是写给离去的奴婢的。奴婢离开作者，前往一个豪门大户。不知究竟有什么故事，作者和奴婢两方都依依不舍。

这是崔郊留存下来的唯一诗篇，他因此被后人永远记住了。

范摅《云溪友议》记：秀才崔郊寓居汉上，与姑婢通，其婢端丽。姑贫，将婢卖给于頔，云云。这个故事近乎传奇，难以取信。它倒更像是从这前诗衍生出来的。

∕ 892 ∕

章孝标《饥鹰词》："遥想平原兔正肥，千回砺吻振毛衣。纵令啄解丝绦结，未得人呼不敢飞。"为人鹰犬，受人嗾使，久而奴化，虽能自解羁束，也不敢违主子之命。这首诗揭示了奴役的魔力。

∕ 893 ∕

蒋防《秋稼如云》："肆目如云处，三田大有秋。葱茏初蔽野，散漫正盈畴。稍混从龙势，宁同触石幽。紫芒分幂幂，青颖澹油油。始惬仓箱望，终无灭裂忧。西成知不远，雨露复何酬。"前八句写秋日庄稼茂盛的田野，气势壮阔，为唐诗中所罕见。

/ 894 /

韦瓘《留题桂州碧浔亭》:"半年领郡固无劳,一日为心素所操。轮奂未成绳墨在,规模已壮闳闳高。理人虽切才常短,薄宦都缘命不遭。从此归耕洛川上,大千江路任风涛。"韦瓘元和年间状元及第,这首诗作于他当桂林观察使半年后被召离任前,是借碧浔亭抒怀。诗里牢骚很盛,集中在五、六句。第五句说自己虽抱济世之志却才短,不过是反话,看前两句"轮奂未成绳墨在,规模已壮闳闳高",就知他多么自负了。第六句说自己官小("薄宦")都因命不好,道出一些真情,他是由于陷入牛李党争被排挤到桂州的。但是,说官小,其实观察使一职甚至高过刺史,不算小。他这次被召回后任太子宾客,分司东都,虽是闲职,品位却不低,且待遇优渥,也不能说"薄"。然而,他何来那么大的牢骚?就是因为纠缠于朝廷的权力斗争,志不能伸。

/ 895 /

李敬方《汴河直进船》:"汴水通淮利最多,生人为害亦相和。东南四十三州地,取尽脂膏是此河。"汴河通淮,沟通南北,固利于交通往来,却也为统治集团掠夺民脂民膏带来便利,使东南各地百姓受尽盘剥。作者在唐文宗年间当过歙州、台州刺史,这样的朝廷命官猛烈抨击朝廷,表现出来的正义感和直言的勇气,可钦可敬。

平曾《縶白马诗上薛仆射》是以白马自比，向薛仆射自我推荐。三、四句写白马之精纯，说如果把白马放到雪野中，它会同雪浑然一体，人都看不见它了，而只能看到它走过雪地时留下的印迹；如果牵它到皎洁的明月下，它又会融入月色，也叫人看不见，眼前只能看到浮动的戴在它身上的那副马鞍。这个想象真是奇妙，有奇幻的视觉效果，令人称绝。诗云："白马披鬃练一团，今朝被绊欲行难。雪中放去空留迹，月下牵来只见鞍。向北长鸣天外远，临风斜控耳边寒。自知毛骨还应异，更请孙阳仔细看。"

"有情天地内，多感是诗人。见月长怜夜，看花又惜春。愁为终日客，闲过少年身。寂寞正相对，笙歌满四邻。"顾非熊《落第后赠同居友人》。常人寂寞自哀时，听邻人笙歌作欢，都会倍觉凄凉，更何况怜月惜春、多愁善感的诗人，又更何况是落第后呢！

"势似孤峰一片成，坐来疑有白云生。主人莫怪殷勤看，远客长怀旧隐情。"顾非熊七绝《题王使君片石》。王使君府上的一块青石，竟引得作者屡屡眷顾。为什么？因为那块石头形似孤峰独秀，激发作者对云山的想象，触动了他藏在内心的归隐冲动。一幅画、一个雕塑、一首诗、一支曲，都可能有这种启发力。这启发力就是艺术的魅力。

／ 899 ／

"垂老归休意，栖栖陋巷中。暗灯棋子落，残语酒瓶空。"张祜《秋霁》前半章。陋巷萧索，君子处之，乐在其中矣。"暗灯""残语"一联，寂寞中有快活，冷清里有温情，荒芜间出生趣，庸常中见洒脱，散发着一种难以言说的暗淡之美。

／ 900 ／

以妾换马，在唐诗人中屡见不鲜。张祜也有《爱妾换马》一首，云："一面妖桃千里蹄，娇姿骏骨价应齐。乍牵玉勒辞金栈，催整花钿出绣闺。去日岂无沾袂泣，归时还有顿衔嘶。婵娟躞蹀春风里，挥手摇鞭杨柳堤。"妾，所欲也。良马，亦所欲也。不可兼，乃以妾易马。由是可知唐代妾身之贱，及唐人对良马是何等宝爱。

／ 901 ／

"晚日催弦管，春风入绮罗。杏花如有意，偏落舞衫多。"张祜《思归乐二首》之一。逢春夜可人，赶紧催促张罗管弦，以歌以舞。此时和风吹拂，轻衣飘飘，庭院里盛开的杏花也似为情所动，翩翩飞落，着满舞者的衣衫。这首五绝写出了春天的繁花烂漫、人对春的热爱和春日苦短的深衷。首句"催"字很见态度，提神。

╱ 902 ╱

"故国三千里，深宫二十年。一声河满子，双泪落君前。"张祜这首《宫词二首》之一是五绝名篇，第一句写空间，第二句写时间，第三、四句写人面对空间和时间的无奈与哀痛。把渺小、脆弱的人放在巨大的空间和时间里，构置一种紧张的关系，又抽离细节，高度概括，由此造成诗歌的张力，令人不能不去思考和猜想。诗写的是宫女，含在其中的对空间的绝望与对时间的悲伤，却超出宫女，打动普遍的人心。

╱ 903 ╱

张祜《正月十五夜灯》："千门开锁万灯明，正月中旬动帝京。三百内人连袖舞，一时天上著词声。"此处"内人"指宫女，宫廷教坊乐伎，是唐朝的中央歌舞团。三百乐伎联袂齐舞，场面何等壮观，唐人庆元宵亦盛矣！

╱ 904 ╱

张祜《江南杂题》："积潦池新涨，颓垣址旧高。怒蛙横饱腹，斗雀堕轻毛。碧瘦三棱草，红鲜百叶桃。幽栖日无事，痛饮读离骚。"此诗应是作于江南三月，特别之处在于写闲逸幽居，却充满激烈的情绪波动。盛春之时，禽兽竞欢，花草争艳，使得幽栖无事之主内心骚动，平静不下来了。

/ 905 /

裴夷直《席上夜别张主簿》："红烛剪还明，绿尊添又满。不愁前路长，只畏今宵短。"情意真切时，语言直白也不妨是感人的好诗。

/ 906 /

裴夷直《酬唐仁烈相别后喜阻风未发见寄》："离心一起泪双流，春浪无情也白头。风若有知须放去，莫教重别又重愁。"作者已同友人别过了，但友人船遇大风，未能启程。友人为因此留下来再多待一时而高兴，就写诗将这个消息告知作者。这首诗是作者接到消息后写的，说：一想到离别就让人伤心流泪，江湖虽无情，却翻起白浪，也像是为离愁而白了头。大风如果懂得这份伤痛，就停了吧，就放人去吧，不要叫我们再来一次相别，再一次经受离愁。这首送别诗与前一首《席上夜别张主簿》不同。前首直白，这首委婉。"春浪无情也白头"，造语奇佳。

╱ 907 ╱

朱庆馀《归故园》："桑柘骈闾数亩间，门前五柳正堪攀。尊中美酒长须满，身外浮名总是闲。竹径有时风为扫，柴门无事日常关。于焉已是忘机地，何用将金别买山。"作者作这首诗时，脑子里有陶潜，有杜甫。陶潜归老故园。杜甫半生流徙，思念故园，到死也未能回去。回去或者回不去，人生有故园真好。后来土地都被没收充公了，连祖宅都不是私有的，连祖坟都不保，吾民哪里还有故园？

╱ 908 ╱

朱庆馀七绝《早发庐江涂中遇雪寄李侍御》前两句云："芦苇声多雁满陂，湿云连野见山稀。"首句初读似写秋暮，至次句湿气扑面、一片氤氲，便知不是秋，是春。

╱ 909 ╱

"世事浇浮后，艰难向此生。人心不自足，公道为谁平。德丧淳风尽，年荒蔓草盈。堪悲山下路，非只客中行。"唐代诗人写《行路难》无不是写世道艰难，以险恶的路途比喻人事。朱庆馀这首《行路难》亦然。真风告逝，大伪斯兴，道德沉沦，人情浇薄，在这个世界中，谁的日子都不好过。

/ 910 /

朱庆馀《望九疑》颈联："烟收遥岫小，雨过晚川新。"写傍晚雨霁眺望远山所看到的景致，透彻，鲜亮。起句"小"字用得十分精当，刻画出天晴后烟云散去，远处山峰崭然显露在视野里的那种立体感。

/ 911 /

"蛮人独放畲田火，海兽群游落日波。"朱庆馀《送刘思复南河从军》句。以想象描绘蛮乡野海，一派异域情调。这里所言"南河"不知在哪里，中国江苏、湖北、河南、四川都有南河，似都非其所。朱氏曾到过岭南，应也到过南海边，这个"南河"可能是在南粤海滨。

/ 912 /

雍陶《经杜甫旧宅》："浣花溪里花多处，为忆先生在蜀时。万古只应留旧宅，千金无复换新诗。沙崩水槛鸥飞尽，树压村桥马过迟。山月不知人事变，夜来江上与谁期。"雍陶是成都人，生年不详，但有个明确年份，即他在公元834年进士及第，此时杜甫去世已六十四年。他写这首诗怀念杜甫，让后人得知杜甫浣花溪旧宅到彼时还存在，且较为完好。诗尾联写得好，给人一种人去后世界变得空落落、无意义的感觉。

"世上无媒似我希，一身惟有影相随。出门便作焚舟计，生不成名死不归。"雍陶这篇《离家后作》应作于赴京赶考途中，十足背水一战、不成名则成仁的劲头。唐代文人所谓"成名"，常常是指科举及第，录为进士。

雍陶绝句《和孙明府怀旧山》："五柳先生本在山，偶然为客落人间。秋来见月多归思，自起开笼放白鹇。"以五柳先生比孙明府，全诗借用陶潜《归园田居》诗。前两句化用"少无适俗韵，性本爱丘山。误落尘网中，一去三十年"四句，后两句化用"羁鸟恋旧林，池鱼思故渊"句，又暗含"久在樊笼里，复得返自然"的意思。

雍陶有《哀蜀人为南蛮俘虏五章》，按蜀人被掳去向南渐行渐远，直至蛮地的顺序写，过程完整，似亲身经历，现场感强，就像随军记者全程跟踪写的一组战地系列报道。读诗的感觉是雍陶也被俘了，但从总标题看，又不是。这组诗应是他从逃亡或被解救回来的俘虏口中听来，然后再创作完成的。五章应作一篇连读。录之如下：

之一《初出成都闻哭声》："但见城池还汉将，岂知佳丽属蛮兵。锦江南度遥闻哭，尽是离家别国声。"

之二《过大渡河蛮使许之泣望乡国》："大渡河边蛮亦愁，汉人将渡尽回头。此中剩寄思乡泪，南去应无水北流。"

之三《出青溪关有迟留之意》："欲出乡关行步迟，此生无复却回时。千冤万恨何人见，唯有空山鸟兽知。"

之四《别巂州一时恸哭云日为之变色》："越巂城南无汉地，伤心从此便为蛮。冤声一恸悲风起，云暗青天日下山。"

之五《入蛮界不许有悲泣之声》："云南路出陷河西，毒草长青瘴色低。渐近蛮城谁敢哭，一时收泪羡猿啼。"

这组诗是典型的诗史。

/ 916 /

雍陶《过旧宅看花》："山桃野杏两三栽，树树繁花去复开。今日主人相引看，谁知曾是客移来。"此绝婉转情深。眼前的桃树、杏树鲜花盛开，一片繁荣。它们是自己以前亲手栽种的，现在都属于别人了。自己原来是主人，今日成看客。这些树木不记得自己了，现在的主人也不知道眼前的客人曾是原来的主人。真是别有一番滋味在心头。

/ 917 /

杜牧有《冬至日寄小侄阿宜诗》，虽长达八十六句，却是儿歌体，浅显天真，活泼可亲。此诗也是劝学篇，其中一段荐书、勉读，云："经书括根本，史书阅兴亡。高摘屈宋艳，浓薰班马香。李杜泛浩浩，韩柳摩苍苍。近者四君子，与古争强梁。愿尔一祝后，读书日日忙。一日读十纸，一月读一箱。"从推荐书目也可看出小杜的文学倾向。

杜牧《过魏文贞公宅》："蟪蛄宁与雪霜期，贤哲难教俗士知。可怜贞观太平后，天且不留封德彝。"诗以贤哲赞魏徵，以俗士讥封德彝。贤哲思见宏远，为俗士鼠目不能及，正如蟪蛄一生限于夏秋之际，不能知四时之长。读懂这首诗，须了解一段唐史：魏徵和封德彝曾为施政争论，魏主行仁义，封认为那是书生之见。后来唐太宗采纳魏徵主张，实现"贞观之治"。据《新唐书·魏徵传》："至是，天下大治。""帝谓群臣曰：'此徵劝我行仁义，既效矣，惜不令封德彝见之！'"封德彝未见到大治，因为不久他就死了。即使他没死，见到治世，却也未必见得到仁义的价值。小人有局限性，正和蟪蛄生死不过一季一样。

杜牧绝句《独酌》写自斟自饮之美，云："窗外正风雪，拥炉开酒缸。何如钓船雨，篷底睡秋江。"风雪日，独自拥炉开酒，正似绵绵小雨中放钓船、卧秋江之上，闲情悠远，可以自任。

"夜来微雨洗芳尘，公子骅骝步贴匀。莫怪杏园憔悴去，满城多少插花人。"杜牧《杏园》。市民踏青游春，攀折花木，把偌大的杏园都糟蹋殆尽，这种行为小杜早看不过眼了。奈何人类贪婪，无博爱惜物之心，一千年后都没长进。

/ 921 /

杜牧《润州二首》有句云："大抵南朝皆旷达，可怜东晋最风流。"对前朝的评价，也透露出小杜风流倜傥的性情。19世纪日本汉诗诗人大沼枕山说过："一种风流吾最爱，南朝人物晚唐诗。"意思差不多，估计他是受了小杜的影响。

/ 922 /

"鸟去鸟来山色里，人歌人哭水声中。"杜牧《题宣州开元寺水阁阁下宛溪夹溪居人》句。鸟儿来了去，去又来；人有时喜，有时悲；但水声山色不改，总在那里。

/ 923 /

"永忆江湖归白发，欲回天地入扁舟。"李商隐《安定城楼》句。人活一生，要先匡扶天下，立事功，然后绝尘而去，隐迹江湖。可以说，这是古代中国士人的光荣与梦想。

／ 924 ／

李商隐《樱桃花下》："流莺舞蝶两相欺，不取花芳正结时。他日未开今日谢，嘉辰长短是参差。"后两句写得好。嘉辰就是最美时光，你来得早了看不到，来得晚了又错过，很难把握。是叹息芳华短暂，也是叹息难逢其时。

／ 925 ／

李商隐《暮秋独游曲江》云："荷叶生时春恨生，荷叶枯时秋恨成。深知身在情长在，怅望江头江水声。"春也恨，秋也恨，重重恨连绵无已，都是因为此身在、此情长。

／ 926 ／

喻凫五律《浴马》，写洗马的全过程：解控、蹄入水、胸入水、擦洗，洗完后牵至柳下盘桓。云："解控复收鞭，长津动细涟。空蹄沉绿玉，阔臆没连钱。沫溅桥声下，嘶盘柳影边。常闻禀龙性，固与白波便。"

古人爱马，如今人爱车，但车是机器，马是生命。古人还以为马有神性，常把它与龙联系，称之为"龙媒"。这首诗写马入水，自然又想到它的龙性。

／ 927 ／

喻凫《怀乡》："秋风江上家，钓艇泊芦花。断岸绿杨荫，疏篱红槿遮。鼍鸣积雨窟，鹤步夕阳沙。抱疾僧窗夜，归心过月斜。"末句好。思归之心通过斜在天边的月亮回到家乡，既有寥落的空间感，也道出这是一个倚窗望远、不能成眠的漫漫长夜。

／ 928 ／

刘得仁《宿宣义池亭》："暮色绕柯亭，南山幽竹青。夜深斜舫月，风定一池星。岛屿无人迹，菰蒲有鹤翎。此中足吟眺，何用泛沧溟。"三、四句说夜深了，风歇了，一弯月亮斜在天际，如同池中的小舟；水池波纹不兴，映满夜空的星星。意境极美。

／ 929 ／

今天立夏，又一个春季结束了。春天来时迟，去时快，转瞬即逝的绚烂总给人留下无尽的惆怅。严恽《落花》写的就是这种情绪，因表现得更痴情，所以更感人。云："春光冉冉归何处，更向花前把一杯。尽日问花花不语，为谁零落为谁开。"真是不痴不成诗。

薛逢《长安夜雨》，是阴暗沉闷世界里一个忧伤灵魂的悲声。云："滞雨通宵又彻明，百忧如草雨中生。心关桂玉天难晓，运落风波梦亦惊。压树早鸦飞不散，到窗寒鼓湿无声。当年志气俱消尽，白发新添四五茎。"第六句"到窗寒鼓湿无声"，说这个世界如此阴郁湿冷，报时的鼓点都敲不出声音了，堪称精警。

"长笑李斯称溷鼠，每多庄叟喻牺牛。"薛逢七律《惊秋》五、六句，用的两个典，都出自《史记》。

"李斯溷鼠"见《史记·李斯列传》："李斯者，楚上蔡人也。年少时，为郡小吏，见吏舍厕中鼠食不絜，近人犬，数惊恐之。斯入仓，观仓中鼠，食积粟，居大庑下，不见人犬之忧。于是李斯乃叹曰：'人之贤不肖譬如鼠矣，在所自处耳！'"

"庄叟牺牛"见《史记·老子韩非列传》："楚威王闻庄周贤，使使厚币迎之，许以为相。庄周笑谓楚使者曰：'千金，重利；卿相，尊位也。子独不见郊祭之牺牛乎？养食之数岁，衣以文绣，以入大庙。当是之时，虽欲为孤豚，岂可得乎？子亟去，无污我。我宁游戏污渎之中自快，无为有国者所羁，终身不仕，以快吾志焉。'"

李斯、庄周两人价值取向不同。笑李赞庄，志在其中矣。

赵嘏《别麻氏》是一首哀痛夫妻离异的诗。似是赵嘏负心，为麻氏斥出。抑或是赵暇拟麻氏语云："晓哭呱呱动四邻，于君我作负心人。出门便涉东西路，回首初惊枕席尘。满眼泪珠和语咽，旧窗风月更谁亲。分离况值花时节，从此东风不似春。"

"花外鸟归残雨暮，竹边人语夕阳闲。"赵嘏《赠李从贵》颈联，工稳，秀丽，正是春夏之交清景怡人处。

赵嘏《寻僧二首》之二："溪户无人谷鸟飞，石桥横木挂禅衣。看云日暮倚松立，野水乱鸣僧未归。"善哉！空净安闲的世界充满自然的灵动和意趣。寻僧不遇，却见到满目禅机。

"眼前轩冕是鸿毛，天上人间漫自劳。脱却朝衣独归去，青云不及白云高。"赵嘏《送李给事》，意向明确，语气果决，写出了挂冠而去的慷慨气度。有"悟已往之不谏，知来者之可追"之况。

936

赵嘏《沙溪馆》有句云："翠湿衣襟山满楼。"翠色当然沾不湿衣衫，楼里也装不下大山，但环楼重峦叠嶂、苍翠欲滴的意境得到充分表现。这就是诗的语言。

937

项斯《寄坐夏僧》："坐夏日偏长，知师在律堂。多因束带热，更忆剃头凉。苔色侵经架，松阴到簟床。还应炼诗句，借卧石池傍。"此项斯即杨敬之诗云"平生不解藏人善，到处逢人说项斯"之项斯，亦即成语"逢人说项"中所说的项斯。项斯的诗，《全唐诗》收录一卷，计一百一十七首。这首《寄坐夏僧》是寄赠僧友的，表达夏日来到后对友人的思念和关心，语气轻松，带着几分诙谐幽默，显示作者此刻心情不错。

938

从项斯《经李白墓》诗看：一、李白醉后失足坠水而死，这个说法在中唐就有了；二、项斯时代看到的李白诗集已是残编，以乐府体古诗居多，这和后人看到的差不多。诗云："夜郎归未老，醉死此江边。葬阙官家礼，诗残乐府篇。游魂应到蜀，小碣岂旌贤。身没犹何罪，遗坟野火燃。"

/ 939 /

项斯《归家山行》有"能知此意是，甘取众人非"两句，最见标格。

/ 940 /

缩写马戴《寄贾岛》，云："志业人未闻，时光鸟空度。寻思别山日，老尽经行树。"

/ 941 /

马戴《襄阳席上呈于司空（一作元稹诗）》："花枝临水复临堤，也照清江也照泥。寄语东君好抬举，夜来曾伴凤凰栖。"前两句起兴极好，既比人喻事有实指，又清丽曼妙，有民歌风味。

/ 942 /

薛能《柘枝词三首》之一："同营三十万，震鼓伐西羌。战血黏秋草，征尘搅夕阳。归来人不识，帝里独戎装。"第三、四句抓住了干燥地区战场的特点，只十个字，就烘托出惨烈的气氛。

/ 943 /

薛能《春日旅舍书怀》："出去归来旅食人，麻衣长带几坊尘。开门草色朝无客，落案灯花夜一身。贫舍卧多消永日，故园莺老忆残春。蹉跎冠盖谁相念，二十年中尽苦辛。"应是写于进京备考期间。一介布衣，形只影单，日夜苦读，春日起了乡思，有家不能回，却又不知前途何在。把一个不得志的考生的孤独落寞全写出来了。

/ 944 /

薛能《自广汉游三学山》："残阳终日望栖贤，归路携家得访禅。世缺一来应薄命，雨留三宿是前缘。诗题不忍离岩下，屐齿难忘在水边。猿鸟可知僧可会，此心常似有香烟。"末句意谓尊佛礼佛之心，像供在佛像前的香火，常燃不熄。

/ 945 /

薛能七律《题后集》，是对晚唐诗坛的批评。他认为当代诗歌已失去清正之音，风气败坏，到处是狂妄的浪潮，喧哗浮躁，致使真正有才能的诗人被羞辱和埋没。诗云："诗源何代失澄清，处处狂波污后生。常感道孤吟有泪，却缘风坏语无情。难甘恶少欺韩信，枉被诸侯杀祢衡。纵到缑山也无益，四方联络尽蛙声。"

/ 946 /

"春来还似去年时，手把花枝唱竹枝。狂瘦未曾餐有味，不缘中酒却缘诗。"薛能《春咏》。因作诗而没胃口吃饭，而狂瘦，苦吟亦甚矣。呵呵，如今，女士们厉行减肥，想出一大堆吃苦瘦身的方法，何不练写诗！

/ 947 /

薛能有《折杨柳十首》，又有《柳枝四首》《柳枝词五首》，共十九首，篇篇吟柳。《折杨柳十首》序云："此曲盛传，为词者甚众。文人才子，各炫其能，莫不条似舞腰，叶如眉翠，出口皆然，颇为陈熟。能专于诗律，不爱随人，搜难抉新，誓脱常态。虽欲弗伐，知音其舍诸。"《柳枝词五首》又自注云："刘白二尚书继为苏州刺史，皆赋杨柳词，世多传唱。虽有才语，但文字太僻，宫商不高，如可者，岂斯人徒欤？洋洋乎唐风，其令虚爱。"读了序和自注，才知薛能不厌其烦写这么些杨柳词，乃负气逞能，发愤而为，要与刘禹锡、白居易一较高下。如此争强，拗于自然，不足取，但其作倒亦有可观。三组各择一篇如次：

《折杨柳十首》之六有云："汴水高悬百万条，风清两岸一时摇。隋家力尽虚栽得，无限春风属圣朝。"

《柳枝四首》之二有云："高出军营远映桥，贼兵曾斫火曾烧。风流性在终难改，依旧春来万万条。"

《柳枝词五首》之五有云："刘白苏台总近时，当初章句是谁推。纤腰舞尽春杨柳，未有侬家一首诗。"

薛能发誓要搜难抉新，写出不一样的柳枝词，这个目的应该算达到了。他为此食不甘味，人都瘦了很多，也算值。遗憾的是，他终究未有一篇胜过刘禹锡的"清江一曲柳千条"篇和白居易的"一树春风千万枝"篇。

/ 948 /

薛能对李白评价很低，有诗句云："李白终无取，陶潜固不刊。"（《论诗》）"我身若在开元日，争遣名为李翰林。"（《寄符郎中》）他的意思是，如果他生在开元年间，哪里还轮到李白成名？他在《题后集》一诗里狠批诗坛狂妄之风，却未省自身狂否。

/ 949 /

"思量大是恶姻缘，只得相看不得怜。愿作琵琶槽那畔，得他长抱在胸前。"裴诚《新添声杨柳枝词》，埋怨那种只能相看不能相亲相爱的缘分，诗中"那畔"意谓"那边"。《杨柳枝词》源自民间，本是民歌。民歌多质野，直露，不尚掩饰。裴诚这首应近于《杨柳枝词》原始风味。

/ 950 /

访客希冀艳遇，店家女娥暗送秋波，一对儿骚情男女逢场作戏，发乎情，却因阿母在场，止乎不得不止。呵呵！韩琮《题商山店》将这个经过写得像一场戏，活灵活现。云："商山驿路几经过，未到仙娥见谢娥。红锦机头抛皓腕，绿云鬟下送横波。佯嗔阿母留宾客，暗为王孙换绮罗。碧涧门前一条水，岂知平地有天河。"

/ 951 /

端午假日，抄李群玉《竞渡时在湖外偶为成章》一首，来看看唐朝人过端午节的场面。诗云："雷奔电逝三千儿，彩舟画楫射初晖。喧江雷鼓鳞甲动，三十六龙衔浪飞。灵均昔日投湘死，千古沉魂在湘水。绿草斜烟日暮时，笛声幽远愁江鬼。"前半首阵势盛大，气氛热烈；后半首深沉静穆，回荡着一股幽情，突出了节日赛龙舟和纪念屈原两个主题。前半首用平声韵，后半首用仄声韵，也显示作者区分两个主题的匠心，从音律上辅助这首诗由欢腾热烈的调子转入敬吊与悲思。

李群玉是个湘籍才子、写诗好手，连杜牧、裴休乃至宣宗皇帝都对他颇加赏识。杜牧写过一首《送李群玉赴举》，云："故人别来面如雪，一榻拂云秋影中。玉白花红三百首，五陵谁唱与春风。"看来，小杜不只赏识他的诗，还赏识他的长相和不俗的风度。

李群玉《石潴》："古岸陶为器，高林尽一焚。焰红湘浦口，烟浊洞庭云。迥野煤飞乱，遥空爆响闻。地形穿凿势，恐到祝融坟。"此诗让我们得以目睹晚唐时期长沙窑烧陶生产的现场：附近江岸丘山上的林木被砍伐焚烧殆尽，窑厂火焰升腾，煤灰纷飞，滚滚黑烟都熏黑了洞庭湖上的云彩，还不断从窑厂传出震耳的爆裂声。窑厂挖土凿洞，也毁了当地的地貌。这番令人触目惊心的描写，在唐诗里非常独特。它应该是中国古诗中最早记录和批评工业污染的作品。

"锦鳞衔饵出清涟，暖日江亭动鲙筵。叠雪乱飞消箸底，散丝繁洒拂刀前。太湖浪说朱衣鲋，汉浦休夸缩项鳊。隽味品流知第一，更劳霜橘助芳鲜。"李群玉《石门韦明府为致东阳潭石鲫鲙》。"朱衣鲋"是太湖名鱼，"缩颈鳊"是江汉名鱼，皆食家所垂涎者，但在李群玉嘴里，都不如石鲫鲙。果真如此吗？未必。要知道这首诗是为答谢韦明府赠石鲫鲙写的，作者给赠品特别的赞美，以表谢忱，是礼节所在，必需的。

李群玉《同郑相并歌姬小饮戏赠》（一作《杜丞相惊筵中赠美人》）："裙拖六幅湘江水，鬓耸巫山一段云。风格只应天上有，歌声岂合世间闻。胸前瑞雪灯斜照，眼底桃花酒半醺。不是相如怜赋客，争教容易见文君。"这首七律的三、四句，让人自然想到杜甫七绝《赠花卿》句"此曲只应天上有，人间能得几回闻"。李诗是袭用无疑。

/ 955 /

贾岛《易水怀古》有句云："至今易水桥，寒风兮萧萧。易水流得尽，荆卿名不消。"不幸被阆仙言中，后世变迁果然如此：易水干了，荆轲英名犹存。荆轲之荣，燕地之痛。

/ 956 /

贾岛五绝两首，《送别》云："丈夫未得意，行行且低眉。素琴弹复弹，会有知音知。"《剑客》云："十年磨一剑，霜刃未曾试。今日把似（一作示）君，谁为（一作有）不平事。"《送别》写未遇知音，《剑客》期一试身手。两首意思接近，但一个坚忍内敛，一个奋励张扬，如一文一武，如一雄一雌。

/ 957 /

贾岛是最典型的苦吟诗人，天天艰苦作诗，一天不作，就觉得心灵荒废。他的《戏赠友人》虽自谓"戏"，说的也是实情，云："一日不作诗，心源如废井。笔砚为辘轳，吟咏作縻绠。朝来重汲引，依旧得清冷。书赠同怀人，词中多苦辛。"

/ 958 /

贾岛《送唐环归敷水庄》："毛女峰当户，日高头未梳。地侵山影扫，叶带露痕书。松径僧寻药，沙泉鹤见鱼。一川风景好，恨不有吾庐。"颔联上句写随太阳升高移动，山影从敷水庄前地面上扫过；下句写早晨植物叶子上露水滑落，留下的划痕仿佛笔书。两句五言，用动感画面呈现出村庄地理的空间关系与早晨的精微细节，大小互映，动中见静，很妙。这两句也显现出作者进行过长时间的观察和思考，对敷水庄非常熟悉。句中"侵""扫"二字，叫人想到"推敲"的故事，是费了推敲的工夫得来的。

/ 959 /

贾岛《病起》："高丘归未得，空自责迟回。身事岂能遂，兰花又已开。病令新作少，雨阻故人来。灯下南华卷，祛愁当酒杯。"多雨阻挡了友人来访，生病后心力交瘁，作诗也少了。事业未成，岁月蹭蹬，院中兰花又开。家贫无酒，夜晚只能读读《庄子》，以解愁怀。贾岛这首五律写得真实自然，像一篇日记。

/ 960 /

贾岛有一首《寄柳舍人宗元》，表达对柳宗元的敬仰。诗中说他一晚上三次梦见柳先生，他誓愿做仆人，鞍前马后侍奉

329

柳先生。这样的敬仰已是崇拜了，算得上铁粉吧。诗云："格与功俱造，何人意不降。一宵三梦柳，孤泊九秋江。擢第名重列，冲天字几双。誓为仙者仆，侧执驭风幢。"

／ 961 ／

贾岛《经苏秦墓》："沙埋古篆折碑文，六国兴亡事系君。今日凄凉无处说，乱山秋尽有寒云。"苏秦倡合纵以抗秦，纵横于山东六国，为六国相，佩六国相印，一时英名盖世。然而，如此风光，千年后也归于一堆荒沙和断碑。盛衰兴亡，天演天启，难以言说。

／ 962 ／

"水客夜骑红鲤鱼，赤鸾双鹤蓬瀛书。轻尘不起雨新霁，万里孤光含碧虚。露魄冠轻见云发，寒丝七炷香泉咽。夜深天碧乱山姿，光碎平波满船月。"温庭筠《水仙谣》瑰奇诡异，如出李贺。

／ 963 ／

温庭筠《经西坞偶题》有句："日影明灭金色鲤，杏花唼喋青头鸡。"上句以金色鲤比喻太阳映在水面上浮动闪烁，鲜活传神。下句"青头鸡"指鸭，写鸭子啄食落在水中的杏花。整首诗描绘春天的景象，绮丽而热闹。云："摇摇弱柳黄鹂啼，

芳草无情人自迷。日影明灭金色鲤，杏花喋喋青头鸡。微红
柰蒂惹蜂粉，洁白芹芽穿燕泥。借问含颦向何事，昔年曾到
武陵溪。"

温庭筠七绝《过分水岭》写的是诗人多情，但这份多情却
十分真挚感人。相信这份情许多人也经历过，心中有，口中却
未道出。温公子绝句妙发，如一壶醇酒，浇人胸中块垒。云：
"溪水无情似有情，入山三日得同行。岭头便是分头处，惜
别潺湲一夜声。"

"夜香闻偈后，岑寂掩双扉。照竹灯和雪，看松月到衣。
草堂疏磬断，江寺故人稀。唯忆湘南雨，春风独鸟归。"温
庭筠《题造微禅师院》，颔联二句写夜宿禅院闻禅师偈后的感
受，虚实交映，空灵清妙，呈现出一片一尘不染的极美境界。

温庭筠《盘石寺留别成公》三、四句云："三秋岸雪花初
白，一夜林霜叶尽红。"用白和红两大色块，写秋天明丽的色
彩，简劲。"三""一"两字，语气上提纲挈领、干净利落，颇
写意。

段成式《题僧壁》："有僧支颊撚眉毫，起就夕阳磨剃刀。到此既知闲最乐，俗心何啻九牛毛。"其通过老僧黄昏无事摘剪长眉的细节，来写人生超脱和悠闲的安乐。由眉毫也想到琐细而无价值的世俗心，那世俗心不值一提，就像九牛之一毛，世人却因放不下它而耽误一生。

刘驾是唐代诗人中又一个苦吟者，比杜甫、孟郊、王建、贾岛，皆有过之而无不及。寒冷的冬夜，下着大雪，他到户外作诗，靠着松树矗到半夜。他说鸟都为悲欢而歌，他自己也宁愿吟诗吟到口中吐血。这不是诗痴、诗魔，也不是诗奴，而是以诗自虐了。有诗为证，其《苦寒吟》云："百泉冻皆咽，我吟寒更切。半夜倚乔松，不觉满衣雪。竹竿有甘苦，我爱抱苦节。鸟声有悲欢，我爱口流血。潘生若解吟，更早生白发。"

刘驾《筑台词》："前杵与后杵，筑城声不住。我愿筑更高，得见秦皇墓。"题下自注："汉武筑通天台，役者苦之。"前三句像爬坡，一阶比一阶高，最后一句像断崖失足，陡然坠落，诅咒劳民伤财、大兴土木，警告统治者不作不死，掷地有声。

刘驾《醒后》是又一首记醉酒失忆的唐诗。醒后但见自己躺在草地里，天色已晚，客人都走了，酒席上酒壶、酒杯横七竖八，自己手里竟还拿着一支不知何时折来的花，蛛丝马迹皆让人去想象醉时情态，可爱、可爱！云："醉卧芳草间，酒醒日落后。壶觞半倾覆，客去应已久。不记折花时，何得花在手。"

刘沧《经龙门废寺》："因思人事事无穷，几度经过感此中。山色不移楼殿尽，石台依旧水云空。唯馀芳草滴春露，时有残花落晚风。杨柳覆滩清濑响，暮天沙鸟自西东。"山色不移，石台依旧，人事却几经更迭，坚固壮大的龙门寺已成废墟。废墟之上，芳草春露，落花晚风，杨柳依依，清濑溅溅，水鸟时往时还，似乎世界从来就是这个样子。自然恒在恒新的力量，让人感念。

"三千弟子标青史，万代先生号素王。"刘沧《经曲阜城》颂孔子句，以大数字并举，写大成就、大影响、大威望。

/ 973 /

李频《春日思归》作于黄巢造反期间，反映了当时战乱阻隔，亲友离散不能相聚也不通音讯的困境。尾联"却羡浮云与飞鸟，因风吹去又吹还"，正是这种困境中人的心事的真实写照。

/ 974 /

李频有两首绝句书写考不中进士的落寞心情。一首是《述怀》，说春去秋来，一年又一年过去，自己未能进身，惹得无尽哀愁，云："望月疑无得桂缘，春天又待到秋天。杏花开与槐花落，愁去愁来过几年。"另一首是《自遣》，诉说内心的忧虑和动摇，怀疑自己资质平平，终究登不上青云道，拟作罢归去，却犹有不甘，云："永拟东归把钓丝，将行忽起半心疑。青云道是不平地，还有平人上得时。"两首都写得自然诚实，令人一读恻然。

/ 975 /

李频集中《避暑》《夏日鳌屋郊居寄姚少府》两首五律，中二联完全相同。《避暑》云："当暑忆归林，陶家借柳阴。蝉从初伏噪，客向晚凉吟。白日欺玄鬓，沧江负素心。神仙倘有术，引我出幽岑。"《夏日鳌屋郊居寄姚少府》云："古木有清阴，寒泉有下深。蝉从初伏噪，客向晚凉吟。白日欺玄鬓，沧江负素心。甚思中夜话，何路许相寻。"相同的诗句出现在同一个作者的不同篇目里，这在唐代诗人中不是孤例。刘长卿集中已有。诗人为何这样做，大约出于以下三个原因：一是偶得佳句，想广示他人；二是表达了自己独深感触的句子，每每不舍；三是用于应酬。唐代文人聚会、游乐、送别、酬答等日常交游活动，常常作诗唱和，有时诗人准备不足或文思不畅，难免用以前写的现成诗句来应急或搪塞。此人之常情，亦不足怪。

李频这两首，看似《避暑》是原创，《夏日鼇屺郊居寄姚少府》是照搬，写作的时间应前后不差几天。这两联大概比较确切地反映了当时他的生活与感受吧。

╱ 976 ╱

李频《府试风雨闻鸡》是一首应试诗，命题作文，歌颂鸡的品德。诗中说雄鸡是黑暗中的先觉者，风雨阴霾都迷惑动摇不了它，不管什么天气，它都清正自守，准时报晨，坚贞不渝，具有君子一样的情操。诗破题破得好，可惜后面的演绎涉嫌重复，没有发挥好，也不够精练工整。云："不为风雨变，鸡德一何贞。在暗长先觉，临晨即自鸣。阴霾方见信，顷刻讵移声。向晦如相警，知时似独清。萧萧和断漏，喔喔报重城。欲识诗人兴，中含君子情。"

从《为妻作生日寄意》看，作者李郢是旅行在外，逢上老婆生日，因不能回家庆贺，写了此诗寄情。真是一个暖心贴心的好丈夫。第五、六句大俗，却表现出真诚的爱意，想必他老婆爱听。云："谢家生日好风烟，柳暖花春二月天。金凤对翘双翡翠，蜀琴初上七丝弦。鸳鸯交颈期千岁，琴瑟谐和愿百年。应恨客程归未得，绿窗红泪冷涓涓。"首句中"谢家"指妻室，用李德裕典故。据说，"唐李太尉德裕有妾谢秋娘，太尉以华屋贮之，眷之甚隆。词人因用其事，而称谢家。盖泛指金闺之意，不必泥于秋娘也"（见温庭筠《更漏子》华钟彦注）。

崔珏七律《哭李商隐》之一中间两联云："词林枝叶三春尽，学海波澜一夜干。风雨已吹灯烛灭，姓名长在齿牙寒。"写李商隐亡后文坛凋零暗淡之况，哀绝。

曹邺《捕渔谣》道出绝对权力和专制主义的破坏性。虽是假渔夫之口，敢这样批评皇帝的诗人也少见。云："天子好征战，百姓不种桑。天子好年少，无人荐冯唐。天子好美女，夫妇不成双。"

"东西是长江，南北是官道。牛羊不恋山，只恋山中草。"东西南北，长江浩浩，官道迢迢。纷纷众生，谁爱这故国河山？谁爱登高而望远？不过都是吃货，是国家蛀虫。呵呵，歪解曹邺《四怨三愁五情诗十二首·其一情》。

曹邺《题山居》是富春江故事别解。云："扫叶煎茶摘叶书，心闲无梦夜窗虚。只应光武恩波晚，岂是严君恋钓鱼。"

曹邺《老圃堂》（一作薛能诗）："邵平瓜地接吾庐，谷雨干时手自锄。昨日春风欺不在，就床吹落读残书。"读这首诗，请注意两个交代：一、风吹落书卷是发生在昨天，今天才发现；二、书是从床上吹落的。注意到这两点，可想而知：一、昨天主人趁雨后地皮变干去锄田，忙到天黑，一整天不在家，大概很累，夜里早早歇了，都未发现书被风吹到地上；二、闲时主人读书是卧读，躺在床上读，不是正襟危坐读，所以读书不用功，很散淡，很随意。其弦外音是主人勤于稼穑，无意靠读书博取功名。

这首绝句以特别的时间和场景处理，启发读者想象。言尽，余音袅袅不绝。

/ 983 /

储嗣宗《入浮石山》云："斜日出门去，残花已过春。鸟声穿叶远，虎迹渡溪新。入洞几时路，耕田何代人。自惭非避俗，不敢问迷津。"呵呵，入山探幽，看到老虎踪迹，发现老虎刚刚来过，岂敢造次！

/ 984 /

于武陵《匣中琴》："世人无正心，虫网匣中琴。何以经时废，非为娱耳音。独令高韵在，谁感隙尘深。应是南风曲，声声不合今。"高韵虽在，声不合今，故被搁置，网结尘封。悲不遇也。

/ 985 /

袁郊《月》："嫦娥窃药出人间，藏在蟾宫不放还。后羿遍寻无觅处，谁知天上却容奸。"好一句"谁知天上却容奸"！人间固卑污，想不到天上也包庇奸邪，是个贼窝。

/ 986 /

"绿树阴浓夏日长，楼台倒影入池塘。水精帘动微风起，满架蔷薇一院香。"高骈《山亭夏日》写夏日之美，清幽惬意。

唐诗多咏春吟秋，把夏天写得这么美的篇什并不很多。

／ 987 ／

高骈《遣兴》，哀叹忙忙碌碌、患得患失的狭隘人生，云："浮世忙忙蚁子群，莫嗔头上雪纷纷。沉忧万种与千种，行乐十分无一分。越外险巇防俗事，就中拘检信人文。醉乡日月终须觅，去作先生号白云。"第三、四句把"小人长戚戚"的情衷说到家了。

／ 988 ／

于濆《古征战》云："高峰凌青冥，深穴万丈坑。皇天自山谷，焉得人心平。"上天造物，有直耸云霄的山峰，有万丈深的坑谷，高低兀自不平等，凡尘中的人心如何能平呢！怨天尤人，深有所寄。

／ 989 ／

于濆《对花》（一作武瓘诗，题云《感事》）："花开蝶满枝，花落蝶还稀。惟有旧巢燕，主人贫亦归。"这里蝶、燕对比纯属生拉硬扯。蝶趋花丛是觅食，燕还旧巢是归宿，不在一个逻辑上，本不可比，然而诗是艺术，讲感性，不讲理性，故不合理也不妨为诗。

许棠《遣怀》:"此生何处遂,屑屑复悠悠。旧国归无计,他乡梦亦愁。飞尘长满眼,衰发暗添头。章句非经济,终难动五侯。"一个潦倒文人迟来的省悟。

"一月月相似,一年年不同。清晨窥古镜,旅貌近衰翁。处世闲难得,关身事半空。浮生能几许,莫惜醉春风。"许棠《新年呈友》。人在岁月中,如温水煮青蛙,不知不觉就老了。

邵谒《少年行》:"丈夫十八九,胆气欺韩彭。报仇不用剑,辅国不用兵。以目为水鉴,以心作权衡。愿君似尧舜,能使天下平。何必走马夸弓矢,然后致得人心争。"《少年行》是古代乐府杂曲歌辞名,是一种题材,也是一种并无严格形式约束的体裁,在唐代很流行。其内容大多是写少年骄子的侠义行为,或表现他们的轻狂豪放,常常带有明显的尚武斗强倾向。邵谒这首却一反常调,像一篇非暴力主义者的宣言。

林宽《歌风台》:"蒿棘空存百尺基,酒酣曾唱大风词。

莫言马上得天下，自古英雄尽解诗。"歌汉高祖也。刘邦、项羽、曹操、李世民等，皆能诗。诗言志，歌咏言。强梁、盗贼窃取天下，野心得逞，也要吟诗赋歌。

皮日休《正乐府十篇·贪官怨》前半章云："国家省阁吏，赏之皆与位。素来不知书，岂能精吏理。大者或宰邑，小者皆尉史。愚者若混沌，毒者如雄虺。伤哉尧舜民，肉袒受鞭箠。"唐朝虽科举取士，也通行世袭、裙带关系和举荐，因此朝中也挤满了颟顸蠢货。

读皮日休《正乐府十篇·颂夷臣》，想到今日外国的汉学家和汉学，这种学术反差居然在晚唐已出现了。诗云："夷师本学外，仍善唐文字。吾人本尚舍，何况夷臣事。所以不学者，反为夷臣戏。所以尸禄人，反为夷臣忌。吁嗟华风衰，何尝不由是。""夷师"是指外籍学者。诗第三、四句是说吾国学人把自己的历史和文化传统都丢掉了，更别说学那些外国人的东西。这简直是个千年大预言。

皮日休《秋夜有怀》结句云："如何一寸心，千愁万愁入。"比例的巨大反差，带来令人窒息的压迫感。

/ 997 /

皮日休《鹿门夏日》："满院松桂阴，日午却不知。山人睡一觉，庭鹊立未移。出檐趁云去，忘戴白接羅。书眼若薄雾，酒肠如漏卮。身外所劳者，饮食须自持。何如便绝粒，直使身无为。""接羅"是古人戴的一种头巾。"羅"字在现代书面汉语里已亡，皮日休是湖北天门人，曾住鹿门山，不知那一带现在老百姓口语里，这个字是否还保留着。"酒肠如漏卮"是个幽默的比喻，嗜酒的人像一个漏了的杯子，总也注不满酒。诗的后四句发生奇想，意思是：人的身体之所以劳作，无非为了吃喝，人如果不用吃饭了多好，就不用劳作了。可是怎么做到不吃饭还能活着呢？呵呵，这个奇想恐怕不止皮先生有过吧？

/ 998 /

皮日休五言长诗《初夏即事寄鲁望》有句云："茗脆不禁炙，酒肥或难倾。"以"肥"来形容酒，不多见，大概是状其浓稠。酒液浓到难以倒出来的程度，那就像糖浆了。

/ 999 /

皮日休《奉和鲁望渔具十五咏·种鱼》云："移土湖岸边，

一半和鱼子。池中得春雨，点点活如蚁。一月便翠鳞，终年
必赪尾。借问两绶人，谁知种鱼利。"写种鱼之乐，所谓"种
鱼"即养鱼。种粮是将粮食种子播入田中发育，种鱼是将鱼子、
鱼苗放进池塘生养。皮子此诗描写养鱼的全过程，以种粮比养
鱼，以养鱼比拟农家一年的耕种收获，很新鲜。

/ 1000 /

皮日休组诗《奉和鲁望渔具十五咏》又有《药鱼》一首，
谴责刁民毒药捕鱼。往溪水里放毒，大小鱼皆死，水中其他生
物如虾蟹蚌蛙亦难免，后果甚于竭泽而渔，残暴之至。这种手
段竟然唐人便已开始使用了。小人作恶，源远流长。皮诗云：
"吾无竭泽心，何用药鱼药。见说放溪上，点点波光恶。食
时竟夷犹，死者争纷泊。何必重伤鱼，毒泾犹可作。"

/ 1001 /

"细挑泉眼寻新脉，轻把花枝嗅宿香。"皮日休七律《闻
鲁望游颜家林园病中有寄》颔联，摩挲，徘徊，留恋，人物的
每个行为细节都深含感情。

/ 1002 /

"方朔家贫未有车，肯从荣利舍樵渔。从公未怪多侵酒，
见客唯求转借书。暂听松风生意足，偶看溪月世情疏。如钩

得贵非吾事，合向烟波为五鱼。"皮日休《寒日书斋即事三首》之三。自然、自由是人所向往的，但为了自然、自由肯舍弃荣名利益的，从来少见。大多不过是暂听松风、偶看溪月，发一番清高的感慨，而后急慌慌又回去追名逐利了。"如钩得贵"是化用汉代谣谚"直如弦，死道边；曲如钩，反封侯"。

／ 1003 ／

皮日休《闲夜酒醒》："醒来山月高，孤枕群书里。酒渴漫思茶，山童呼不起。"短小篇幅里有山月夜色，有酒茶诗书，有醉有醒，有情节，有谐趣，姿丰意足，韵味隽永。

／ 1004 ／

皮日休《胥口即事六言二首》之二："拂钓清风细丽，飘蓑暑雨霏微。湖云欲散未散，屿鸟将飞不飞。换酒梢头把看，载莲艇子撑归。斯人到死还乐，谁道刚须用机？"不揣谫陋，减字为五言，云："拂钓清风细，飘蓑暑雨微。湖云散未散，屿鸟飞不飞。换酒梢头把，载莲艇子归。斯人到死乐，谁道须用机？"

／ 1005 ／

陆龟蒙《读〈阴符经〉寄鹿门子》，是《阴符经》读后感，写给皮日休看的。他在诗里表达了对中国历史和国民性的认识。中国历史即"龙蛇竞起陆，斗血浮中原。成汤与周武，反覆更为尊。下及秦汉得，黩弄兵亦烦"，充满血腥的争斗，竞相颠覆，你死我活。国民性是"奸强自林据，仁弱无枝蹲。狂喉恣吞噬，逆翼争飞翻。家家伺天发，不肯匡淫昏"，奸贼豪强割据，弱肉强食，但大家都隐忍匍匐，坐等天上掉馅饼，而不肯匡救。陆子的这些认识和批判，尖锐、直接，今天读来仍让人备感切肤之痛。

╱ 1006 ╱

"闲阶雨过苔花润，小簟风来薤叶凉。"陆龟蒙《闲书》诗句，清凉可以消暑。

╱ 1007 ╱

"须知日富为神授，只有家贫免盗憎。"陆龟蒙《奉和袭美卧疾感春见寄次韵》颈联。富贵在天，由它去吧；贫则不忧，且自宽心。

╱ 1008 ╱

"经略彴时冠暂亚，佩笭箵后带频搊。"陆龟蒙七律《新夏东郊闲泛有怀袭美》三、四句，写两个泛舟弄渔的微小细节。第三句写行舟，经独木桥下时，舟上人为免碰头，暂时把头低下了。"略彴"是指独木桥，"亚"是低下之意。第四句写渔事，腰间挂上鱼笼后束带斜垂，需要不时向上提一提。"笒箵"是装鱼的笼子。有了这些细节，就多一些生趣。"经略钓时"对"佩笒箵后"，是状语从句对偶，也比较特别。

／ 1009 ／

"海鹤飘飘韵莫侪，在公犹与俗情乖。初呈酒务求专判，合祷山祠请自差。永夜谭玄侵罔象，一生交态忘形骸。怜君醉墨风流甚，几度题诗小谢斋。"陆龟蒙《奉和袭美醉中偶作见寄次韵》，是赞皮日休虽居公职却在俗不俗的名士风度。袭美即皮日休。陆龟蒙称皮日休，每称"袭美"；皮日休称陆龟蒙，每称"鲁望"。这两个晚唐重要诗人互相赠酬唱和频率之高、密度之大，应超过刘禹锡和白居易，为有唐一代之最。

／ 1010 ／

陆龟蒙《伤越》应作于黄巢祸乱前期。诗中说当时吴越一带已被乱匪侵扰半年之久，美丽的山水饱受摧残，都快变成一片焦土，人们期盼王师光复如同渴望甘霖，表达了对叛乱的憎恶，对昔日安宁生活的向往。诗云："越溪自古好风烟，盗束兵缠已半年。访戴客愁随水远，浣纱人泣共埃捐。临焦赖洒王师雨，欲堕重登刺史天。早晚山川尽如故，清吟闲上鄂君船。"

陆龟蒙《筑城词二首》，其一："城上一培土，手中千万杵。筑城畏不坚，坚城在何处？"其二："莫叹将军逼，将军要却敌。城高功亦高，尔命何劳惜。"将军的价值观从来就是贵战功、贱人命，殊不知坚城在人心里，筑城不如筑民心。

陆龟蒙五绝《雁》："南北路何长，中间万弋张。不知烟雾里，几只到衡阳。"大雁迁徙，从北方草原到南方的湖泽，中间万里征程，万里杀机，这危险就来自人类的捕杀。小诗寄托了对大雁命运的深深忧虑，反衬出人世的险恶。

陆龟蒙《头陀僧》："万峰围绕一峰深，向此长修苦行心。自扫雪中归鹿迹，天明恐被猎人寻。"阿弥陀佛，善哉善哉！这位僧人的慈悲比万峰千谷深厚，比茫茫大雪宽广。

陆龟蒙《新沙》："渤澥声中涨小堤，官家知后海鸥知。蓬莱有路教人到，应亦年年税紫芝。"官家征税，无微不至，无远弗届，真正是普天之下莫非王土。这首诗幽默，辛辣，揭露了官府苛刻、贪婪的本性。

/ 1015 /

陆龟蒙七绝《钓车》有"辗烟冲雨过桐江"一句，状钓船不惧风险驶过烟雨中的江面。"辗""冲"两个动词用得好，决然而快意。

/ 1016 /

陆龟蒙《访僧不遇》云："棹倚东林欲问禅，远公飞锡未应还。蒙庄弟子相看笑，何事空门亦有关。"陆子是道家，自认为是老庄门徒。这首绝句拿僧人外出锁门说事，借机偷换概念，把空门嘲弄了一番。打趣之间，未尝不透露出他对佛家的批评。

/ 1017 /

"但说漱流并枕石，不辞蝉腹与龟肠。"陆鲁望佚句。做尘外高洁之士，便要能忍得住口腹之欲。

/ 1018 /

皮日休、陆龟蒙两人的集中都多次言及一个叫"润卿"的人，此人即张贲。张贲也考中过进士，后来隐居茅山，做了道士。他与皮、陆二子交游，唱和频繁。他存下来的诗只有十六首，其中与皮、陆唱和占了十四首，可见他多是为应酬而作诗。

和皮、陆二人比，张贲的存诗为何很少，大概有三个原因：一、他为应酬写诗，作的本来就不多；二、他没把作诗当事业，诗名也不大，大概很多作品佚失了；三、他后来放弃了写诗。

他放弃写诗的事，记在他的《酬袭美先见寄倒来韵》一诗里，云："寻疑天意丧斯文，故选茅峰寄白云。酒后只留沧海客，香前唯见紫阳君。近年已绝诗书癖，今日兼将笔砚焚。为有此身犹苦患，不知何者是玄纁。"

诗中第七句来自老子："吾所以有大患者，为吾有身，及吾无身，吾有何患。"求道者患有身，修无身，遑论身外之物。诗书笔墨都是身外物，所以张贲把它们弃绝了。

诗中说"今日兼将笔砚焚"。如果真这样，张贲写完这首诗后就把纸笔砚台烧掉了，从此封笔，那这篇《酬袭美先见寄倒来韵》就是他一生写的最后的诗了。

/ 1019 /

司空图《下方》："昏旦松轩下，怡然对一瓢。雨微吟思足，花落梦无聊。细事当棋遣，衰容喜镜饶。溪僧有深趣，书至又相邀。"第六句较为特别。一般人揽镜看到自己面目衰败，都憎恶怨恨，此句却以喜言说。意思仍是厌弃衰容，但换个说法，就给人不一样的印象。这句诗是绕弯子说的，是说"尽管容颜衰老，可喜镜子没有嫌弃我，还像以前那样对待我"，话外音是除了镜子，别人对他的苍老都看不入眼。

／ 1020 ／

"乌飞飞，兔躞躞，朝来暮去驱时节。女娲只解补青天，不解煎胶粘日月。"司空图《杂言》（一作《短歌行》）语气轻快活泼，意象似童话，可作儿歌。乌指太阳，兔指月亮。叹日月穿梭，不能驻留。

／ 1021 ／

司空图《新岁对写真》："得见明时下寿身，须甘岁酒更移巡。生情暗结千重恨，寒势常欺一半春。文武轻销丹灶火，市朝偏贵黑头人。自伤衰飒慵开镜，拟与儿童别写真。"

这首诗表达的情绪反常而且强烈。时值新年，作者年届六十，大约别人想为他祝寿，给他画了一幅肖像。作者看了自己的像，有感而作下此诗。又是过年，又是活到六十岁，又是看到祝寿画像，诗人却没有一丝喜悦，只前两句稍稍应付一下，随后就说出一连串狠话："生情暗结千重恨，寒势常欺一半春。"大年初一，说这种话太重了。他为什么如此愤恨呢？恐怕不是"自伤衰飒"。五、六句透露出，他这股情绪主要来自对朝廷权力争夺的不满和对李氏唐王朝衰亡命运的不忿。

这首诗和他的五言《下方》都说到衰颜与镜子，可以对照来看。

"一自萧关起战尘，河湟隔断异乡春。汉儿尽作胡儿语，却向城头骂汉人。"司空图七绝《河湟有感》，记录他到西北边疆地区目睹的实情。那里被胡人长期统治，汉人的子孙已经胡化，反过来以汉人为敌。呵呵，不要骂那些汉儿是汉奸吧，是谬种流传，致使子孙不肖。

"一任喧阗绕四邻，闲忙皆是自由身。人来客去还须议，莫遣他人作主人。"司空图《南至四首》之四。人是忙是闲，都是自己找的。你来我去、往往还还中，最好不要随波逐流失去自我，忘了自己姓啥。

司空图《争名》："争名岂在更搜奇，不朽才消一句诗。穷辱未甘英气阻，乖疏还有正人知。荷香浥露侵衣润，松影和风傍枕移。只此共栖尘外境，无妨亦恋好文时。"《携仙箓九首》之七："英名何用苦搜奇，不朽才销一句诗。却赖风波阻三岛，老臣犹得恋明时。"两首诗，一七律，一七绝，起句雷同，只有个别字词上的差异。从表现的心思和情绪判断，两首诗应作于同一时期，时间上相去不远。两首诗除起句外，中间又都用了"阻"字，结句又都示"恋明时"之意，谅非偶然，这使两首诗之间的关系更接近了。或许诗人吟完绝句，意未能尽，不能释然，便在后来重作了这首七律。

雷同的起句，意思是说成不朽之名并不难，不需要苦苦搜奇求特，只要写出一句好诗就行了。作者反复表达这个意思，想必对此感触良深。文学史上确实不乏以一首诗或一句诗流传而博得千古名的案例。但是，以一句诗博不朽名容易，以一生博一句好诗却未见得容易。

司空图是个才子，写诗论诗，关于诗的诗写过不少。如："浮世荣枯总不知，且忧花阵被风欺。侬家自有麒麟阁，第一功名只赏诗。"（《力疾山下吴村看杏花十九首》之六）"凡鸟爱喧人静处，闲云似妒月明时。世间万事非吾事，只愧秋来未有诗。"（《山中》）"由来相爱只诗僧，怪石长松自得朋。却怕他生还识字，依前日下作孤灯。"（《狂题十八首》之六）又如："此身闲得易为家，业是吟诗与看花。若使他生抛笔砚，更应无事老烟霞。"（《闲夜二首》）

他把作诗赏诗当成人生唯一事业、第一功名，用心之诚、用力之勤可想而知。他活了七十多岁，写了很多诗，也著述了诗论《二十四诗品》，终究靠诗赢得了不朽之名。但是，他的诗哪一句是被传诵的不朽名诗呢？恐怕难找。由此看，倒是出一句好诗比成名还难。

/ 1025 /

司空图诗中多见"乱"字，如："须知世乱身难保"（《狂题二首》之二）；"乱后人间尽不平"（《南北史感遇十首》之十）；"乱后霜须长几茎"（《寺阁》）；"乱来道在辱来顽"（《偶作》）；"乱来归得道仍存"（《涧户》）；"经乱年年厌别离"（《漫题》）；"离乱身偶在"（《避乱》）；"丧乱家难保"（《乱后三首》之一）；"乱后他乡节"（《漫题三首》之一）；"乱来已失耕桑计"（《丁巳重阳》）；"乱后烧残数架书"（《光启四年春戊申》）；"四望交亲兵乱后"（《重阳山居》）；"年华乱后偏堪惜"（《南至四首》之三）云云。生逢世乱，纵使避居高山深谷，终逃不出去。

/ 1026 /

"青山薄薄漏春风，日暮鸣鞭柳影中。回望玉楼人不见，酒旗深处勒花骢。"周繇《公子行》。主题和情感都无甚特别，但表情方式含蓄曲折，耐人寻味。首句"漏"字很用功。民间素有"破春"的说法，懂得此说，也便知这个"漏"字的意味了。比如瓶瓶罐罐、竹篓布袋，破了就漏了，但漏归漏，漏出来的东西不会很多。"薄薄"是稍稍或微微的意思，形容春风才有那么一点点。

"莫言行路难，夷狄如中国。谓言骨肉亲，中门如异域。出处全在人，路亦无通塞。门前两条辙，何处去不得。"聂夷中《行路难》，意为人世之路哪里易行，哪里就是自己的国家；只要生活平顺，到异国也像在中国，但如果社会黑暗，故土也如同异域。路在脚下，每个人都有选择自己归宿的自由。诗中言说的这个思想，打破了华夷之辨和狭隘的爱国主义，振聋发聩。一千年前，这位中国诗人身上闪耀出了超时代的精神光芒。

/ 1028 /

聂夷中《咏田家》(一作《伤田家》)："二月卖新丝，五月粜新谷。医得眼前疮，剜却心头肉。我愿君王心，化作光明烛。不照绮罗筵，只照逃亡屋。"伤税赋之重，人民生活拆东墙补西墙，日益不堪。"医得眼前疮，剜却心头肉"一联为警句，司空图所谓"不朽才消一句诗"，即此等句。这首诗与聂先生的《行路难》一首可相参照。在恶的统治下，人民自然要逃亡，或逃深山，或走异邦，哪里还有什么华夷之防！

观《全唐诗》，聂夷中存诗不足四十首。七言仅一首，余皆为五言，篇目少而精。五言又悉数为古体，效乐府，似师承孟郊；注重思想性、批判性，推陈出新，亦似孟东野。屡出警句，如《杂兴》："两叶能蔽目，双豆能塞聪。理身不知道，将为天地聋。"《燕台二首》之二："燕台高百尺，燕灭台亦平。一种是亡国，犹得礼贤名。何似章华畔，空馀禾黍生。"《过比干墓》："日影不入地，下埋冤死魂。"《公子行二首》之二："花树出墙头，花里谁家楼。一行书不读，身封万户侯。美人楼上歌，不是古凉州。"皆令人过目难忘。

"寂寞空阶草乱生，簟凉风动若为情。不知独坐闲多少，看得蜘蛛结网成。"来鹄《新安官舍闲坐》。独坐在官舍里，闲来无事，看蜘蛛结网，一直看到它织完整张网。把个闲坐写到家了。不过，这闲坐不是闲适，是闲极无聊，带着寂寥的心情。

来鹄《清明日与友人游玉粒塘庄》："几宿春山逐陆郎，清明时节好烟光。归穿细荇船头滑，醉踏残花屐齿香。风急岭云飘迥野，雨馀田水落方塘。不堪吟罢东回首，满耳蛙声

355

正夕阳。"是一篇漂亮的记游诗。颈联描写雨后所见，自然新鲜。尤其第六句，写雨后田间积水流入池塘。这个细节特写在以前的唐诗中似未曾见。

／ 1032 ／

"争帝图王德尽衰，骤兴驰霸亦何为。君臣都是一场笑，家国共成千载悲。"裁李山甫七律《上元怀古二首》之二，为七绝一首如上。逐鹿中原，争王争帝，最终都落为历史的笑谈，却带给家国连绵无尽的悲剧。

／ 1033 ／

"除却闲吟外，人间事事慵。更深成一句，月冷上孤峰。穷理多瞑目，含毫静倚松。终篇浑不寐，危坐到晨钟。"晚唐李山甫也是个苦吟派，这首《夜吟》是自道。为作一首诗，他闭着眼睛，口含毛笔，背倚松树，在露天里冥思苦想，熬了一个通宵。

／ 1034 ／

李咸用《绯桃花歌》以"野树滴残龙战血，曦车碾下朝霞屑"两句写桃花凋谢，甚惨烈。

／ 1035 ／

"秋觉暑衣薄，老知尘世空。"李咸用五律《游寺》这两句好，应了"感悟"二字。有实感才有觉悟。亲历了，经受了，才知炎凉，才知尘世不过一场空。

／ 1036 ／

李咸用五律《冬夕喜友生至》真挚自然，有一股奔腾而出的急切之情。云："天涯行欲遍，此夜故人情。乡国别来久，干戈还未平。灯残偏有焰，雪甚却无声。多少新闻见，应须语到明。"兵乱造成阻隔，家乡久无音讯。冬天一个下雪的夜里，忽然来了一位家乡的兄弟，该有多少话要讲，有多少分别后的事想知道！这个时候，他们沉浸在交谈中，门外雪下得再大，也不会注意到了。

／ 1037 ／

"鸿雁哀哀背朔方，余霞倒影画潇湘。长汀细草愁春浪，古渡寒花倚夕阳。鬼树夜分千炬火，渔舟朝卷一蓬霜。侬家本是持竿者，为爱明时入帝乡。"李咸用这首《湘浦有怀》七律中有时序上的矛盾。首句"鸿雁哀哀背朔方"说大雁背离北方向南飞，显然是秋天，第三句却又说是春天，让人不知他究竟写什么季节。对这个矛盾的解释是：作者写的就是湘浦的春秋两季。

"不傍江烟访所思，更应无处展愁眉。数杯竹阁花残酒，一局松窗日午棋。多病却疑天与便，自愚潜喜众相欺。非穷非达非高尚，冷笑行藏只独知。"李咸用《和友人喜相遇十首》之四。他装傻，别人以为他真傻，他岂能不暗自冷笑？

胡曾《咏史诗·杀子谷》："举国贤良尽泪垂，扶苏屈死树边时。至今谷口泉呜咽，犹似秦人恨李斯。"三、四句好。恨如泉水，汩汩无尽，虽历千年而不稍歇。此乃万古恨。

"英杰那堪屈下僚，便栽门柳事萧条。凤凰不共鸡争食，莫怪先生懒折腰。"胡曾《咏史诗·彭泽》，第三句正是"不能为五斗米折腰向乡里小人"本意，令我想起当代小说家张大春《大唐李白》中的一句话："汝自是一凤，何须作鸡鸣。"

方干《赠钱塘县路明府》："志业不得力，到今犹苦吟。吟成五字句，用破一生心。世路屈声远，寒溪怨气深。前贤多晚达，莫怕鬓霜侵。"苦吟一生，哀怨深重，犹寄望于晚年腾达，此子尘缘如何了得！

方干《除夜》："永怀难自问，此夕众愁兴。晓韵侵春角，寒光隔岁灯。心燃一寸火，泪结两行冰。煦育诚非远，阳和又欲升。"除夕本该欢聚守岁，此子却在寒冷里忧愁百结，哭成一个冰人，可心里又想着阳气回升、温暖化育的春天近了。整首诗情绪不谐，令人费解。或许此子只是为作诗而连句，无病呻吟罢了。

方干《赠式上人》："纵居犛角喧阗处，亦共云溪邃僻同。万虑全离方寸内，一生多在五言中。芰荷叶上难停雨，松桧枝间自有风。莫笑旅人终日醉，吾将大醉与禅通。"第五句以荷叶不沾雨水，比喻式上人万虑消除后心性清净，一尘不染。结尾二句是自嘲，俗人未获禅悟，种种欲念牵肠挂肚，只有天天喝得大醉，才能暂时忘却烦恼。

方干七律《赠美人四首》太色，太露，且多重复。如以雪比美人胸，有两句，云"粉胸半掩疑晴雪""常恐胸前春雪释"。写歌女媚眼也有两句，云"醉眼斜回小样刀""含歌媚盼如桃叶"。以柳枝比舞腰又有两句，云"妙舞轻盈似柳枝""舞柳细腰随拍轻"。还有句如"朱唇深浅假樱桃""坐上弄娇声不转""剥葱十指转筹疾"云云，俱俗。吟中依稀惜玉之情，遮不住直勾勾垂涎欲滴的肉欲。

／ 1045 ／

"映林顾兔停琴望，隔水寒猿驻笔听。"方干《与桐庐郑明府》句。心不在琴书，在外面的世界。

／ 1046 ／

方干《送僧归日本》有句云："西方尚在星辰下，东域已过寅卯时。"西方还在夜里，东方太阳已升起来了。这首唐诗对时差的描述，令人惊奇。那个时代，普通人尚不知道有时差这回事。张若虚说："春江潮水连海平，海上明月共潮生。滟滟随波千万里，何处春江无月明。"张九龄说："海上生明月，天涯共此时。"李贺说："雄鸡一声天下白。"他们都认为月亮一升起，全世界的人就同时看到了，东方破晓，整个世界这时都要天亮了。方干是如何知道时差的呢？他真的知道吗？

／ 1047 ／

读方干《许员外新阳别业》，觉得这别墅才是别墅。看看现在开发商造的那些，密密麻麻挤在一起，带个几十平方米小院的房子，院里跑只猫狗都嫌局促，竟也称别墅，竟也惹得民众趋之若鹜，实在可怜可笑。

《许员外新阳别业》诗云:"兰汀橘岛映亭台,不是经心即手栽。满阁白云随雨去,一池寒月逐潮来。小松出屋和巢长,新径通村避笋开。柳絮风前欹枕卧,荷花香里棹舟回。园中认叶封林草,檐下攀枝落野梅。莫恁高情求逸思,须防急诏用长材。若因萤火终残卷,便把渔歌送几杯。多谢郢中贤太守,常时谈笑许追陪。"

当然,许员外是个太守,官大。官做大了,弄一处这般豪华别业,似不难。

／ 1048 ／

方干《题玉笥山强处士》绝句:"酒里藏身岩里居,删繁自是一家书。世人呼尔为渔叟,尔学钓璜非钓鱼。"这首诗把强处士的心思说破了。方先生自己也曾"钓璜"(以退为进,走终南捷径),所以他懂,他不像别人那样好骗。

／ 1049 ／

方干绝句《寄谢麟》末两句"后来若要知优劣,学圃无过老圃知"是警句。典出《论语·子路》:"樊迟请学稼。子曰:'吾不如老农。'请学为圃。曰:'吾不如老圃。'"不过,方干此处无贬义,亦非嘲讽。

罗邺七律《岁仗》："玉帛朝元万国来，鸡人晓唱五门开。春排北极迎仙驭，日捧南山入寿杯。歌舜薰风铿剑佩，祝尧嘉气霭楼台。可怜四海车书共，重见萧曹佐汉材。"此诗写新年元旦朝会时的仪仗和气氛，阵容强大，声威煊赫，压过盛唐气象，但这里写的是晚唐僖宗朝上事。僖宗时，唐王朝已经疲敝不堪，危机四伏，走上了末路。黄巢之乱即发生在僖宗朝。这么一个朝廷会有盛唐气象吗？可想而知，此盛大气象不是朝廷虚张出来的，就是马屁精文人吹嘘出来的。这个"传统"不绝如缕，得到一代又一代的继承与发扬。

"不愁世上无人识，唯怕村中没酒沽。"罗邺七律《自遣》颔联。对句中"没"字用法，同今人口语。

罗邺《春山山馆旅怀》刻画了一个仗剑天涯、夙兴夜寐的男儿形象。后三联写倥偬行旅，句句紧扣，像溪流奔水，后浪推前浪，有种时不我待的紧迫感。颔联对偶有欠缺，但不妨其是一首好诗。云："山馆吟馀山月斜，东风摇曳拂窗华。岂知驱马无闲日，长在他人后到家。孤剑向谁开壮节，流年催我自堪嗟。灯前结束又前去，晓出石林啼乱鸦。"

/ 1053 /

罗隐七律《雪》只有结句好，云："寒窗呵笔寻诗句，一片飞来纸上销。"雪片飞落在案头的纸上，诗人不忍抖落它，而是看着它消融，爱怜之意在其中矣。

/ 1054 /

罗隐《浮云》："溶溶曳曳自舒张，不向苍梧即帝乡。莫道无心便无事，也曾愁杀楚襄王。"呵呵，也是！情人眼里看浮云，任是无情也动人。

/ 1055 /

"四海共谁言近事，九原从此负初心。鸥翻汉浦风波急，雁下郧溪雾雨深。"罗隐七律《重过随州故兵部李侍郎恩知因抒长句》颔、颈二联。九州四海，波恶云急，风雨不测，处此险局中，无人可共言说，传递出李唐王朝大厦将倾的不祥之感。

/ 1056 /

罗隐《闲居早秋》五、六句好，云："百岁梦生悲蛱蝶，一朝香死泣芙蕖。"虽一生满怀疑惑悲哀，倒是不失情操与气节。

363

罗隐《陇头水》教人想到后来范仲淹的《渔家傲·秋思》。两者皆戍边者夜不成寐所吟，中心意思都是说安定边疆，自古未有良策，因而使得一代代将士屯守边塞，老不能归，寄托同情与悲怀。可对照一读。

罗隐《陇头水》："借问陇头水，年年恨何事。全疑呜咽声，中有征人泪。自古无长策，况我非深智。何计谢潺湲，一宵空不寐。"范仲淹《渔家傲·秋思》："塞下秋来风景异，衡阳雁去无留意。四面边声连角起，千嶂里，长烟落日孤城闭。　　浊酒一杯家万里，燕然未勒归无计。羌管悠悠霜满地，人不寐，将军白发征夫泪。"

二者意思近似，不同的是格局。罗隐这首诗主要写个人的内心，是一个幕僚的反思；范仲淹的词雄视边关，纵横万里，写出一个心忧天下的将帅的胸怀。

罗隐《野狐泉》："潏潏寒光溅路尘，相传妖物此潜身。又应改换皮毛后，何处人间作好人。"自古中国民间有狐狸变相为害的传说，狡黠的人被称作老狐狸，漂亮聪明的女人被称作狐狸精，认为他（她）们都是狐狸变的。殊不知人之奸诈阴毒远超狐狸，骂狐狸不过是施障眼法、找替罪羊。

"黄菊倚风村酒熟，绿蒲低雨钓鱼归。"菊花在秋风中开了，风中飘来农家新熟的酒香。下雨了，罢钓归来，把舟停在蒲草青青的溪岸，回到村中对雨赏菊，饮酒赋诗。罗隐七律《忆九华》三、四句描写的这种闲逸生涯美极了，不过，这是他罹乱数年后对往昔的回忆。

罗隐《七夕》："月帐星房次第开，两情惟恐曙光催。时人不用穿针待，没得心情送巧来。"呵呵，这是替织女说话，把织女憋在心里的话说出来了！人家和牛郎一年难得此夕一会，世间女子偏这时纷纷来乞巧，岂不把人烦死？

罗隐七律《赠渔翁》云："叶艇悠扬鹤发垂，生涯空托一纶丝。是非不向眼前起，寒暑任从波上移。风漾长歌笼月里，梦和春雨昼眠时。逍遥此意谁人会，应有青山渌水知。"既然逍遥洒脱，已到"是非不向眼前起，寒暑任从波上移"的境界，哪里还管什么有谁知不知！如果还求知音、患无闻，又和沽名钓誉脱不了干系了。

《全唐诗》卷六六六收录了一组诗，是罗虬作的《比红儿诗》。罗虬与同时代的罗隐、罗邺齐名，时称"三罗"。《比红儿诗》一组皆为七绝体，有一百首，一百首都写一个人，此人叫杜红儿，是一名官妓。

组诗有作者自序，云："比红者，为雕阴官妓杜红儿作也。美貌年少，机智慧悟，不与群辈妓女等。余知红者，乃择古之美色灼然于史传三数十辈，优劣于章句间，遂题比红诗。"

这组诗倾力谀赞杜红儿的美貌，把古来有名的大美女都拿来做了垫脚，极尽铺排夸张之能事。然而，据史料记载，这个被罗虬捧为天人的绝世美姬，却被罗虬刀杀。

《唐才子传》卷第九记："广明庚子乱后，（虬）去从郦州李孝恭为从事。虬狂宕无检束，时雕阴籍中有妓杜红儿，善歌舞，姿色殊绝，尝为副戎属意。会副戎聘邻道，虬久慕之，至是请红儿歌，赠以缯彩。孝恭以为副戎所贮，从事则非礼，令勿受贶。虬不称意，怒拂衣起，诘旦，手刃杀之。孝恭以虬激己，坐之。顷会赦。虬追其冤，于是取古之美女有姿艳才德者，作绝句一百首，以比红儿，当时盛传。此外不见有他作。"

按这个记录，罗虬这组诗是杀杜红儿后追悔所作，但有论者认为组诗应作于前。因为如此热烈追慕，如此钟情，情诗都写了一百篇，终求之不得，他才会有起杀心的冲动。此论言之有理。

另有一点蹊跷。罗虬作为晚唐著名诗人"三罗"之一，一生留下来的诗仅有这组《比红儿诗》，其他的呢？他就没什么别的作品了吗？

观其一生，罗虬给人留下的印象是：一个偏执狂，一个极端分子，或曰一个疯子。

附录《比红儿诗》五首，聊博看客一粲——

其四："一曲都缘张丽华，六宫齐唱后庭花。若教比并红儿貌，枉破当年国与家。"

其六："青丝高绾石榴裙，肠断当筵酒半醺。置向汉宫图画里，入胡应不数昭君。"

其九："越山重叠越溪斜，西子休怜解浣纱。得似红儿今日貌，肯教将去与夫差。"

其十四："拔得芙蓉出水新，魏家公子信才人。若教瞥见红儿貌，不肯留情付洛神。"

其四十八："千里长江旦暮潮，吴都风俗尚纤腰。周郎若见红儿貌，料得无心念小乔。"

呵呵，一百首绝句，写来写去就一句话：天下美女，谁都不如红儿好看！

／ 1063 ／

姚岩杰，开元名相姚崇的后裔，唐末江左名士。依《唐摭言》记，杰为人极狂放，常任意独行，侮慢显贵。他著有《象溪子》二十卷，失传，仅存七律《报颜标》一首。但得此一斑，可窥全豹。诗云："为报颜公识我么，我心唯只与天和。眼前俗物关情少，醉后青山入意多。田子莫嫌弹铗恨，宁生休唱饭牛歌。圣朝若为苍生计，也合公车到薜萝。"前四句一副白眼对世的派头，后四句又自负满满，说要是皇帝真为天下苍生计，就应备车来请我。这态度真是盛气凌人。诗中使用语尾助词"么"，在唐人诗中少见。这一点也显出姚岩杰不羁不俗的性格。

／ 1064 ／

高蟾《金陵晚望》有句云："世间无限丹青手，一片伤心画不成。"伤心是一种复杂的情绪，看不见，摸不着。画家要用色彩把它描绘出来是很难的，诗人用语言把它道出来也不容易。

／ 1065 ／

"却拥木绵吟丽句，便攀龙眼醉香醪。"章碣《送谢进士还闽》五、六句。两句提到两种炎方特有的树木：龙眼和木绵（即木棉）。唐代闽粤还是偏远蛮荒之地，文明初开，文人多出于中原及吴楚故地，不熟悉闽粤风物，所以木棉、龙眼一类炎方植物，在唐诗中比较少见。

/ 1066 /

章碣《焚书坑》："竹帛烟销帝业虚，关河空锁祖龙居。坑灰未冷山东乱，刘项元来不读书。"评秦始皇焚书坑儒事件的诗屡见不鲜，但章碣这首绝句发出最强音。章碣是章孝标之子，对此子，清代评家贺裳《载酒园诗话又编》说得好："章氏父子诗格俱单，碣尤力弱，然《焚书坑》一作，自足名家。"

/ 1067 /

秦韬玉《贫女》，写寒门巧儿，亦深加比赋寓意，使得诗情溢出寒门巧儿，引人联想。不遇者、失意者、自怜者、命薄者、沦落者、不忿者、屈居人下者，一读皆不免心生同情与共鸣，此《贫女》之妙也。诗云："蓬门未识绮罗香，拟托良媒益自伤。谁爱风流高格调，共怜时世俭梳妆。敢将十指夸偏巧，不把双眉斗画长。苦恨年年压金线，为他人作嫁衣裳。"

/ 1068 /

唐彦谦集中有《过浩然先生墓》《赠孟德茂（浩然子）》诗二首。疑二首皆为误录或伪托，起码《赠孟德茂（浩然子）》一首是这样。理由是年代上有较大出入，孟浩然之子几无可能活到唐彦谦能作诗相赠的年纪。

唐彦谦出生年份不详，卒年确定，为公元893年。史料记载中，有另外两个关于他的时间可以确定：一是咸通年间他曾多次进京参加科举考试；二是乾符末年他避兵乱移居汉南。咸通是唐懿宗李漼的年号，为公元860年十一月至公元874年十一月。乾符是唐僖宗李儇的年号，为公元874年十一月至公元879年十二月。唐彦谦号鹿门先生，诗集称《鹿门集》，即源于避居汉南。《过浩然先生墓》《赠孟德茂（浩然子）》两首，若为他所作，应该是作于避地汉南之后，即公元879年后。这个时候，孟浩然之子孟德茂有可能在世吗？

孟浩然一生是确定的，生于公元689年，卒于公元740年。其子孟德茂即使是遗腹子，生于公元741年，到唐彦谦避乱时，已是138岁了。

由于唐彦谦与孟德茂生年相差过远，唐彦谦《赠孟德茂（浩然子）》一首也不可能是作于早年。诗中写"江海悠悠雪欲飞，抱书空出又空归"，孟德茂这样的状态，应该还在壮年，大也不过五六十岁的年龄。如果按他六十岁算，最晚应是公元801年。唐彦谦死于公元893年，公元801年他多大？都未必出生，遑论赠诗。

唐彦谦集中《过浩然先生墓》《赠孟德茂（浩然子）》二首，可能前一首是他所作，后一首为伪托。我之所以怀疑两首皆伪，是因为两首诗遣词、立意和语感俱极相似，如出一人笔下。如果作者是同一个人，后一首是伪托，则前一首也必是伪托。

兹抄录二诗，以期大方指教——

《过浩然先生墓》："人间万卷庞眉老，眼见堂堂入草莱。行客须当下马过，故交谁复裹鸡来。山花不语如听讲，溪水无情自荐哀。犹胜黄金买碑碣，百年名字已烟埃。"

《赠孟德茂（浩然子）》："江海悠悠雪欲飞，抱书空出又空归。沙头人满鸥应笑，船上酒香鱼正肥。尘土竟成谁计是，山林又悔一年非。平生万卷应夫子，两世功名穷布衣。"

╱ 1069 ╱

"耳闻明主提三尺，眼见愚民盗一抔。"唐彦谦《长陵》这一联很有名。"三尺"即三尺剑之略，"一抔"是一抔土缩语，是所谓"歇后诗""缩脚诗"。据说此联得到黄庭坚称赏。能得到黄山谷称赏，在于它用典自然，对仗工整，造句形式新鲜别致；还在于它是对历史的高度浓缩，在浓缩对比中寄托对伟大功业和人物荣枯命运的感慨。

╱ 1070 ╱

"十顷狂风撼釉尘，缘堤照水露红新。世间花气皆愁绝，恰是莲香更恼人。"唐彦谦绝句《黄子陂荷花》用强烈的感触、决绝的怨语，表达对初绽红荷亦即香艳尤物的无限爱怜，力道十足，令人一读动容。首句"曲尘"一词本指酒曲发酵生的菌，因色淡黄如嫩柳，常被借来代指杨柳。

／ 1071 ／

"韦杜八九月，亭台高下风。独来新霁后，闲步澹烟中。荷密连池绿，柿繁和叶红。主人贪贵达，清境属邻翁。"郑谷《游贵侯城南林墅》。

"韦杜"是长安城南的韦曲、杜曲，韦氏、杜氏世居地。二氏皆望族，尤盛于唐，多出公卿。唐人流行语有"城南韦杜，去天尺五"之说，形容两氏和权力中心的关系，可见当时炙手可热之况。韦杜多富豪显贵，环境优美，也成为唐代游览胜地。

郑谷这首就是览胜时写的。但它不是一首普通的记游诗，而是一首讽刺诗。诗结尾写道：这里的别墅水木清华，很美，但主人贪图做官腾达，搬进城里去住，很少回来，留下的园林成了邻居的景观。有这个观察和讽刺，它就高过了普通的记游诗。

不过，诗中第五句值得商量。"荷密连池绿"像是夏日景色。作者来游是阴历八九月间，这时柿树的果实和叶子都红了，应中秋后已下霜了，荷塘还会是那个样子吗？存疑。

/ 1072 /

郑谷《水轩》有句云："读书老不入，爱酒病还深。"读来大有同感。年岁已长，读书读不进去了，嗜酒成瘾的毛病却改不了。

/ 1073 /

"任笑孤吟僻，终嫌巧宦卑。"（《试笔偶书》）郑谷有此格调，就足以令人敬重。世间多少真假颠倒、善恶混淆、是非反复，不是源自那些苟且的巧宦者?!

/ 1074 /

"举世何人肯自知，须逢精鉴定妍媸。若教嫫母临明镜，也道不劳红粉施。"郑谷绝句《闲题》，刺人无自知之明，无自知之心，皆自美而不自省，即使丑陋如嫫母，也自以为天生丽质。

/ 1075 /

"风骚如线不胜悲，国步多艰即此时。爱日满阶看古集，只应陶集是吾师。"郑谷《读前集二首》之二。风雅不继、国运艰危之时，要读陶渊明诗文，学陶渊明为人。此子于古人中独尊老陶，必是因为也身处易代之际，深刻感受到了老陶哀时伤变之痛。

╱ 1076 ╱

郑谷以七律《鹧鸪》一首，被称作"郑鹧鸪"，其诗云："暖戏烟芜锦翼齐，品流应得近山鸡。雨昏青草湖边过，花落黄陵庙里啼。游子乍闻征袖湿，佳人才唱翠眉低。相呼相应湘江阔，苦竹丛深春日西。"首二句写鹧鸪形貌；三、四句写鹧鸪活动栖止；五、六句写人们听闻它们叫声的悲感；七、八句写叫声起处的环境和时分。其实，这首诗写得算不上多好，之所以有名，大概由于比较通俗，当时流行甚广的缘故。

╱ 1077 ╱

自隋唐至明清，进士及第是无数书生的梦想。多少书生考成了先生，甚至考了一生，都没考上。但也有天纵之才，幼年成名。晚唐时，出了一个刘姓童子，竟六岁及第。有郑谷诗《赠刘神童（六岁及第）》为证，云："习读在前生，僧谈足可明。还家虽解喜，登第未知荣。时果曾沾赐，春闱不挂情。灯前犹恶睡，寱语读书声。"从诗里看，此童子不仅中了进士，还能与僧人谈禅，真是了得！所以，郑谷不信他是后天用功所致，认为他有前生的积累。

╱ 1078 ╱

"苔色满墙寻故第，雨声一夜忆春田。"郑谷《中年》此联甚好，浸满故乡情思。

/ 1079 /

改崔涂五律《友人问卜见招》为五绝,云:"乐善知无厌,操心幸不欺。但逢公道日,即是命通时。"

/ 1080 /

崔涂《己亥岁感事》记述唐末己亥年叛乱蜂起,朝廷既无良策也无良将应对之窘况。语句带着十万火急的紧迫感,传达出作者对李家江山气数将尽、国将不国的忧虑,让我们穿越千年,感受到大唐崩溃的气氛。诗云:"正闻青犊起葭萌,又报黄巾犯汉营。岂是将皆无上略,直疑天自弃苍生。瓜沙旧戍犹传檄,吴楚新春已废耕。见说圣君能仄席,不知谁是请长缨。""青犊"指叛民,"葭萌"指远方。

/ 1081 /

"胡蝶梦中家万里,子规枝上月三更。"崔涂《春夕》这联好是好,但过于精巧,有雕琢相,就像绣出来的花,虽美但不自然、不真实。

/ 1082 /

韩偓《恩赐樱桃分寄朝士(在岐下)》五、六句云:"俱有乱离终日恨,贵将滋味片时同。"反映出唐末乱局中朝廷无能为力、苟且偷安的窘态,好可怜。

/ 1083 /

韩偓七律《欲明》："欲明篱被风吹倒，过午门因客到开。忍苦可能遭鬼笑，息机应免致鸥猜。岳僧互乞新诗去，酒保频征旧债来。唯有狂吟与沉饮，时时犹自触灵台。"三、四句刻画处于恶世中的心态。在这种心态下，痛吟诗、狂饮酒成为中国文人的行为范式。阮籍、陶渊明开其先河。

/ 1084 /

韩偓《翠碧鸟》："天长水远网罗稀，保得重重翠碧衣。挟弹小儿多害物，劝君莫近市朝飞。"借劝鸟劝人。小儿者，亦小人也。世多恶人恶行，凡人类聚集之所，便多有暗算、陷阱和谋害。

/ 1085 /

"拙谋却为多循理，所短深惭尽信书。"（《闲居》）韩偓此言是夫子自道，却说出了书生的通病。谋略家、纵横家、奸贼强盗都不择手段以克敌制胜，书生却要讲道理、遵奉经典的教诲，这样一来就先输了一步。

/ 1086 /

韩偓《信笔》首联"春风狂似虎，春浪白于鹅"是戏笔，却让人眼皮一提。以虎比春风威猛狂劲，绝矣。次句将白浪比白鹅，也不错，只是跟在首句后显得偏弱。狂风之下自是狂浪，取鹅为比，难以匹敌。

韩偓七言律《格卑》有云："南朝峻洁推弘景，东晋清狂数季鹰。"张季鹰是西晋人，偓岂不知？

韩偓有《赠友人》绝句云："莫嫌谈笑与经过，却恐闲多病亦多。若遣心中无一事，不知争奈日长何。"句句是家常话、大俗话，像出自串门唠嗑儿的邻家妇人口。凡人闲不得，不能没事做，不能无挂念，一闲下来就空虚无聊，不知日子怎么过了。把凡人的生活感触说得好实在。

"人许风流自负才，偷桃三度到瑶台。至今衣领胭脂在，曾被谪仙痛咬来。"韩偓《自负》。呵呵，瞧这哥们儿的骚劲！这种去风月场寻欢的事，不怕女朋友知道，不怕老婆知道，偏要写诗来谝。

吴融《秋园》云："始怜春草细霏霏，不觉秋来绿渐稀。

惆怅撷芳人散尽，满园烟露蝶高飞。"末句不似草木萧疏后秋日景象，有违和感。

/ 1091 /

吴融《阌乡寓居十首·茆堂》："结得茆檐瞰碧溪，闲云之外不同栖。犹嫌未远函关道，正睡刚闻报晓鸡。"函关道，即函谷关官道，夜闭晓启。此诗写避世意，避之唯恐不远，表达了对宦途的极度厌恶。

/ 1092 /

吴融《首阳山》："首阳山枕黄河水，上有两人曾饿死。不同天下人为非，兄弟相看自为是。遂令万古识君心，为臣贵义不贵身。精灵长在白云里，应笑随时饱死人。"重义者饿死，不义者饱死。饱死人笑饿死人。饿死人颠沛造次，何暇笑饱死人？

/ 1093 /

吴融有《平望蚊子二十六韵》，大概是唐诗中咏苦蚊最长篇。前六韵云："天下有蚊子，候夜嘬人肤。平望有蚊子，白昼来相屠。不避风与雨，群飞出菰蒲。扰扰蔽天黑，雷然随舳舻。利嘴入人肉，微形红且濡。振蓬亦不惧，至死贪膏腴。"平望蚊子凶猛亦甚矣。"白昼来相屠"句毕现其凶凶极恶之状，"屠"字尤为给力。平望，地名，在今江苏省吴江市。

／ 1094 ／

吴融爱杏花，多有吟赏。有五言《杏花》："春物竞相妒，杏花应最娇。红轻欲愁杀，粉薄似啼销。"有七律《杏花》："粉薄红轻掩敛羞，花中占断得风流。软非因醉都无力，凝不成歌亦自愁。独照影时临水畔，最含情处出墙头。裴回尽日难成别，更待黄昏对酒楼。"《和张舍人》有云："杏花向日红匀脸，云带环山白系腰。"《渡淮作》有云："红杏花时辞汉苑，黄梅雨里上淮船。"《忆街西所居》有云："长忆去年寒食夜，杏花零落雨霏霏。"《春寒》有云："固教梅忍落，休与杏藏娇。"《途中见杏花》云"一枝红艳出墙头，墙外行人正独愁"，宋人名句"一枝红杏出墙来"，便是从他的诗句借来。

／ 1095 ／

陆希声《阳羡杂咏十九首·观妙庵》写黄老奥义，读来却似一佛偈，是释道合流一例。云："妙理难观旨甚深，欲知无欲是无心。茅庵不异人间世，河上真人自可寻。"

/ 1096 /

"鹅湖山下稻粱肥，豚栅鸡栖半掩扉。桑柘影斜春社散，家家扶得醉人归。"《社日》这首绝句名气不小，可惜作者不确，或曰王驾，或曰张演。社日是祭祀土地神的节日，村民聚集在土地庙前或村中村外小广场，锣鼓歌舞，祭拜饮酒，往往欢腾热闹。大多数写社日的诗都写这种祭祀场面，但这首绝句却不正面写社祭，而以一个没有去祭祀现场，一整天留在家中的人的视角来写。诗写道：当日村里家家人都出去了，关着门，只留下家禽家畜伴着树木清荫，一天都很安静。直到夕阳西下，社事散了，喝醉的人相扶踉跄归来。此反衬手法，避实就虚，给人宽裕的想象空间，很特别，很高明。

/ 1097 /

杜荀鹤五律《春宫怨》是其《唐风集》开卷之作。有评家认为这首诗为有唐一代宫词第一。对他的诗整体评价不高的人也这样认为。《幕府燕闲录》就说："杜荀鹤诗鄙俚近俗，惟《宫词》为唐第一。"称赞此诗的大都推重颈联二句，即"风暖鸟声碎，日高花影重"。这联竟好到坊间出现一个专门称颂它的民谚，云："杜诗三百首，惟在一联中，风暖鸟声碎，日高花影重。"此谚自五代迄南宋一直流行。宋人笔记《幕府燕闲录》《苕溪渔隐丛话》都有记述。这联好在哪里？依愚见，一、好在一个"碎"字。用"碎"状声，呈现出春天众鸟清脆、细碎、繁密的喧哗声。二、写花影又用了一个"重"字，让人感到花木繁茂，春已深深。"重""碎"互为映衬，还增加了层次。三、这两句描写融合了多重感觉，有视觉，有听觉，有温度感，有立体感，还有时间的维度，使人如置身其中。杜荀鹤有此一联，不枉一生苦吟。

／ 1098 ／

杜荀鹤《送舍弟》："我受羁栖惯，客情方细知。好看前路事，不比在家时。勉汝言须记，闻人善即师。旅中无废业，时作一篇诗。"言辞虽絮叨，却正是至亲人送行叮咛语，很家常，很关切，大有为兄如父之情。

／ 1099 ／

杜荀鹤《苦吟》云："世间何事好，最好莫过诗。一句我自得，四方人已知。生应无辍日，死是不吟时。始拟归山去，林泉道在兹。"这首诗让我惊叹的不是作者对苦吟爱到死的痴狂，而是三、四句所说的好诗的传播速度。在唐代还比较原始的交通和通讯条件下，传播何以能够那么快？最合理的解释是：那个时代的人太热爱好诗了。

／ 1100 ／

杜荀鹤集中有七律《江下初秋寓泊》一首，标题必是错了。云："濛濛烟雨蔽江村，江馆愁人好断魂。自别家来生白发，为侵星起谒朱门。也知柳欲开春眼，争奈萍无入土根。兄弟无书雁归北，一声声觉苦于猿。"濛濛烟雨，柳眼欲开，雁北归，这些无不是春日景象，何况第五句还明示一个"春"字。故此诗题应为"江下初春寓泊"才是。

/ 1101 /

杜荀鹤《书斋即事》有句云："卖却屋边三亩地，添成窗下一床书。"这样的爱书人会被骂作败家子，在唐代也不多见。唐代中后期雕版印刷刚发轫，活字印刷尚未开发，很多书是手抄，出书不易，书价昂贵。把家里的良田卖掉三亩才换得一床书，应是实写，不是夸张。

/ 1102 /

杜荀鹤《自叙》："酒瓮琴书伴病身，熟谙时事乐于贫。宁为宇宙闲吟客，怕作乾坤窃禄人。诗旨未能忘救物，世情奈值不容真。平生肺腑无言处，白发吾唐一逸人。"这是夫子自道。有自省，有自觉，有自守，有自哀。固穷，安贫，守良知，行道义，知易行难。

/ 1103 /

"大海波涛浅，小人方寸深。海枯终见底，人死不知心。"杜荀鹤五绝《感寓》，从情感上看，应是他晚年所作，表现出对人心、人性的绝望。大海浅吗？当然很深。但比起虚伪的人心，它是浅了。

"去岁曾经此县城，县民无口不冤声。今来县宰加朱绂，便是生灵血染成。"杜荀鹤《再经胡城县》，揭露集权体制下官员任免奖惩罔顾民意的丑恶现象。诗句咬牙切齿，翻腾着怒火。

杜荀鹤《哭贝韬》是参加亡友葬礼时写的，云："交朋来哭我来歌，喜傍山家葬荔萝。四海十年人杀尽，似君埋少不埋多。"友人死了，葬在荒山之麓，其他亲朋故交都悲泣号啕，作者却说他心喜，他要歌唱。为什么呢？因为多年来天下纷乱，杀人如麻，无数人死后曝尸荒野，不得掩埋，亡友能入土立坟，实为大幸。当然，这是忍着眼泪的嘲讽，是长歌当哭。作者的内心其实充满悲痛和对黑暗现实的不满。

杜荀鹤以"乱"字入诗，远多过司空图，或是有唐一代使用"乱"字最多的诗人。两人生活在唐朝末年，都经历了易代之变，"乱"在他们的诗集里比比皆是，留下深重的印记。

╱ 1107 ╱

韦庄《登咸阳县楼望雨》云："乱云如兽出山前，细雨和风满渭川。尽日空濛无所见，雁行斜去字联联。"这首绝句很有问题，共四句，竟前后驴唇不对马嘴。首句云"乱云如兽出"，显得风势疾劲，次句却云和风细雨，很不搭。第三句云天地迷迷蒙蒙，一整天什么都看不见，第四句却说大雁像联成的一行字斜着飞过。既目无所见，怎么看到了天空中的雁行呢？全似信口开河。

╱ 1108 ╱

"一弹猛雨随手来，再弹白雪连天起。凄凄清清松上风，咽咽幽幽陇头水。吟蜂绕树去不来，别鹤引雏飞又止。"韦庄《赠峨嵋山弹琴李处士》这段，写琴声与听琴感受，一句一譬，一句一意境，想象丰富，亦十分传情。

╱ 1109 ╱

韦庄七律《下邽感旧》《途次逢李氏兄弟感旧》回忆童年行径，骑竹马、逃学、捉弄老师、上屋顶掏鸟窝、满街疯跑追蝴蝶，不亦乐乎。可见此子儿时也是个调皮蛋。《下邽感旧》上半首云："昔为童稚不知愁，竹马闲乘绕县游。曾为看花偷出郭，也因逃学暂登楼。"《途次逢李氏兄弟感旧》云："御沟西面朱门宅，记得当时好弟兄。晓傍柳阴骑竹马，夜隈灯影弄先生。巡街趁蝶衣裳破，上屋探雏手脚轻。今日相逢俱老大，忧家忧国尽公卿。"少时的伙伴年长后都当了官，多了家国之忧，失去了天真烂漫的童心，快乐人生遂黯然下来。

╱ 1110 ╱

王贞白《长安道》："晓鼓人已行，暮鼓人未息。梯航万国来，争先贡金帛。不问贤与愚，但论官与职。如何贫书生，只献安边策。"呵呵，是了、是了！想升官么？你去问问从早到晚在京城奔走的人吧，就会懂得行义不如行贿、献策不如献金帛。

╱ 1111 ╱

张蠙《边情》有云："穷荒始得静天骄，又说天兵拟渡辽。圣主尚嫌蕃界近，将军莫恨汉庭遥。"讽刺帝王的贪欲，也揭示帝王与将士心理上的矛盾。帝王贪求版图，或担忧受外来攻击，把领土推到遥远的穷荒之地，都嫌敌人离自己太近，还不够远；将士们被驱使，去开疆，去守边，故国家山变得越来越远，自是不情愿。

/ 1112 /

张蠙《下第述怀》有句云："名从近事方知险，诗到穷玄更觉难。"常见有诗家或论者排斥以诗言理，贬低说理诗，愚则认同张蠙之见。不是说理诗低于抒情诗，不是说理诗格调和感染力比抒情诗差，而是说理诗比抒情诗更难写，需要更高的智慧、才气和诗歌技艺。

/ 1113 /

"每到月圆思共醉，不宜同醉不成欢。一千二百如轮夜，浮世谁能得尽看。"张蠙七绝《十五夜与友人对月》。"一千二百如轮夜"即一千二百个月圆夜，即一千二百个月，即一百年。把账算这么细，掰着指头数，更显示出对月圆之夜、对人生良辰的珍爱。

/ 1114 /

"流年五十前，朝朝倚少年。流年五十后，日日侵皓首。非通非介人，谁论四十九。贤哉蘧伯玉，清风独不朽。"黄滔五古《寓言》，应是五十岁上有感于蘧伯玉"年五十而知四十九年非"所作。孔子和蘧伯玉是好友，一生相知相敬。孔子五十知天命，可谓五十而达。蘧子五十知四十九年非，亦可谓五十而达。黄滔言五十不举孔而举蘧，是重在强调反省悔悟，而非达观认命。

黄滔七律《寄同年李侍郎龟正》尾联："莫道秋霜不滋物，菊花还借后时黄。"这两句好。秋霜屠百花众草，极严酷，菊则借之以滋以茂，此中道理令人感奋。

殷文圭《八月十五夜》颔联："满衣冰彩拂不落，遍地水光凝欲流。"妙！得秋夜月色冰凉清透之质。

徐夤《偶书》："巧者多为拙者资，良筹第一在乘时。市门逐利终身饱，谷口躬耕尽日饥。琼玖劘来燕石贵，蓬蒿芳处楚兰衰。高皇冷笑重瞳客，盖世拔山何所为。"这首七律列举了一系列对比和矛盾：有巧才的人多被粗笨的人利用；耕种的人挨饿，市场上买卖粮食的人饱食；美玉卖得好，像玉的石头也跟着成宝贝；蓬草杂蒿茂盛之地，香兰衰死；刘邦嘲弄圣贤，却当了皇帝，项羽力能拔山、英气盖世，却被刘邦打败。这是为什么呢？原因在于是否识时务，抢到时机，即该诗第二句所云"良筹第一在乘时"。这是一首说理诗，第二句是核心。无数事实证明，诗人所说之理没错，不得时，世界就会那么残酷。

/ 1118 /

"闭却闲门卧小窗，更何人与疗膏肓。一生有酒唯知醉，四大无根可预量。骨冷欲针先觉痛，肉顽频灸不成疮。漳滨伏枕文园渴，盗跖纵横似虎狼。"徐夤《闭门》，写满痛苦、绝望、不满和恐惧。虽是身体有病，心头的病却比身体的病严重。

/ 1119 /

读徐夤《咏写真》，不禁莞尔。画工给他画了一幅写真，此公看了又看，又是临水比照，又是对镜端详，左顾右盼，竟美到自比谪仙人李白了。此公应是一表人才，但自恋到这种程度，着实不常见。诗云："写得衰容似十全，闲开僧舍静时悬。瘦于南国从军日，老却东堂射策年。潭底看身宁有异，镜中引影更无偏。借将前辈真仪比，未愧金銮李谪仙。"

/ 1120 /

"晨起梳头忽自悲，镜中亲见数茎丝。从今休说龙泉剑，世上恩雠报已迟。"徐夤《镜中览怀》。时不我待，志未酬而人老矣！真是悲凉。

/ 1121 /

"长养薰风拂晓吹，渐开荷芰落蔷薇。青虫也学庄周梦，化作南园蛱蝶飞。"徐夤七绝《初夏戏题》，三、四句有谐趣，含讥讽，是妙笔。诗人戏吟，心态轻松，思想自由，往往出佳句。

/ 1122 /

钱珝《未展芭蕉》："冷烛无烟绿蜡干，芳心犹卷怯春寒。一缄书札藏何事，会被东风暗拆看。"以无烟、无温度的烛火比春寒中芭蕉的花苞，又从花苞卷裹着的形态想到未启的书札，再进一层想到这未启的书札藏着秘密，要由春风来展开。句句新奇，惊喜迭出。

/ 1123 /

"草晴虫网遍，沙晓浪痕新。"喻坦之《归江南》句，写早晨雨晴后江边小景，细处着眼，清新鲜明。喻名列晚唐"芳林十哲"，存诗仅十八首，可惜。

/ 1124 /

晚唐诗人崔道融七绝《读杜紫微集》论杜牧诗文，堪为的评，云："紫微才调复知兵，长觉风雷笔下生。还有枉抛心力处，多于五柳赋闲情。"三、四句热讽，亦不为过。

/ 1125 /

崔道融《溪居即事》："篱外谁家不系船，春风吹入钓鱼湾。小童疑是有村客，急向柴门去却关。"小船无主，随风漂泊；童子热心，慌张搞错。美丽的误会。就中一片自然天真之趣。

/ 1126 /

卢延让存诗亦稀，有名的是《苦吟》一首，云："莫话诗中事，诗中难更无。吟安一个字，撚断数茎须。险觅天应闷，狂搜海亦枯。不同文赋易，为著者之乎。"这一首中第三、四句广为人知。诗有闲吟以寄闲情，悲吟以遣悲怀，痛吟以抒愤懑，欢唱以歌喜悦。至于苦吟，搜索枯肠，无病呻吟，以雕以凿，寝食不安，则何苦来哉！

/ 1127 /

裴谐《观修处士画桃花图歌》有云："堪怜彩笔似东风，一朵一枝随手发。"这真是妙笔生花！

/ 1128 /

"泽国江山入战图，生民何计乐樵苏。凭君莫话封侯事，一将功成万骨枯。"曹松《己亥岁二首（僖宗广明元年）》之一。后两句精辟，令人惊心，揭露战功残酷的一面，呼唤对普通生命的尊敬和同情。就凭这两句，作者亦足不朽。

/ 1129 /

自宋玉后，"巫山云雨"成了著名的段子，被诗词文赋不断起哄、渲染，艳情愈浓。苏拯《巫山》偏要祛魅，洗尽铅华，还它山头本色。云："昔时亦云雨，今时亦云雨。自是荒淫多，梦得巫山女。从来圣明君，可听妖魅语。只今峰上云，徒自生容与。"第三、四句直言巫山云雨原本是荒淫人做的荒淫梦，把事说穿了。

/ 1130 /

裴说《汉南邮亭》有句云："骤雨拖山过，微风拂面生。""拖"字很触目，是贾岛式的推敲笔法，让人脑中浮现大块云团拖着雨脚从山前缓重移过的场面。

/ 1131 /

"眼闭千行泪，头梳一把霜。诗书不得力，谁与问苍苍。"裴说《送进士苏瞻乱后出家》下半章。诗书救不了世，书生徒然努力大半生，人老梦破，心灰意冷。悲夫！

/ 1132 /

裴说《喜友人再面》写故交之谊，极平淡自然，极沉着静美。古谚曰"君子之交淡如水"，斯之谓欤？诗云："一别几寒暄，迢迢隔塞垣。相思长有事，及见却无言。静坐将茶试，闲书把叶翻。依依又留宿，圆月上东轩。"

1133

裴说《岳阳兵火后题僧舍》是唐诗黑色幽默又一例，云："十年兵火真多事，再到禅扉却破颜。唯有两般烧不得，洞庭湖水老僧闲。"连绵十年的战火把大唐江山什么都烧毁了，但还有两样东西烧不掉，就是洞庭湖里的水和老和尚的淡定。

1134

李洞《秋宿润州刘处士江亭》前半章好，把秋夜江上景色写得壮大璀璨。云："北梦风吹断，江边处士亭。吟生万井月，见尽一天星。"月亮就一个，形容它竟用了"万"字；星星有无数，形容它却用了"一"字。用"一"，不觉得少，反觉得多；用"万"，不觉零散，反觉得完整。造句很用心思，看上去却自自然然，这就很有水平了。

1135

李洞《贾岛墓》云："一第人皆得，先生岂不销。位卑终蜀士，诗绝占唐朝。旅葬新坟小，魂归故国遥。我来因奠酒，立石用为标。"首联为贾岛未考中进士抱不平。颔联总结贾岛一生，评赞其诗歌成就。颈联哀贾岛客死异乡，永无归期。尾联写作者来墓前祭奠，重新立碑标记。颈联起句"新坟"，应是为对次句"故国"故意为之。李洞入蜀时，贾岛已故四五十年，他的坟早成旧坟，否则不至于连墓碑都不见了。

／ 1136 ／

李洞《赠曹郎中崇贤所居》有联云："药杵声中捣残梦，茶铛影里煮孤灯。"这是诗人语法。梦抓不到、摸不着，怎么捣？灯是火，怎么煮？按普通语法说来，应该是"梦残捣药杵声中，孤灯影里煮茶铛"，但这样一来就少了"捣梦""煮灯"生成的新奇感，也就是因颠倒语法而产生的所谓"诗意"。的确，"诗意"也常常是靠奇怪的语法造出来的。

／ 1137 ／

李洞还有《过贾浪仙旧地》七律一首，可与《贾岛墓》相参照，云："鹤外唐来有谪星，长江东注冷沧溟。境搜松雪仙人岛，吟歇林泉主簿厅。片月已能临榜黑，遥天何益抱坟青。年年谁不登高第，未胜骑驴入画屏。"对贾岛评价亦甚高。尾联言年年都有人考上进士，他们却没有谁胜过一生潦倒未及第的贾浪仙。

/ 1138 /

郑良士《游九鲤湖》有句"万树春声细雨中"，浑厚朴茂，一以抵百。

/ 1139 /

"蓬头稚子学垂纶，侧坐莓苔草映身。路人借问遥招手，怕得鱼惊不应人。"胡令能绝句《小儿垂钓》。以一个紧张的小动作，刻画学钓小儿的认真、天真，惟妙惟肖，很有气氛，又有画面感。

/ 1140 /

"秦法烦苛霸业赊，一夫攘臂万夫随。王侯无种英雄志，燕雀喧喧安得知。"周昙咏史绝句《秦门·陈涉》，大抵是从司马迁《史记·陈涉世家》改写来的。

/ 1141 /

李九龄《山中寄友人》："乱云堆里结茅庐，已共红尘迹渐疏。莫问野人生计事，窗前流水枕前书。"唐代诗人常将深山称作"云根"，首句"乱云堆里"义通"云根"，指山间。第三句"野人"是诗人自谓。第四句"流水"既写实，也暗指时间。

/ 1142 /

李密一生不甘人下，始乱终逆，留有五古《淮阳感怀》一首，颇印证其豪强胸襟。诗云："金风荡初节，玉露凋晚林。此夕穷涂士，郁陶伤寸心。野平葭苇合，村荒藜藋深。眺听良多感，徙倚独沾襟。沾襟何所为，怅然怀古意。秦俗犹未平，汉道将何冀。樊哙市井徒，萧何刀笔吏。一朝时运会，千古传名谥。寄言世上雄，虚生真可愧。""樊哙"后六句，几乎是陈胜感叹"王侯将相宁有种乎"之翻版。

/ 1143 /

《落叶》称得上是一首五绝佳作，云："早秋惊叶落，飘零似客心。翻飞未肯下，犹言惜故林。"至于作者，一说孔绍安，一说孔德绍。二孔都是越州人，生活年代也接近，大致在隋至唐初，存诗皆少。从语感、构思及体裁看，这首绝句更像出自孔绍安。可参读孔绍安其他五绝如《侍宴咏石榴》《咏天桃》。

/ 1144 /

"穷达皆由命，何劳发叹声。但知行好事，莫要问前程。冬去冰须泮，春来草自生。请君观此理，天道甚分明。"这首《天道》署名冯道，有学者考证说是伪托。究竟是不是伪托，没有定论。此冯道即生于唐末，后来连续在后唐、后晋、后汉、后周四朝都身居高位，有"五代宰相"之称的那个人。有史家批评他是巧宦典型，无耻之尤；也有史家为他抱不平，认为他虽仕多朝，不忠不一，却是个恤民敬事的好官。《天道》是否他作且不论，诗中表现的豁达乐天的襟怀，倒与其人格形象相符。

冯道《天道》两个"道"字，叫人也想说说一个关于他的趣闻：冯道的门客在他府上读《老子》，首句"道可道，非常道"有三个"道"字，因要讳主人名，大家都读作"不敢说可不敢说，非常不敢说"。此事亦不知真假，作为笑谈，可发一噱。

/ 1145 /

所谓故乡，多是留在记忆里的，飘在梦中的，而不在多变薄情的现实世界里。梦里故乡和地理故乡疏离、背离，重回故地，不能相认，这种感怀，乡土情结浓重的古人已经有了。韩熙载《感怀诗二章》其一云："仆本江北人，今作江南客。再去江北游，举目无相识。金风吹我寒，秋月为谁白。不如归去来，江南有人忆。"其二两句："未到故乡时，将为故乡好。及至亲得归，争如身不到。"

/ 1146 /

"谁家旧宅春无主，深院帘垂杏花雨。"潘佑七绝《失题》

句。旧宅、空院、陈迹，丽春、红杏、花雨，这些色彩、气质都反差很大的事物交织在一起，像掩藏着一个凄美的故事，令人着迷。

／ 1147 ／

"当年酒贱何妨醉，今日时难不易狂。"沈彬《秋日》颈联，记了酒市行情的变化，但重点不在市场，而在书写社会巨变，书写个人在前后不同时代里不同的境况与感受。沈彬生卒年不详，据考约唐宣宗大中七年（公元853年）至周世宗显德四年（公元957年）间在世。不能确定他是否真活了一百零四岁，但可以确定他是生于唐代的最长寿诗人之一。他在晚唐生活了四五十年，经历唐亡后的五代，差一点活到北宋。

／ 1148 ／

沈彬一生漫长，想必也写了不少诗，但完诗存留不多，收入《全唐诗》的不足二十首。较为人熟知的是两首绝句。一、《再过金陵》："玉树歌终王气收，雁行高送石城秋。江山不管兴亡事，一任斜阳伴客愁。"二、《吊边人》："杀声沉后野风悲，汉月高时望不归。白骨已枯沙上草，家人犹自寄寒衣。"

还有一首七绝《都门送别》，也不错："岸柳萧疏野荻秋，都门行客莫回头。一条灞水清如剑，不为离人割断愁。"写灞桥送别的唐诗很多，但明确地将灞水比作剑，很新鲜特别，似是前无古人。这个比喻叫人想到柳宗元以山比剑的诗句："海畔尖山似剑铓，秋来处处割愁肠。"山水为证，唐人作诗用譬又奇又广。

╱ 1149 ╱

沈彬爱炼句，如《入塞二首》中有云："半夜翻营旗搅月，深秋防戍剑磨风。"又有："鸢觑败兵眠白草，马惊边鬼哭阴云。""旗搅月"极言旗帜飘扬。"剑磨风"极言塞上秋风刚硬。

╱ 1150 ╱

陈陶《吴苑思》："今人地藏古人骨，古人花为今人发。江南何处葬西施，谢豹空闻采香月。"作者徘徊在吴苑旧址上，发怀古幽思，心想：如果地下西施的遗骨化出花朵，那将是什么样？花没见到，这个想象已够凄迷香艳。

╱ 1151 ╱

陈陶《陇西行四首》之二云："誓扫匈奴不顾身，五千貂锦丧胡尘。可怜无定河边骨，犹是春闺梦里人。"这首七绝后两句与沈彬七绝《吊边人》"白骨已枯沙上草，家人犹自寄寒衣"，意思异曲同工。

/ 1152 /

孙元晏咏史绝句《晋·谢玄》："百万兵来逼合肥，谢玄为将统雄师。旌旗首尾千馀里，浑不消他一局棋。"后两句写大将风度，典故出自谢安。谢安是谢玄叔父，这首诗错把叔父的事安到侄儿身上了。

/ 1153 /

"打起黄莺儿，莫教枝上啼。啼时惊妾梦，不得到辽西。"金昌绪生卒年不详，一生仅留下这首《春怨》小诗，是以一诗得千古名又一例。诗以浅白语说被鸟叫惊醒后的一个小情节，率真有趣。谢榛《四溟诗话》说诗有两种写法：一种是"一句一意，摘一句亦成诗"，如杜甫诗"日出篱东水，云生舍北泥。竹高鸣翡翠，沙僻舞鹍鸡"（《绝句六首》之一）；另一种是"一篇一意，摘一句不成诗"，这首《春怨》诗是典型的例子。

/ 1154 /

潘图《末秋到家》："归来无所利，骨肉亦不喜。黄犬却有情，当门卧摇尾。"这是唐诗里一首特别的小诗，写人亲不如狗亲，又辛辣又酸楚。俗话云"狗不嫌家贫"，倒是人嫌贫爱富。俗话说"狗眼看人低"，是讲错了，狗并不势利眼，是人眼看人低。

卢钰《劝曹生》："桑扈交飞百舌忙，祖亭闻乐倍思乡。尊前有恨惭卑宦，席上无慘爱艳妆。莫为狂花迷眼界，须求真理定心王。游蜂采掇何时已，只恐多言议短长。"看来此曹生官位低微，却好色，是个淫荡成瘾的花贼。作者可能是他的同乡或同学，写这首诗劝他收敛，顾忌一下舆论。所谓"劝"，是客气说法，其实相反，是"诫"，是批评。

王瓒《冬日与群公泛舟焦山》起首四句云："江外水不冻，今年寒复迟。众芳且未歇，近腊仍夹衣。"焦山在江苏镇江。时近腊月，山上还繁花处处，江上泛舟人仍身穿夹衣。此诗记录了一个暖冬。

吉师老《题春梦秋归故里》："故国归路赊，春晚在天涯。明月夜来梦，碧山秋到家。开窗闻落叶，远墅见晴鸦。惊起晓庭际，莺啼桃杏花。"此诗有趣之处是，作者在春晚旅途中梦见秋日回到家里。诗首尾写春，中间写秋，春秋交映，梦与现实交织，自成一观。

/ 1158 /

《全唐诗》卷七七八收方愚《读〈孝经〉》七绝一首，云："星彩满天朝北极，源流是处赴东溟。为臣为子不忠孝，辜负宣尼一卷经。"此诗读来像出自理学家之手，不似唐人所作。方愚何许人，不详，亦无考，署名作品仅此一篇。《全唐诗》收录此诗，源自南宋洪迈编的《万首唐人绝句》。

/ 1159 /

潘雍《赠葛氏小娘子》是一篇求爱的情书，也可能是调情挑逗之作。云："曾闻仙子住天台，欲结灵姻愧短才。若许随君洞中住，不同刘阮却归来。"简直是自求入赘。

/ 1160 /

"锦字龙梭织锦篇，凤凰文采间非烟。并他时世新花样，虚费工夫不直钱。"韩常侍《寄织锦篇与薛郎中（时为补阙，谢病归山）》批评文坛流行风气。文坛也是个市场，你不迎合时髦、投其所好，文章再好，也不买你账。

/ 1161 /

"城外升山寺，城中望宛然。及登无半日，欲到已经年。"任生五绝《题升山》，写了一个常人都可能有的经验。一件早就想做的事，因为有点难度，搁置很久，终于有一天实际去做，轻而易举就完成了。读者读这首诗会联想到自己的阅历，从而产生亲切感。

／ 1162 ／

缪氏子《赋新月》："初月如弓未上弦，分明挂在碧霄边。时人莫道蛾眉小，三五团圆照满天。"此七绝写新月这个自然物理现象，从一弯细眉似的小月牙想到照彻夜空的满月，加入了时间过程和期待。语言通俗明快，充满乐观情绪，像一首童谣。

／ 1163 ／

无名氏《初过汉江》："襄阳好向岘亭看，人物萧条值岁阑。为报习家多置酒，夜来风雪过江寒。"这首绝句写得很好，可惜作者佚名（一说是崔涂作，不确定）。它有以下几个特征：一、时间确切，是隆冬腊月，一场风雪后的上午；二、事件清楚，是刚从樊城渡过汉江后继续南行；三、路线明晰，过江到襄阳，经岘山，南下习家池，准备在那里歇息吃饭；四、气氛凝重，天气寒冷，人迹稀少，景物萧疏；五、人物胸怀孤寂凛冽，但表现含蓄。从以上信息判断，作者应该是一名被贬的朝廷官员，这首诗是他离开京城前往南方谪居地途中经过襄阳时写的。

／ 1164 ／

"晚菘细切肥牛肚，新笋初尝嫩马蹄。"（唐诗散句，见《锦绣万花谷》）鲜脆使人垂涎，可入冬令时蔬谱。

／ 1165 ／

花蕊夫人徐氏《述国亡诗》："君王城上竖降旗，妾在深宫那得知。十四万人齐解甲，宁无一个是男儿。"作者花蕊夫人，据说是五代后蜀主孟昶的贵妃，诗是她随孟昶被掳入宋后写的。她这声抱怨，用地道的女人腔，羞辱了所有蜀国的将士。

／ 1166 ／

"别路云初起，离亭叶正飞。所嗟人异雁，不作一行归。"此绝题为《送兄》，题下注云"武后召见，令赋送兄诗，应声而就"，署名为"七岁女子"。首二句比较老套，后二句巧妙，语气与七龄女童殊不相称。

／ 1167 ／

任氏《书桐叶》："拭翠敛蛾眉，郁郁心中事。搦管下庭除，书成相思字。此字不书石，此字不书纸。书在桐叶上，愿逐秋风起。天下有心人，尽解相思死。天下负心人，不识相思字。有心与负心，不知落何地。"任氏是蜀地一女子，她把情诗写在凋落的桐叶上，让它随风飘去，gone with the wind。这就像投放了一个漂流瓶，你说古代的女子是不是也很会玩？

《全唐诗》卷八〇〇，大历女诗人晁采名下收《子夜歌十八首》，情欲热烈，语言直率，行为泼辣，大不似出自闺中，极有可能是伪托之作，待考。举两例，第十七首："轻巾手自制，颜色烂含桃。先怀侬袖里，然后约郎腰。"第十八首："侬赠绿丝衣，郎遗玉钩子。即欲系侬心，侬思著郎体。"

薛涛《春望词四首》之一："花开不同赏，花落不同悲。欲问相思处，花开花落时。"一首二十个字的五绝，有十二个重字，不重的字只八个。诗好不好，要看情感、内涵和趣味，固不在有无重字或重字多少。

薛涛是唐代著名女诗人，世称"女校书"，看她存世的数十首诗，总的来讲，才情、才艺和其名气比，都显得不够给力，没有特别好的作品。除《望春词》外，以下几首尚可观。《春郊游眺寄孙处士二首》之二："今朝纵目玩芳菲，夹缬笼裙绣地衣。满袖满头兼手把，教人识是看花归。"《试新服裁制初成三首》之二："九气分为九色霞，五灵仙驭五云车。春风因过东君舍，偷样人间染百花。"《柳絮》："二月杨花轻复微，春风摇荡惹人衣。他家本是无情物，一任南飞又北飞。"

"一首诗来百度吟，新情字字又声金。西看已有登垣意，远望能无化石心。河汉期赊空极目，潇湘梦断罢调琴。况逢寒节添乡思，叔夜佳醪莫独斟。"这是一首调情诗，题《次韵西邻新居兼乞酒》，是唐代另一著名女诗人鱼玄机酬答西邻新主人的。西邻新主人先写诗给她，她步韵唱和。诗中第三句至第六句，句句用典，都以痴情女子自比。第三句用宋玉《登徒子好色赋》，自比偷窥的东邻女。第四句用望夫石典，第五句用牛郎织女典，第六句用舜姬湘妃典。这固然是戏笔，逢场作戏，但投怀荐枕之意十分明确。鱼玄机为妓的佻达性情跃然纸上。

唐女诗人中，鱼玄机最具有诗人气质。薛涛和她并列为"唐代三大女诗人"，或"唐代四大女诗人"，但真的比起来，鱼玄机要高出不少，薛涛不在同一个档次上。鱼玄机才气高，情思丰广，笔下常有大场面、大腔调、大气象。如七律《浣纱庙》："吴越相谋计策多，浣纱神女已相和。一双笑靥才回面，十万精兵尽倒戈。范蠡功成身隐遁，伍胥谏死国消磨。只今诸暨长江畔，空有青山号苎萝。"如七绝《江行》之一："大江横抱武昌斜，鹦鹉洲前户万家。画舸春眠朝未足，梦为蝴蝶也寻花。"如《江陵愁望寄子安》："枫叶千枝复万枝，江桥掩映暮帆迟。忆君心似西江水，日夜东流无歇时。"这些诗气度不凡，超越女儿情性，有大丈夫风概，堪称大手笔。即使放在李白、杜甫集中，也未必逊色。

对自己的诗才，鱼玄机是清楚的，而且很自负，心气很高。这点突出表现在《游崇真观南楼睹新及第题名处》一首中，云："云峰满目放春晴，历历银钩指下生。自恨罗衣掩诗句，举头空羡榜中名。"其意是说自恨生为女儿身，不能参加科举，所以只能眼睁睁看别人榜上题名。

/ 1173 /

古人六言诗多有赘字，多可减为五言。但女诗人李冶（字季兰）《八至》为不刊，云："至近至远东西，至深至浅清溪。至高至明日月，至亲至疏夫妻。"且首句含妙理，末句精警。

所谓"唐代三大女诗人"中，李季兰生前受过的礼遇最高。天宝年间，玄宗召见过她，那个经历和李白有些相似。她存世的诗少，只十几首，大都艺术上精熟雅致。由此管测，她诗歌技巧掌握得很好，是女诗人中的技术派。且读这两首——《相思怨》："人道海水深，不抵相思半。海水尚有涯，相思渺无畔。携琴上高楼，楼虚月华满。弹著相思曲，弦肠一时断。"《偶居》："心远浮云知不还，心云并在有无间。狂风何事相摇荡，吹向南山复北山。"一首五言，一首七言，都写得婉转流利，很老练。

"我见百十狗，个个毛狰狞。卧者渠自卧，行者渠自行。投之一块骨，相与哰哰争。良由为骨少，狗多分不平。"寒山《诗三百三首》其五十八。"哰哰"一词读音如癌柴，是形容狗龇牙咧嘴争斗的样子。食物不足使得一群狗互相争斗。犬类如此，人类何尝不然？寒山子这首诗表面写狗，实则是写人类身上的兽性。没有觉悟和慈悲心，人就同狗一样。

寒山子有诗云："可贵天然物，独一无伴侣。觅他不可见，出入无门户。促之在方寸，延之一切处。你若不信爱，相逢不相遇。"这个在精神里也在物质世界里无处不在，却又看不见、摸不着的宝贝是什么呢？即佛性，即菩提，即道。佛性、菩提、道是一种东西，是唯一的东西，是不二法门。它虽然看不见、摸不着，你一朝觉悟到它，它的自在快活的本质就会得到体现，变成可观可感的了。这可观可感的活泼泼的佛性，寒山有多篇诗作吟唱过，其一云："粤自居寒山，曾经几万载。任运遁林泉，栖迟观自在。寒岩人不到，白云常叆叇。细草作卧褥，青天为被盖。快活枕石头，天地任变改。"

╱ 1177 ╱

寒山又云："千生万死凡几生，生死来去转迷情。不识心中无价宝，犹似盲驴信脚行。"阿弥陀佛，世间盲驴子何其多，前仆后继，一代代层出不穷！

╱ 1178 ╱

寒山子寄迹山中，是个超脱的和尚。他的诗诙谐、通达，充满善意，大多是自在快乐的歌唱。然而，这样一个大彻大悟者，偶尔也会有孤独感。孤独感袭来时，也会流露在诗句中。且看这首诗："自羡山间乐，逍遥无倚托。逐日养残躯，闲思无所作。时披古佛书，往往登石阁。下窥千尺崖，上有云盘泊。寒月冷飕飕，身似孤飞鹤。"

/ 1179 /

“无去无来本湛然，不居内外及中间。一颗水精绝瑕翳，光明透满出人天。”拾得诗，写开悟后明亮通透的心灵，是佛性体验。

/ 1180 /

“人生浮世中，个个愿富贵。高堂车马多，一呼百诺至。吞并田地宅，准拟承后嗣。未逾七十秋，冰消瓦解去。”拾得诗，是对世人梦想的当头棒喝。末尾两句单刀直入，残酷无情。

/ 1181 /

灵一和尚生活于盛唐末、中唐初，虽处在家国转折期，其诗却大多笃定、自信，有一种潇洒的精神和风度，且文采斐然。这与其说是盛唐遗绪，毋宁说是个人心灵超迈与完满的映照。赏读两首。《春日山斋》云：“野径东风起，山扉度日开。晴光拆红萼，流水长青苔。逋客殊未去，芳时已再来。非关恋春草，自是欲裴回。”《题东兰若》云：“上人禅室路裴回，万木清阴向日开。寒竹影侵行径石，秋风声入诵经台。闲云不系从舒卷，狎鸟无机任往来。更惜片阳谈妙理，归时莫待暝钟催。”

/ 1182 /

灵一《酬陈明府舟中见赠》："长溪通夜静，素舸与人闲。月影沉秋水，风声落暮山。稻花千顷外，莲叶两河间。陶令多真意，相思一解颜。"第三、四句颔联与第五、六句颈联，一面空疏清寂，一面繁盛蓬勃，对比鲜明。此中真意耐人寻味。

/ 1183 /

灵一《酬陈明府舟中见赠》颔联、颈联对比之深意何谓？读他另一首诗《自大林与韩明府归郭中精舍》，可获得启示。其诗云："野客同舟楫，相携复一归。孤烟生暮景，远岫带春晖。不道还山是，谁云向郭非。禅门有通隐，喧寂共忘机。"

/ 1184 /

"禅客无心忆薜萝，自然行径向山多。知君欲问人间事，始与浮云共一过。"灵一《归岑山过惟审上人别业》（一作《归岑山留别》）。这首七绝风神洒脱，意趣、语气都似李白。

/ 1185 /

庞蕴居士有禅理诗云："万法从心起，心生万法生。法生同日了，来去在虚行。寄语修道人，空生慎勿生。如能达此理，不动出深坑。"人称他"东土维摩"，非虚妄。

"毛骨贵天生，肌肤片玉明。见人空解笑，弄物不知名。国器嗟犹小，门风望益清。抱来芳树下，时引凤雏声。"护国《许州郑使君孩子》（一作法振诗）。这个和尚会写诗，更会说话。他夸孩子体貌高贵，形态天真可爱，许给孩子一个光耀的前程，顺便把他爹、他爷也赞了，诗又写得流丽生动，送给谁谁不喜欢！

"水从荒外积，人指日边回。"无可《送朴山人归日本》诗句，境极空远。"水"句写水淹荒外，浩渺无涯，其意却不在写大水，在写归人故国之遥。

无可有多篇中秋咏月诗。《中秋夜君山脚下看月》中"气射繁星灭，光笼八表寒"两句，写出是夜月亮一轮耀天的威势，霸气，甚至带杀气，力道非凡。

《全唐诗》卷七九四有《冬日建安寺西院喜昼公自吴兴至

联句一首》：

"宗系传康乐，精修学远公。（王遘）

"相寻当暮岁，行李犯寒风。（李纵）

"累积浮生里，机惭半偈中。（郑说）

"传家知业坠，继祖忝声同。（皎然）

"云与轻帆至，山将本寺空。（崔子向）

"向来忘起灭，留我宿花宫。（齐翔）"

这是某个冬日名僧皎然来到建安寺，王遘等五个文友欣喜不已，大伙儿凑在一起即兴作的。一人一联，六人共六联，合成一首五言排律。因为是欢迎皎然，联句诗的主题就成了皎然。

皎然俗姓谢，字清昼，吴兴（今湖州）人。据说是东晋大诗人谢灵运十世孙。这首联句诗起首王遘说到这层关系，中间皎然态度谦卑地做出应答，是皎然对他系康乐公后裔的直接认可。

/ 1190 /

写破山寺，最有名的是常建五律《题破山寺后禅院》，光明寂静，带着禅性的欣悦。皎然七绝《秋晚宿破山寺》名气不扬，也写得极好，但凋残凄冷，令人不寒而栗。皎然比常建晚，他写"昔日经行人"时，或也想到常建。作为僧人，为何他这首诗正好与常建那首相反，表现出一种强烈的世俗情怀，发人深思。或许这时他的心情真的很低落，或许他就是故意要和常建唱反调，用当头棒喝手段来揭示人生真谛。

来对比看看两首诗——《题破山寺后禅院》："清晨入古寺，初日照高林。竹径通幽处，禅房花木深。山光悦鸟性，潭影空人心。万籁此都寂，但馀钟磬音。"《秋晚宿破山寺》："秋风落叶满空山，古寺残灯石壁间。昔日经行人去尽，寒云夜夜自飞还。"

╱ 1191 ╱

皎然诗五言、七言俱佳，五言尤胜。试读以下两首。五言《寻陆鸿渐不遇》："移家虽带郭，野径入桑麻。近种篱边菊，秋来未著花。扣门无犬吠，欲去问西家。报道山中去，归时每日斜。"七言《山居示灵澈上人》："晴明路出山初暖，行踏春芜看茗归。乍削柳枝聊代札，时窥云影学裁衣。身闲始觉鬐名是，心了方知苦行非。外物寂中谁似我，松声草色共无机。"

╱ 1192 ╱

皎然《白云上人精舍寻杼山禅师兼示崔子向何山道上人》后六句"夕霁山态好，空月生俄顷。识妙聆细泉，悟深涤清茗。此心谁得失，笑向西林永"，颇含拈花微笑的禅机。妙悟自然，以心会心，清净愉悦。

/ 1193 /

皎然五言排律《早春书怀寄李少府仲宣》，是其人生自述，概括如剪影。第三句"忽值胡雏起"应指安史之乱。他自言早年开始学佛法，于安史之乱后投迹空门。"崇替惊人事，凋残感物华"两句，感慨祸乱给社会带来的摧残与剧变，流露出这位名僧的现实关怀。诗云："早年初问法，因悟目中花。忽值胡雏起，芟夷若乱麻。脱身投彼岸，吊影念生涯。迹与空门合，心将世路赊。东田已芜没，南涧益伤嗟。崇替惊人事，凋残感物华。知君过我里，惆怅旧烟霞。"

/ 1194 /

"世人不知心是道，只言道在他方妙。还如瞽者望长安，长安在西向东笑。"皎然七绝《戏呈吴冯》，以通俗诙谐的语言解说深奥的道理，轻松而警世。他告诉你生活不在别处，不在远方，达到真理的道路也不在别处，不在远方。他叫你回来，回到自我和内心，不要背道而驰，迷失在外面的世界里。要明白万法唯心，心是万物之源、众妙之门。不明于此，无异于盲。

/ 1195 /

"春日绣衣轻，春台别有情。春烟间草色，春鸟隔花声。春树乱无次，春山遥得名。春风正飘荡，春瓮莫须倾。"皎然《和邢端公登台春望句句有春字之什》，八句句首用"春"字，亦不妨是一篇合格的五律。此固为戏作，戏作无不可，有情趣即可。

/ 1196 /

"雪晴松叶翠，烟暖药苗青。静对沧洲鹤，闲看古寺经。"皎然《汤评事衡水亭会觉禅师》诗句，闲静高洁，品兼僧道。

/ 1197 /

"夜夜忆故人，长教山月待。今宵故人至，山月知何在。"皎然《待山月》，得鱼忘筌。故人远隔时，夜夜思念，常和月亮相伴遥望。故人既至，两情相悦，就把月亮丢到九霄云外了。

/ 1198 /

皎然《送裴秀才往会稽山读书》："一身贵万卷，编室寄烟萝。砚滴穿池小，书衣种楮多。吟诗山响答，泛瑟竹声和。鹤板求儒术，深居意若何。"清秀，有文气，甚可爱。

/ 1199 /

皎然《送僧绎》："斜日摇扬在柳丝，孤亭寂寂水逶迤。

谁堪别后行人尽，唯有春风起路岐。"太阳斜下去了，已沉到轻轻摇晃的柳丝后边，柳岸上的亭子寂寥地对着一弯悠悠江水。此时行人已去，杳无踪影，只有阵阵微风从路口经过。诗中呈现出一个空荡荡的无人世界，让读者几乎忘了送行人在场。这庶几也是"无我之境"吧。

/ 1200 /

皎然《妙喜寺逵公院赋得夜磬送吕评事》云："一磬寒山至，凝心转清越。细和虚籁尽，疏绕悬泉发。在夜吟更长，停空韵难绝。幽僧悟深定，归客忘远别。寂历无性中，真声何起灭。"《咏小瀑布》云："瀑布小更奇，潺湲二三尺。细脉穿乱沙，丛声咽危石。初因智者赏，果会幽人迹。不向定中闻，那知我心寂。"前一首写夜里磬声轻灵悠扬，后一首写岩间小瀑涓涓呢喃，皆玲珑可爱。但这两首诗都是既咏物又意不在咏物，而是为修禅写的，意在言说禅定中非有非空的妙空之境。

/ 1201 /

"乞我百万金，封我异姓王。不如独悟时，大笑放清狂。"皎然《戏作》。在觉悟者的眼中，钱和权算什么，百万黄金、封侯封王算什么，不如放怀清狂一笑。呵呵，这是皎然的价值观吗？

/ 1202 /

"二月三月山初暖，最爱低檐数枝短。白花不用乌衔来，自有风吹手中满。九月十月争破颜，金实离离色殷殷，一夜天晴香满山。"简编皎然《洞庭山维谅上人院阶前孤生橘树歌》如上。这几句写院中橘树春华秋实，活色生香，摇曳生姿，极可爱。

/ 1203 /

"西寻仙人渚，误入桃花穴。风吹花片使我迷，时时问山惊踏雪。"皎然《兵后西日溪行》句，好大一场桃花雪，好烂漫。

/ 1204 /

"一度林前见远公，静闻真语世情空。至今寂寞禅心在，任起桃花柳絮风。"栖白绝句《寄南山景禅师》。写的是顿悟和顿悟后的寂灭了断。机缘到时，顿悟似不难，但要从此了断不那么容易。栖白了得，所以他成了大德，宣宗皇帝都请他做师傅。

/ 1205 /

智亮绝句《戴云山吟》："人间谩说上天梯，上万千回总是迷。曾似老人岩上坐，清风明月与心齐。"明亮宁静的天堂不在天上，就是你找到上天的阶梯，上去千回万回也找不到，因为天堂在人心里。智亮这里说的和皎然《戏呈吴冯》说的是一个意思。

/ 1206 /

一个追问"我是谁"，思索生命真相的人，他端详自己的画像时，看到、想到什么？唐僧澹交的五律《写真》，给这个抽象思考画了一幅写真，深入浅出，悲悯幽默，兼具佛道两家的智慧，引人入胜。诗云："图形期自见，自见却伤神。已是梦中梦，更逢身外身。水花凝幻质，墨彩染空尘。堪笑予兼尔，俱为未了人。"想到现在，手机也是照相机，拍照无比方便，爱自拍者甚众，却不知有几人对着自己的照片，还像澹交那样审视。

/ 1207 /

子兰《与道侣同于水陆寺会宿》："论道穷心少有朋，此时清话昔年曾。柿凋红叶铺寒井，鹊坠霜毛著定僧。风递远声秋涧水，竹穿深色夜房灯。出门尽是劳生者，只此长闲几个能。"此诗字面凄寒，内里裹着围炉夜话的热气，是以读来备觉温暖。

/ 1208 /

子兰七绝《河梁晚望二首》之二："雨添一夜秋涛阔，极目茫茫似接天。不知龙物潜何处，鱼跃蛙鸣满槛前。"作者为何想到了龙？因为雨后水势涨大，一片汪洋。林子大了什么鸟都有，水大了，就想到长鲸、巨龙一类海兽。可是，作者没看见巨龙、长鲸，只看到鱼儿、蛙儿多了很多，活蹦乱叫，热闹得很。读这首诗，忽觉得它写出当今媒体发达时代喧哗世界给人的感觉。穿越了！

/ 1209 /

可止《小雪》："落雪临风不厌看，更多还恐蔽林峦。愁人正在书窗下，一片飞来一片寒。"诗中表现出对待降雪的矛盾心绪。爱看风吹雪飘的景致，又害怕雪下大了降温，增添寒凛。嘴里说不厌，心里担忧。这是审美与生存、灵与肉的冲突吧。

/ 1210 /

"地暖生春早，家贫觉岁长。"卿云《旧国里》句。既云春天早早来了，为何又感觉岁月漫长呢？看似抵牾，但"家贫"二字作了交代。春季青黄不接，贫穷之家到此时差不多耗尽了粮储，须勒紧腰带，苦挨到下一季谷熟，所以，"觉岁长"正在情理之中。

/ 1211 /

若虚《乐仙观》有联云："老树夜风虫咬叶，古垣春雨藓生砖。"有岁月老旧之感，又有一些新鲜生动。"虫咬叶"是比喻，比拟夜风吹拂老树发出的声音，很传真。如果较真的话，这两句也有问题。在风雨交加的夜里，你在屋里听得到风声，可怎么看见外边淋雨的老墙上藓苔生长呢？

/ 1212 /

"百年一梦垂垂老，万水千山得得来。"窜改贯休《陈情献蜀皇帝》诗句。

/ 1213 /

"凉风吹远念，使我升高台。宁知数片云，不是旧山来。"贯休《临高台》诗句。觉得风啊云啊，都是从远处的家乡过来的，沾着家乡的味道，所以，要登高台去亲近它们。多热烈的故乡情啊！人因情而痴，因痴而疯言疯语。因痴言疯语，诗又多了几分可爱。这份疯癫，叫人忘了贯休是个和尚，反而觉得他简直就是李白转世。

/ 1214 /

"高树风多，吹尔巢落。深蒿叶暖，宜尔依泊。"贯休《野田黄雀行》句。想有安乐窝，就安心待在草根里，甘当一

420

个平凡人吧。

贯休《古意九首》之四："乾坤有清气，散入诗人脾。圣贤遗清风，不在恶木枝。千人万人中，一人两人知。忆在东溪日，花开叶落时。几拟以黄金，铸作钟子期。"这首诗让人感受到贯休内心强烈的孤独感。

"茫茫复茫茫，满眼皆埃尘。莫言白发多，茎茎是愁筋。未达苦雕伪，及达多不仁。浅深与高低，尽能生棘榛。茫茫四大愁杀人。"贯休《茫茫曲》，对世人的抨击大过怜悯。世人短见而贪婪，愚昧而固执，虚伪而残忍，无论在哪里都制造麻烦。

贯休《上裴大夫二首》之一云："我有一端绮，花彩鸾凤群。佳人金错刀，何以裁此文。"物有绝美者，不胜收，不胜裁，令人无所措手足。

"风裁日染开仙囿，百花色死猩血谬。今朝一朵堕阶前，应有看人怨孙秀。"贯休绝句《山茶花》，以绿珠坠楼拟茶花落地一片碎红状，凄美惨烈。一个和尚有这般想象，这般怜香惜玉，怎不教人惊艳？

/ 1219 /

"见人之得，如己之得，则美无不克。见人之失，如己之失，是亨贞吉。反此之徒，天鬼必诛。"贯休《续姚梁公座右铭》。呵呵，诅咒罢了，吓不死人的。自古及今反此之徒攘攘，何尝见天鬼行诛？

/ 1220 /

贯休多作杂言，其杂言诗极散文化，不拘形式，相当自由。他当然是故意为之，但终究还须有一股自由的精神。且看《甘雨应祈》一首："春雨偶愆期，草木亦未觉。君侯不遑处，退食或闭阁。东海浪滔滔，西江波漠漠。得不愿身为大虬，金其角，玉其甲。一吸再歃，云平雾匝。华畅九有，清倾六合。使不苏者苏，不足者足。情通上玄，如膏绵绵。有叟有叟，鼓腹歌于道边。歌曰：'麦苗芄芄兮鹡鸰飞，日出而作兮日入归，如彼草木兮雨露肥。古人三乐兮，我乐多之。天之成兮，地之平兮。柘系黄兮，瓠叶青兮。乳女啼兮，蒸黍馨兮。炙背扪虱兮，复何经营兮。'"

╱ 1221 ╱

贯休《旅中怀孙路》："暮尘微雨收，蝉急楚乡秋。一片月出海，几家人上楼。砌香残果落，汀草宿烟浮。唯有知音者，相思歌白头。"这是一首五律，颔联起句五个字都用仄声，严重破格。这个明显的错误，难道作者不知道？愚以为，非作者不知，他是知错就错，不想改。这首诗，上半首四句好，四句中又好在"一片月出海，几家人上楼"两句，而这两句，很明显，起句很重要。有这个起句，颔联天人互映，才带出寥廓世界里人们天各一方、心心相印的场面，十分美好。如果忽略平仄，起句与下句的对仗也相当工整。如果非要把这一句平仄按照格律改对，有可能因文害意。所以，作者把平仄的破绽留下了。他留下破绽，或也想以此晓喻一个道理：不要拘于格律，为形式所役，诗意高于格律，"得意忘筌"才是最高的境界。

╱ 1222 ╱

贯休《读孟郊集》认为孟东野诗清苦峻寒，其价值只有真正懂诗的人才懂得。世俗尚媚，所以孟东野受到冷落。这个评论可谓中肯。贯休同时认为，他自己的诗和孟郊是一路。诗云："东野子何之，诗人始见诗。清剟霜雪髓，吟动鬼神司。举世言多媚，无人师此师。因知吾道后，冷淡亦如斯。"

/ 1223 /

寒夜里，朔风呼啸，诗人不睡觉，却想到朋友是否在作诗，便自己也作起诗来，还抱怨知音太少。一般诗人有这种毛病不奇怪，贯休大和尚竟亦不免。且看他《夜寒寄卢给事二首》之一："刻羽流商否，霜风动地吹。迩来唯自惜，知合是谁知。堑雪消难尽，邻僧睡太奇。知音不可得，始为一吟之。"

/ 1224 /

贯休《秋末入匡山船行八首》之七："南北虽无适，东西亦似萍。霞根生石片，象迹坏沙汀。莽莽蒹葭赤，微微蟁蛤腥。因思范蠡辈，未免亦飘零。"范蠡离开权力中心，沉沦于烟波，是要逃命，是不得已而为之。贯休是出家人，归了空门，还觉得自己无所依寄，漂泊不定，真苦了他。

/ 1225 /

贯休《送人之岭外》："见说还南去，迢迢有侣无。时危须早转，亲老莫他图。小店蛇羹黑，空山象粪枯。三间遗庙在，为我一鸣呼。"以"蛇羹""象粪"入诗，为唐诗中罕见，作者以此写岭南蛮荒，亦称极致。但三间庙在湘北，去岭外或经此地，却到底相距尚远，又不是岭外物事，放在此处颇感松散。

/ 1226 /

"茗滑香黏齿，钟清雪滴楼。"读贯休《题淮南惠照寺律师院》句，让人齿间生津，耳际清净。

/ 1227 /

"偷儿成大寇，处处起烟尘。黄叶满空宅，青山见俗人。妖星芒刺越，鬼哭势连秦。惆怅还惆怅，茫茫江海滨。"贯休《经士马中作》写黄巢祸乱中他的见闻感受，呈现出当时举国兵荒马乱、惊怖紧张的气氛。把造反者斥作"偷儿""大寇""妖星"，显示了他的政治态度。

/ 1228 /

贯休《野居偶作》用的是道家词汇，全然一副道家的腔调，讲的是放下与不执。道释融合，不着痕迹。云："高淡清虚即是家，何须须占好烟霞。无心于道道自得，有意向人人转赊。风触好花文锦落，砌横流水玉琴斜。但令如此还如此，谁羡前程未可涯。"

/ 1229 /

"若有吟魂在，应随夜魄回。"齐己《经贾岛旧居》颔联，仅此二句亦足矣。

齐己五律《新秋雨后》有云："篱声新蟋蟀，草影老蜻蜓。"特写小虫小景，仿佛在放大镜下看新秋雨后物事，给人惊喜。

齐己《对雪》："松门堆复积，埋石亦埋莎。为瑞还难得，居贫莫厌多。听怜终夜落，吟惜一年过。谁在江楼望，漫漫堕绿波。"就五、六两句看，似为诗人于除夕对雪作。若非除夕，必也岁末。是夜大雪漫漫，通宵不停，埋没了石阶，埋没了荒草，也掩埋了过去一年的岁月。诗人江楼守望，彻夜未眠，怜惜时光流转，情深意长。

中晚唐尚苦吟，苦吟诗人益多，禅林中人如贯休、无可等，竟亦苦吟是务。被纪晓岚尊为唐诗僧第一的齐己，却似是个异数。他《山中答人》一首有云："漫道诗名出，何曾著苦吟。忽来还有意，已过即无心。"这是说他自己的作诗心理及对待诗的态度，可谓轻松洒脱。诗情来时着意写写，情绪一过就没心思了。这般拿得起、放得下，才是禅家风度，才是缘情而发的诗人气质。

齐己《病起二首》其一云："一卧四十日，起来秋气深。已甘长逝魄，还见旧交心。撑拄筇犹重，枝梧力未任。终将此形陋，归死故丘林。"其二云："秋风已伤骨，更带竹声吹。抱疾关门久，扶羸傍砌时。无生即不可，有死必相随。除却归真觉，何由拟免之。"读后感触：其一，病成这样，拄杖都站不稳还作诗，可见此公能苦中作乐，有趣可爱。作诗时，他是需要放下病痛，跳出自己，把自己当成一个客体看待和玩味的。其二，次首后四句表述对生死的看法，他认为人要解除生死大患，只有归依佛尊开示的那种本觉真知，离弃颠倒梦想，除此外别无法门。古人云"人之将死，其言也善"，自感大限将至的病僧开口讲生死感悟，更叫人不能不肃立恭听。

齐己《城中示友人》云："久与寒灰合，人中亦觉闲。重城不锁梦，每夜自归山。雨破冥鸿出，桐枯井月还。唯君道心在，来往寂寥间。"颔联"重城不锁梦，每夜自归山"甚好，但夜夜有此梦，就不是心同寒灰了，也似不那么闲逸。

齐己《示诸侄》："莫问年将朽，加餐已不多。形容浑瘦削，行止强牵拖。死也何忧恼，生而有咏歌。侯门终谢去，却扫旧松萝。"此诗亦关涉生死与诗歌，可与《病起二首》并读。

"生老病死者，早闻天竺书。相随几洎没，不了堪欷歔。自理自可适，他人谁与祛。应当入寂灭，乃得长销除。"齐己《荆渚病中因思匡庐遂成三百字寄梁先辈》亦病中谈生死，义理颇同于《病起二首》。

齐己名下有《竟陵遇昼公》一首，此"昼公"断非皎然。两人年代相去甚远，不大可能相遇。若是皎然，则此诗不可能是齐己作。诗云："高迹何来此，游方渐老身。欲投莲岳夏，初过竟陵春。锡影离云远，衣痕拂藓新。无言即相别，此处不迷津。"

齐己《过西山施肩吾旧居》前半首好，云："大志终难起，西峰卧翠堆。床前倒秋壑，枕上过春雷。"三、四句以床前、枕上之安闲，对待秋壑、春雷之洪震巨响，定力十足，神气超绝。道不行，岩栖高卧，做活神仙去，任它风雷激荡变化。美哉！

齐己《渚宫自勉二首》之二有云："梦好寻无迹，诗成旋不留。从他笑轻事，独自忆庄周。"其中也表现出他对于作诗的潇洒态度。与他《山中答人》那首所言及的心态相同。

齐己屡有诗章谈诗，认为诗道玄奥精微，难解难学。如《溪斋二首》之二云："道妙言何强，诗玄论甚难。"《酬洞庭陈秀才》云："何必要识面，见诗惊苦心。此门从自古，难学至如今。"虽这么说，他在《寄郑谷郎中》一首中却大谈诗道，且谈得又具体又全面。诗云："诗心何以传，所证自同禅。觅句如探虎，逢知似得仙。神清太古在，字好雅风全。曾沐星郎许，终惭是斐然。"诗中谈及学诗、作诗、赏诗、好诗表征，以及自我诗作评鉴，合在一起，让人看到了作者的诗学。其大概是：一、诗道精微玄妙，学诗、赏诗如同参禅悟禅，最终须以心证心。二、作诗，索句、造句要勇于探险，不惧艰危，如虎穴探虎；有所独造，能遇到知音，甚美，但这要靠修炼和机遇。三、好诗表征是有古意，神韵古淡清奇，用字遣词风雅淳朴。至于自己的诗，他认为虽得名家嘉许，但缺少文采。

齐己《怀华顶道人》："华顶星边出，真宜上士家。无人触床榻，满屋贮烟霞。坐卧临天井，晴明见海涯。禅馀石桥去，展齿印松花。"通篇写华顶道人超出尘世，吟赏烟霞，凌虚高蹈，像是一个神仙，第七句忽言"禅馀石桥去"，叫人才认出此道人非彼道人，乃是个禅僧，和齐己先生是一家人。

/ 1242 /

"乱进苔钱破，参差出小栏。层层离锦箨，节节露琅玕。直上心终劲，四垂烟渐宽。欲知含古律，试剪凤箫看。"齐己《新笋》写小笋生长，满满的冲劲和不俗的气节，强健，有格调，可爱。

/ 1243 /

"了然知是梦，既觉更何求。死入孤峰去，灰飞一烬休。云无空碧在，天静月华流。免有诸徒弟，时来吊石头。"齐己《自遣》，像是遗嘱，告诉别人：自己死后，就一把火烧掉，啥也别留，也不用建墓、建塔。洒脱幽默。让人想到弘一法师那首遗偈："问余何适，廓尔忘言。华枝春满，天心月圆。"

/ 1244 /

齐己《酬王秀才》："离乱几时休，儒生厄远游。亡家非汉代，何处觅荆州。旅梦寒灯屋，乡怀昼雨楼。相逢话相杀，谁复念风流。"在危乱相仍的年代，民无以安，大家碰面都是说些杀杀伐伐的事，斯文扫地。

/ 1245 /

"四海方磨剑，空山自读书。"齐己《贻庐岳陈沇秀才》句。非绝世者，有大定力者，或待机如卧龙先生者，善藏如司马懿者，不能至此。

/ 1246 /

齐己《新秋病中枕上闻蝉》有云："此时知不死，昨日即前生。"这正是病危中人说的话。

/ 1247 /

"外事休关念，灰心独闭门。无人来问我，白日又黄昏。灯集飞蛾影，窗销迸雪痕。中心自明了，一句祖师言。"齐己《闭门》，结句所言他心中明了的那句祖师言是什么呢？

/ 1248 /

齐己《中春林下偶作》："净境无人可共携，闲眠未起日光低。浮生莫把还丹续，万事须将至理齐。花在月明蝴蝶梦，雨馀山绿杜鹃啼。何能向外求攀折，岩桂枝条拂石梯。"此诗颈联，是从崔涂《春夕》名句"胡蝶梦中家万里，子规枝上月三更"化来。只是《中春林下偶作》作于午后，何来月明？"花在月明"或许为午睡梦中所见吧？

╱ 1249 ╱

"旧制新题削复刊，工夫过甚琢琅玕。药中求见黄芽易，诗里思闻白雪难。扣寂颇同心在定，凿空何止发冲冠。夜来月苦怀高论，数树霜边独傍栏。"齐己《寄曹松》，写修改、润色诗作的过程与体会，谈创作之艰。此所寄曹松，即写"一将功成万骨枯"的那个曹松，是苦吟派。齐己虽说自己不是苦吟派，但对苦吟亦颇有体会。

╱ 1250 ╱

齐己七律《酬蜀国欧阳学士》颔联"鹤发不堪言此世，峨嵋空约在他生"，以"峨嵋"对"鹤发"，"峨"谐音"蛾"，"嵋"谐音"眉"，视同"蛾眉"，是谐音对。文字游戏耳，学律诗对偶，不可不知。

╱ 1251 ╱

"无穷今日明朝事，有限生来死去人。"齐己《感时》句。今日事，明日事，事无穷尽；前时生，后时死，人的生命有限。

╱ 1252 ╱

"新事向人堪结舌，旧诗开卷但伤心。"齐己《酬庐山张处士》句。新事不堪说，怀旧徒伤感，个中人生况味苦涩。

/ 1253 /

齐己《日日曲》云："日日日东上，日日日西没。任是神仙容，也须成朽骨。浮云灭复生，芳草死还出。不知千古万古人，葬向青山为底物。"时间无情，摧杀一切，可是，云灭云又还，一季芳草枯死，来季芳草又生。那千古以来一代代死去的人呢？他们去了哪儿？从这一问看，齐己和尚或许是个怀疑论者，并不相信轮回或神不灭。

/ 1254 /

尚颜七律《赠村公》："绸衣木突此乡尊，白尽须眉眼未昏。醉舞神筵随鼓笛，闲歌圣代和儿孙。黍苗一顷垂秋日，茅栋三间映古原。也笑长安名利处，红尘半是马蹄翻。"四联八句，每联两句写一层意思。首联写村公衣着面目，颔联写村公行为性情，颈联写他的家业生计，尾联写他对人生和社会的态度，由表及里，由近及远，层次极分明。层次分明却不落斧凿痕迹，通体流畅，给人一气呵成之感，是此诗胜处。

/ 1255 /

尚颜《送人归乡》："多才与命违，末路忆柴扉。白发何人问，青山一剑归。晴烟独鸟没，野渡乱花飞。寂寞长亭外，依然空落晖。"诗人送的大概是落第回乡的学子，有唐一代留下这类诗无数。这首诗不同凡响，有格调，悲壮而不悲怨。它写的固然是失意者，但读者看到失意者失意却不失败，失败的是他的那个时代，他生长的那片国土。

／ 1256 ／

蟾是癞蛤蟆，近人多厌之，唐代人对它却多有偏爱。传说蟾蜍居月宫，唐人常在诗中以蟾指月，有方家甚至干脆以蟾为名，如高蟾、栖蟾。栖蟾不自讳其名，存诗寥寥数首，竟两首用"蟾"。一首为《短歌行》，有句云："蟾光堪自笑，浮世懒思量。"另一首为《再宿京口禅院》，云："蟾蜍竹老摇疏白，菡萏池干落碎红。"这两处都不例外，俱是以蟾代月。

／ 1257 ／

修睦《简寂观》有句云："石肥滞雨添苍藓，松老涵风落翠花。""石肥"造语特别。雨后，石上青苔滋润膨胀，看上去真像石头变"肥"了。

／ 1258 ／

清尚《哭僧》："道力自超然，身亡同坐禅。水流元在海，月落不离天。溪白葬时雪，风香焚处烟。世人频下泪，不见我师玄。"这诗是清尚和尚参加一个同道葬礼时作的，是和尚哭丧。同道坐化，而后火化。三、四句云：道友虽走了，但像流走的水还存于大海里，像落去的月总没有离开天空，他也不会消灭，而将永在。这样看得开，很通达，为何还哭，还伤心流泪呢？因为通达是智慧，是神性；哭是人性，是情感。道友虽不灭，却毕竟化去了，此生终无缘再见，这种死别到底令人悲痛。

／ 1259 ／

无闷绝句《寒林石屏》："草堂无物伴身闲，惟有屏风枕簟间。本向他山求得石，却于石上看他山。"这首诗以从山得石、据石看山的实例，喻示部分与全体、有限与无限的关系，富于哲理思辨，启发智慧。善哉，妙非不可言，亦可言哉！

／ 1260 ／

中唐道士陈寡言有《临化示弟子》一首，是临终前给弟子的遗言，也是最后的开示，潇洒朗爽，非摆落生死烦恼者不能为之。云："我本无形暂有形，偶来人世逐营营。轮回债负今还毕，搔首翛然归上清。"

／ 1261 ／

徐灵府《自咏二首》是道家的偈子，说"空"，说"无

435

生"，颇呈道释融汇之质。其一云："寂寂凝神太极初，无心应物等空虚。性修自性非求得，欲识真人只是渠。"其二云："学道全真在此生，何须待死更求生。今生不了无生理，纵复生知那处生。"第二首是大彻大悟，如当头棒喝，足堪警醒。

／ 1262 ／

吴筠《高士咏·长沮桀溺》："贤哉彼沮溺，避世全其真。孔父栖栖者，征途方问津。行藏既异迹，语默岂同伦。耦耕长林下，甘与鸟雀群。"此诗据《论语·微子第十八》写成，而精神取向大异其趣。《论语》尊孔丘，吴筠赞长沮、桀溺。君子之道，出处语默，进退行藏，自有不同，所谓"行藏既异迹，语默岂同伦"也。

／ 1263 ／

吴筠《题缙云岭永望馆》："人惊此路险，我爱山前深。犹恐佳趣尽，欲行且沉吟。"可知吴先生爱山情深。人视为畏途，他却唯恐不够深、不够险。后两句良可玩味。

／ 1264 ／

"似鹤如云一个身，不忧家国不忧贫。拟将枕上日高睡，卖与世间荣贵人。"这首《偶题》搔首弄姿，做作。你既不忧家国不忧贫，整日高卧长睡，闲云野鹤，还想着那些个荣华富贵人做甚？又何必在人前显摆?! 作者一说为杜光庭，一说为郑遨，未知究竟何者为是。

/ 1265 /

"满酌数杯酒，狂吟几首诗。留不住，去不悲，醯鸡蜉蝣安得知。"虞有贤《送卧云道士》结尾几句。"留不住，去不悲"是双关，既是说送人，也是说时间和人生。读来颇觉出语放达，内心沉痛。这是典型的借题发挥。

/ 1266 /

吕洞宾名下存诗四卷，大多言炼丹服药、修性养生、求仙神游诸事，都是江湖术士一般的陈腔滥调，甚不足观。唯有《绝句》其十四云："独上高峰望八都，黑云散后月还孤。茫茫宇宙人无数，几个男儿是丈夫。"突发奇响，令人一震。

/ 1267 /

"一毫之善，与人方便。一毫之恶，劝君莫作。衣食随缘，自然快乐。算是甚命，问什么卜。欺人是祸，饶人是福。天眼昭昭，报应甚速。谛听吾言，神钦鬼伏。"吕岩四言诗《劝世》。《全唐诗》吕岩（字洞宾）名下诗作极乱，应是混入许多宋以后作者作品，年代不一，格调不一，诗艺不一，混乱到令人发指。

/ 1268 /

名道士许宣平《庵壁题诗》云："隐居三十载，石室南山巅。静夜玩明月，清朝饮碧泉。樵人歌垄上，谷鸟戏岩前。乐矣不知老，都忘甲子年。"其中有个逻辑矛盾。开始说"隐居三十载"，结尾说"都忘甲子年"，既不记甲子，忘了纪年，又如何知道隐居了三十年？此诗矫情，可能是伪托之作。

/ 1269 /

"忽然湖上片云飞，不觉舟中雨湿衣。折得莲花浑忘却，空将荷叶盖头归。"写泛舟湖上采莲花，忽然下雨，猝不及防，慌张跑回家，结果把摘下的莲花都扔下了。情节极生动。一般人都有突然遇雨经历，此诗能触动这些记忆，引起共鸣，所以读者对这首诗会有亲切感。只是诗在滕传胤《郑锋宅神诗》题下，有些蹊跷。

/ 1270 /

"檐上檐前燕语新，花开柳发自伤神。谁能将我相思意，说与江隈解佩人。"何光远《伤春吟》，实怀春之作也。"解佩"是用郑交甫遇汉皋神女解佩事典，借以指艳遇美女。《列仙传·江妃二女》记："江妃二女者，不知何所人也，出游于江汉之湄，逢郑交甫，见而悦之，不知其神人也，谓其仆曰：'我欲下请其佩。'"

438

《全唐诗》卷八六五收录慕容垂《冢上答太宗》一首，云："我昔胜君昔，君今胜我今。荣华各异代，何用苦追寻。"此诗特有趣。有趣之一，在断代。慕容垂是北朝后燕人，比唐朝早二三百年，为什么收入唐诗中？因为此诗见于唐张荐《灵怪集》。据《灵怪集》记，唐太宗东征辽国，从慕容垂坟前经过，慕容现鬼身向太宗口占了这首诗。如此，慕容垂虽非唐人，但其鬼作诗于太宗时，也算是唐诗了。呵呵！有趣之二，在内容。慕容对太宗说：你今日胜过我，以前我比你强！这让我们看到鲁迅笔下阿Q精神在一千几百年前的闪光。难怪阿Q先生很骄傲，可能他是慕容垂转世，也做过皇帝的。

《全唐诗》卷八六六录无名鬼《诗》二首，其一云："江上樯竿一百尺，山中楼台十二重。山僧楼上望江上，指点樯竿笑杀侬。"其二云："仙人未必便仙去，还在人间人不知。手把白须从两鹿，相逢却问姓名谁。"两首都不错，前者壮观、生动，后者设想奇特，造语平浅。作者是个写诗高手，可惜没留下姓名。呜呼，做个无名氏也罢了，竟然还被认作死鬼，这才叫比窦娥还冤。

"刚被恩情役此心，无端变化几湮沉。不如逐伴归山去，长笑一声烟雾深。"疑此《题峡山僧壁》绝句，本为佚名作，有好事者望文生义，敷衍故事，戏诬为猿猴化身为妇而作，故题作者曰"袁长官女"。颇含讥笑也。

"吃得肚嘤撑，寻思绕寺行。空中设罗网，只待杀众生。"据说这首《咏垂丝蜘蛛嘲云辨僧》的作者，是唐末洛阳歌女杨苎萝。年轻歌女写出这样令人惊心动魄的诗，可能和残暴的年代有关。第二句"寻思"是双关语，与"巡丝"或"循丝"谐音。作者特意将巡丝写成"寻思"，使诗有了强烈的寓言意味，就不止是单纯玩咏蜘蛛嘲僧的游戏了。这里"寻思"与谋害联系在一起，让人想到险恶的心机和暗算。

·

／索引／

442

446

图书在版编目（CIP）数据

清读全唐诗 / 张清著 . — 杭州：浙江大学出版社，
2020.12
ISBN 978-7-308-20490-3

Ⅰ.①清… Ⅱ.①张… Ⅲ.①唐诗—诗歌研究 Ⅳ.
① I207.227.42

中国版本图书馆 CIP 数据核字（2020）第 154253 号

清读全唐诗

张清 著

策　　划	草鹭文化	
责任编辑	叶　敏	
特约编辑	董熙良	
责任校对	杨利军	
装帧设计	杨　庆	
封面绘制	杨松霖	
出版发行	浙江大学出版社	
	（杭州天目山路 148 号 邮政编码 310007）	
	（网址：http://www.zjupress.com）	
排　　版	上海碧悦制版有限公司	
印　　刷	北京中科印刷有限公司	
开　　本	880mm×1230mm　1/32	
印　　张	14.5	
字　　数	228 千	
版 印 次	2020 年 12 月第 1 版　2020 年 12 月第 1 次印刷	
书　　号	ISBN 978-7-308-20490-3	
定　　价	69.00 元